Euforia

Elin Cullhed
Euforia

Una novela sobre Sylvia Plath

Traducción de **Ainize Salaberri**

Navona

Primera edición
Octubre de 2022

Publicado en Barcelona por Editorial Navona SLU
Navona Editorial es una marca registrada de Suma Llibres SL
Aribau 153, 08036 Barcelona
navonaed.com

Dirección editorial Ernest Folch
Edición Estefanía Martín
Diseño gráfico Alex Velasco y Gerard Joan
Maquetación y corrección Moelmo
Papel tripa Oria Ivory
Tipografías Heldane y Studio Feixen Sans
Imagen de la cubierta Sara R. Acedo
Distribución en España UDL Libros

ISBN 978-84-19311-16-0
Depósito legal B 10784-2022
Impresión Romanyà-Valls, Capellades
Impreso en España

Título original *Eufori*
© Elin Cullhed, 2021
Publicado por acuerdo con Ahlander Agency
Todos los derechos reservados
© de la presente edición: Editorial Navona SLU, 2022
© de la traducción: Ainize Salaberri, 2022

Para mamá

Euforia es una ficción sobre Sylvia Plath que no debería leerse como una biografía. Los episodios y personajes del libro, aunque coincidan con la realidad, se han convertido en ficción y fantasía literaria en el contexto de la novela. Por lo tanto, Sylvia Plath también se ha transformado en esta obra en un personaje de ficción.

7 de diciembre de 1962, Devon

7 RAZONES PARA NO MORIR:

1. La piel. No volver a sentir jamás la piel de mi amado hijo Nicholas, cuando hace el payaso en la cama y le rozo la espalda con la nariz. Frieda, que necesita que le hagan cosquillas para sentirse viva y se tranquiliza con una carcajada que después la purifica. Mi piel forcejea con la suya y sabe que seremos siempre la misma carne por los siglos de los siglos amén. Oh, no volver a sentir jamás sus palpitantes pulsos que nacieron de mí. Nunca podré dejar de vivir para ellos, por mucha piel de Ted que posean, esa piel de serpiente que abre sus fauces y aprisiona la presa entera en su boca hasta que te ahoga.

2. El tiempo. Quiero ver crecer a mis hijos y limpiarles las rodillas mientras aprenden a montar en bicicleta; quiero desatarme el nudo del cuello y reírme de él a la cara (solo porque las serpientes son patológicamente egocéntricas) cuando busca la siguiente presa y yo estoy ocupada viviendo. Quiero chupar una piruleta y sentir que el azúcar y el tiempo se disuelven en mi interior; quiero despertarme un día de verano, tener una taza de café en la mano y ponerme a escribir como

alma que lleva el diablo hasta que el tiempo se detenga y esté protegida, fluctúe como el agua del mar y me perdone. Tiempo, quiero que me perdones. También deseo sentir cómo el tiempo consigue que todo sea jodidamente perdonable; cómo logra que las fresas vuelvan a caer produciendo ese sonidito, «plaf» (aunque la muerte esté tan cerca y lo que sigue sea la descomposición); cómo hace que la gente se despierte de nuevo sobre sus almohadas y finja una vez más que todo está bien.

Dios, ahora me siento tan bien...; ahora que voy a morir. Veo todo con mucha más claridad que antes. Siempre viviré para morir; es como la heroína, como el furor de ver a un antiguo amor perder todo el oxígeno porque ha consumido por completo el aire que rodeaba su armadura. La piel de serpiente muda; la piel palidece como un trapo olvidado en una playa británica. Yo, en cambio, prefiero la inmolación: estoy convencida de la superioridad del fuego como metáfora de mi propia vida. Oh, el fuego que no puede recibirse con los brazos abiertos. Oh, alerta, porque el fuego ha alcanzado la escritura de un hombre vivito y coleando que él confunde con material para el premio Nobel. Digo: el futuro me recordará. Así que no he de ser piel, tiempo ni principios de los sesenta, porque el tiempo se transformará en mí sin que yo tenga que hacer nada. Prístino, como una palabra sublime en una resplandeciente página de poesía. Ted dejará las páginas de mi libro impolutas, igual que he hecho yo con su horrible camisa. Se marchitará como la manzana del paraíso en el lodo otoñal. Una de las manzanas silvestres japonesas que tenemos aquí.

3. No volver a follar ni a sentir el calor de la estaca mientras se abre camino por mi carne, me convierte en animal y me anula. No tendría que morir si alguien quisiera follarme todos los días, ja, ja. No citéis esa frase, pero sentíos libres de enseñársela a mi madre, el ser humano menos follado de la historia (y, por lo tanto, rancia, reseca y banal; mirar a través de ella es como mirar a través de un vaso de agua; mi madre es un vaso de agua, necesario para la supervivencia pero profundamente aburrido y sosamente predecible; me ha hecho ser desdeñosa respecto a la muerte y odiar a las mujeres, cuando son precisamente ellas las que podrían ayudarme; me ha hecho sentir como si no necesitara agua, como si estuviera más allá del agua, no soy una criatura que necesite agua, no soy un mamífero, estoy por encima de ti que tienes una sed mortal, odio el agua, ¡prescindid de mi vaso de agua diario!).

4. CONCEDÉRSELO. Concederle que he muerto y que todas sus profecías eran ciertas. «Sería más fácil si estuvieses muerta», como me dijo entre dientes el pasado verano con el fin de armarse de valor para dejarme. «Tú y tu rayo de muerte, anhelas la muerte de un modo especial», y me gruñó diciendo que yo lo mataba todo. No quiero concedérselo. Quiero estar de pie en el centro del círculo, y brillar y vivir. Si no lo hago yo en mi vida, ¿quién lo hará entonces? No quiero regalarle la historia de mi vida y que él declare: «Sí, niños, vuestra madre era una persona especial, no siempre estaba bien, amaba la vida cuando fluía hacia ella como el oro, pero la vida también tiene aristas afiladas, frialdad y bacterias en marzo, y se rompe. Tenemos que honrar su memoria, niños, debemos contar sus historias y todos los años, cuando florezcan

los narcisos, podremos coger un ramo en su honor. La voz de vuestra madre, Sylvia, era profunda y fuerte, pero nunca consiguió abandonar su cuerpo e imprimirse en el papel, por eso ansiaba desesperadamente apagar su cuerpo y dejar que fuera su espíritu el que siguiese adelante. Lo que ha escrito para la posteridad tenía más valor para ella que su vida con nosotros». Bla, bla, bla. ¡Que le jodan! No quiero darle los mejores años de mi vida. Para que Olwyn, su hermana mayor, se quede ahí de pie con sus piernas de hierro y los brazos cruzados, y afirme: «Oh, sí, lo he dicho desde la primera vez que la vi, no llegarás lejos con esa mujer, Ted. Su frágil fortaleza, ese velo de duelo que le cruzaba la cara y que desaparecía con tanta facilidad con el uso del sarcasmo, que hacía temblar todo su ser, y que convertía una gran sonrisa en una simple mueca. Una pequeña diabla, Ted, un bomboncito, una norteamericana débil con el corazón recubierto de celofán. La poseerás un tiempo, después se derretirá como el azúcar bajo la lluvia. ¡Créeme!».

Y él escuchaba a su hermana, se venía arriba y pensaba: «Sí, fui un tonto por intentar amarla, porque no podía ser amada».

Cuando la realidad es que en su casa no hay espacio para el amor. Su hogar, de donde viene, donde trabajas, sonríes y resistes, ese lugar en el que los sentidos, la estética y el modo en el que interactúas NO IMPORTAN. En su casa no hay cultura de ningún tipo, no hay nada noble, no hay refinamiento alguno; allí eres chabacano y grosero, y tienes malos modales. ¿Cómo voy a tener yo la culpa de ser alguien que podría amar y ser preciosa, y que entró en esta casa, su hogar, en su Inglaterra, en esta cruda herencia de carbón y ropa sucia?

Quería dar lo que tenía, mi ingenio, mi conocimiento, mi don para las palabras y las cosas que veía. Observaciones. Pero mira: el mundo no quiere chicas bonitas y trabajadoras hechas de oro. El mundo no las soporta. El mundo quiere muchachas duras y retorcidas como Olwyn, el tipo de mujer a la que los hombres no aman, que han venido al mundo para abrirse su propio camino, mujeres europeas de la posguerra que saben lo que significa cavar, pero que desconocen el refinamiento intelectual, y la experiencia de enseñar a muchachas en la Smith, y escribir poemas increíblemente geniales en su tiempo libre. Sienten celos, ¡madre mía, los celos que sienten de alguien como yo!, y aun así son las que llegan a la cima, las triunfadoras en la vida, aunque no soporten lidiar con un hombre, con los niños, y continuar con el linaje real, abrirse de piernas de par en par en la cama y expulsar al mundo un magma reluciente. Olwyn nunca sacrificará una mierda porque jamás se quemará. Se quedará ahí de pie y sonreirá, se aguantará la sonrisa y aguantará, y dejará que la vida le pase por encima hasta que se muera. Nunca va a dar un paso al frente de su propia vida para reformularla, dictarla, moldearla en maravillosas formas, proveerla de criaturas nuevas. Por lo tanto, consigue evitar sentir que el mundo no soporta su fortaleza, su demoledora belleza, su genio. Se reirá de mi muerte, suspirará con mi muerte y envidiará mi muerte porque ¡nunca será tan valiente!

5. El océano y las rocas. Caminar bajo la luz pura una tarde en Winthrop y recoger piedras para mi padre, tener siete años y sentir que la naturaleza que encuentro para él nos une con más firmeza que cualquier otra cosa en el mundo. Los miste-

rios que le regalo los descubriremos nosotros y los cultivaremos con cuidado, como si fuesen los secretos del corazón. El océano me acaricia las piernas bronceadas, y bajo el calor desprende un olor feroz a sal y a algas mojadas, y él me invita a dar un paseo para buscar las conchas más bonitas, las piedras más suaves, de las que más tarde me contará algo. La playa y mi padre, el océano, su eternidad. Quiero a mi padre. Sé que nací de él, que me dio el misterio y la palabra: sinceridad. Cuando he regresado a Winthrop, he dejado de percibir la grandeza de las playas y el océano me aburre; sé que tengo otras tareas aguardándome. Creo que redescubriré la calma y el brillo de la infancia, pero el resultado es simplemente que veo a través de ella y que la traiciono con mis nuevos ojos. Así que quizás esta no sea una razón para vivir. Aunque mis hijos amaran el océano tanto como yo, nunca conocerán a mi padre, su abuelo; nunca dispondrán de sus enormes manos para posar pequeñas piedras redondas. Es, y no es, una razón para vivir, mi padre. Quiero cuidar su recuerdo, defenderlo y dejar que mi cuerpo sea transportado hasta el final de los tiempos como si fuese el ancla de su barco naufragado. Pero también quiero evitar ver el océano, las rocas, las conchas convertidas en fantasmas. Y sentir el traqueteo de la muerte rondándome el cuello.

6. Frieda, ay, Frieda.

7. Nicholas.

Un año antes

La escritura era mi vida.

Era mi cuerpo, mi piel, mis muñecas blancas y relucientes lo que me llevaba en bicicleta por Devon. Cuando me encontraba con una persona conocida temblaba, era como si mis nervios y mis venas colgasen de una fina red fuera de mi cuerpo, y el corazón fuese mi boca; fue mi corazón el que habló y gritó un «¡Hola!» cuando me encontré con una vecina (la esposa del director del banco), que me miró alegremente para evaluar si era una persona normal.

El corazón me golpeteó ahí, en el centro. Mi boca. Mi boca roja. Yo era el sujeto, el tema en sí, ¿cómo podría entonces alcanzar mi yo exterior y crear temas propios? ¿Cómo podría situarme lejos del centro de la idea?

Ted lo sabía, por eso se había casado conmigo: yo era los nervios, yo era la sangre, yo era el corazón, yo era la piel blanca, la sarta de perlas, el mármol; yo era la paloma, yo era el ciervo, yo era el topo muerto que encontramos en el suelo; era la chica, la mujer, la madre de sus hijos. Yo era América, yo era todo un continente, yo era el futuro, yo era la idea que él quería descubrir, la persona que él quería colonizar; quería comerme, quería darme cobijo, quería conservarme. Quería traerme desde Estados Unidos, donde nací, y dejarme sentir el pulso de Londres en el corazón, y después quiso instalarme en una casa en el campo, en Devon, entre narcisos y pájaros. Me compró una bicicleta. Me folló duro en el sofá del gélido salón, era un charco cálido y húmedo debajo de él, y se corrió dentro. Olía a carne y a sangre. A esperma. Después se sintió todopoderoso. Había conquistado América, había ampliado sus propios límites, había perfeccionado su idea: la Mujer que debía morir.

La mujer sentenciada a muerte.

Me había creado.

Me levanté del charco y me lavé sonriendo, feliz. Me había fecundado con sus hijos, su sueño y sus promesas. Inglaterra. Estaba en su tierra. En sus cazas de liebres. Sus manzanos, setenta y uno (conté setenta y dos). Sus palabras, sus árboles, su escritura. Su voz. Completé su vida. Permití que uno de sus hijos cayese al universo desde mi carne. Frieda. Una manzana del árbol. La boca roja, el corazón rojo, el pulso rojo. Después yo también sentí que estaba viva. «Nada me ha hecho más feliz que los niños», escribí en una carta a mi madre. Pero también sabía que todo lo que había dicho y escrito (TODA MI VOZ, LO QUE YO ERA) se usaría algún día en mi contra. Mi realidad mutaba a cada minuto, y Ted lo sabía; un minuto estaba satisfecha, al siguiente estaba feliz, al tercero estaba desesperada, al cuarto lloraba, sudaba, anhelaba, deseaba y esperaba.

Nada de todo esto podía tomarse en serio.

Así que cuando la esposa del director del banco se topó conmigo en el centro comercial de la ciudad, cuando ya me las había arreglado para dar con una postura cómoda en el asiento (volvía a estar muy embarazada), deseé ser ella, deseé ser la que estuviera MIRÁNDOLA y no que ella me estuviese mirando a mí. Me miraban a mí, Sylvia, porque debía de ser mucho más guapa, ¡y aun así no podía verme a mí misma!

Sonreí con firmeza a pesar de mis dificultades respiratorias y me quité las gotas de sudor de la cara. Cálida en la ropa cálida. El centro estaba decorado: la Navidad llegaría en unas semanas. La esposa del director del banco había comprado algo que yo también debería haber comprado; me di cuenta de que no la estaba dejando ocupar el sitio que le pertenecía, sino que, sutilmente, yo también la había colonizado, me había servido de su apariencia puritana en el centro y le había dado el poder de encender la ansiedad y el estrés en mi interior.

—¿Tiene que recoger un paquete? —preguntó.

—Así es; de hecho, deseo fervientemente mantener ciertas suscripciones de los Estados Unidos —contesté, y me arrepentí de haberle dado una respuesta tan larga y elaborada a una pregunta que en realidad era muy simple.

Me pregunté cómo sería ser su amiga, pero reemplacé esa idea por otra: Dios, qué abrigo tan horrible.

—¿Y dónde está Frieda? —preguntó.

Sonreí con vehemencia, bajo el sudor.

—En casa, con su padre —contesté con orgullo.

—Es bueno, su marido —dijo la esposa del director del banco.

—Ted —le recordé—. Ted Hughes.

La esposa del director del banco asintió. Parecía estar rumiando algo.

—¿Les gustaría venir a cenar algún día? A compartir una comida con nosotros. He pensado que ya es hora de que los vecinos nos conozcamos. ¿Les iría bien... mañana?

Tan... tan *prudente*. Por supuesto. Me había pillado. ¡Mira qué lista fue al aprovechar esa oportunidad! Las relaciones entre las personas no eran como en mi país, donde podías decir Te Quiero a alguien con quien solamente habías compartido una comida poco entusiasta y aburrida. Te Quiero: te desprendías con bastante facilidad de un trozo de tu corazón, y eso no significaba necesariamente que estuvieses adentrándote en una alianza particularmente íntima. Pero aquí, en Inglaterra, parecía que socializar requería de una estricta disposición regulatoria: no socializabas porque quisieras, sino porque sentías que era una especie de obligación. «Ya es hora de que los vecinos. Debemos. No puede ser que vivamos puerta con puerta y que nos veamos todos los días sin mostrarnos también quiénes somos, sin enseñarnos los viejos muebles polvorientos que tenemos en casa». Oh, no podía soportarlo. Pero tampoco podía soportar mirarla a los ojos y decirle: «No. ¡No! ¡No quiero! ¡Olvídelo!».

Cogí el paquete de manos del joven que trabajaba detrás del mostrador y se produjo algo en mi interior que hizo que sus ojos titubeasen, o quizás fueran los nervios, el corazón en la boca, latiendo y latiendo. El nerviosismo.

Me giré hacia la mujer:

—Desde luego —dije—. No tenemos ningún otro plan.

La esposa del director del banco sonrió con petulancia, protegida por su abrigo de piel. Estaba llena de vida. Que así sea, pensé: acabo de hacer feliz a alguien.

—¡Maravilloso, cariño! —gritó desde el otro lado de la plaza.

¡Por qué nunca aprenderé! Recoger paquetes, hacer las tareas diarias, montar en bicicleta, decir «hola» y «gracias» como si fuese la cosa más extenuante del mundo. La gente llevaba a cabo todos los días actividades mucho más exigentes, y yo lo único que hacía era: uno, estar embarazada, y dos, montar en bicicleta e ir al centro a recoger paquetes, y ni siquiera podía arreglármelas con eso, ni siquiera podía apañármelas sin dejar ninguna huella en el mundo.

¿Soy? ¿Debo ser? ¿Seré un circo viviente? ¿Debería tener corazón? ¿Debo recordarle algo a la gente, sus propios sentimientos e ideas? ¿Tengo que ser una época viviente, que respira, que va en bicicleta a todas partes?

Dejé el paquete en la cesta de la bicicleta, el manillar osciló y me sentí decepcionada porque el recado en el centro ya había finalizado, y lo que tenía en mente, que ocurriese algo, que se me revelase un pensamiento, que naciese una frase poética después de hacer un gran esfuerzo, o que sucediese algo hilarante, algo estúpido, no llegó, no pasó nada. En mi cabeza no había ni una palabra, ni el inicio de un capítulo, ninguna novela; ningún personaje tomó forma. Nada.

Eran ya las dos cuando pisé el porche, pesada y enorme en mi cuerpo de trol. Estaba de nuevo en casa. Una casa que era el reino que compartía con Ted Hughes.

Y con Frieda. Se acercó a mí y apoyó su cuerpecito de un año contra el mío. Me anticipé a ella y le dije: «Mamá no puede cogerte, pesas demasiado». Casi le di una patada mientras intentaba quitarme el abrigo y dejarme puesto solo el suéter de lana.

Para mi gran sorpresa, vi que Ted estaba en mi estudio. Aunque no se había percatado de mi presencia, se levantó de la silla, que estaba frente a la máquina de escribir, y bajó torpemente las escaleras.

—¿Estás escribiendo? —le pregunté. Parecía que le había pillado con las manos en la masa. Recurrí a mi sonrisa deslumbrante, esa que sobresale tan intensamente.

—He escrito unas cuantas líneas, sí —confesó—. Quieren que mande más material a la BBC.

Ese hombre alto y corpulento, con el pelo castaño, la cara alargada y la nariz afilada. La casa, tanto el piso superior como el inferior, estaba helada: necesitábamos encender el fuego. No me parecía bien que se hubiese puesto a escribir mientras yo estaba fuera y él libre; era yo quien en ese momento debería haber estado libre, libre en el centro, libre con mi bicicleta. Y sin embargo... Aun así, ¿se había dedicado a escribir?

—¿Cómo lo consigues? —le pregunté y me incliné hacia nuestra hija para sonarle la nariz—. En cuanto hago otra cosa durante un simple segundo, ella viene y tira de mí.

Ted se encogió de hombros.

—Como ya te he dicho, solo iba a escribir una frase.

Frieda tenía afecto y amor parental que recuperar, y pensé que podía sentir que había estado sola mucho tiempo. Ahora necesitaba a alguien. Se colgó de mi cadera, pero después del paseo en bicicleta me encontraba demasiado cansada.

—¿Has recibido un paquete? —preguntó Ted.

Olisqueé el paquete: había perdido su encanto. ¿Y qué?

—¿Eh? —dije despectivamente—. Solo son unas revistas que me manda mi madre.

—Suena encantador —dijo Ted—. Es bueno que tengas algo que te dé placer.

¿Hablaba en serio? Levanté la mirada hacia él. Debía de

estar bromeando. Tenía que ser un comentario irónico. No podía decirlo en serio... ¿De verdad pensaba que unas cuantas revistas femeninas de Estados Unidos iban a darme placer?

—Como ya te he dicho, no es nada —repliqué. Me puse en pie y sentí un violento impulso de apartar a un lado a Frieda, que se había amarrado a mi cadera como un cachorro a su hueso.

—Nos han invitado a cenar mañana —murmuré sentada en una silla, luchando por ponerme los calcetines de lana—. Quizás su casa sea más cálida. Los Tyrer. Me encontré en el centro con la esposa del director del banco.

—Entiendo —contestó Ted—. Entonces puedo revisar mis proyectos para la BBC con alguien que muestre un poco de interés.

¿Qué quería decir? ¿Qué clase de galaxia oscura y embarrada contenía lo que acababa de soltar por la boca? ¿Estaba cansado? ¿Estaba enfadado? ¿Acaso yo no tenía derecho a estar cansada y enfadada? Una mariposa ansiosa me atravesó aleteando. Llevaba al acecho todo el día y ahora sus frágiles alas me hacían temblar por dentro. La mariposa estaba encerrada, buscando la salida correcta, y se me incrustó directamente en la carne. Busqué una palabra.

—¿Ha dormido Frieda? —pregunté en cambio.

—No, ve y acuéstala tú —respondió Ted.

—¿Ha comido? ¡Son las dos!

—Hay beicon.

—¿Qué has comido tú?

—No tenía hambre.

Suspiré, abrí la escotilla de la chimenea del salón y arrojé un tronco sobre el lecho de brasas, pero no se encendió el fuego tal y como esperaba: por el contrario, el tronco sofocó las llamas y la chimenea se fundió en negro. La casa estaba helada. La matrona nos había dicho que en enero, cuando llegase el bebé, deberíamos tenerla más cálida.

—¡HA COMIDO BEICON EN EL DESAYUNO! —grité, y el bebé que tenía en la tripa dio una voltereta por el esfuerzo.

—¡Pues dale papel encerado, entonces! ¡Lo único que tenemos es beicon!

No obtuve respuesta.

—¡Estoy terminando un poema! —dijo Ted, impaciente; se levantó y cerró la puerta de la buhardilla tras él.

—Beicon —le dije a Frieda, y de repente sentí que me moría de hambre. Saqué la sartén del gancho, rendida totalmente al hambre. Una pequeña parte de mí se desbordó. Llevaba puesto mi amplio suéter azul cobalto, voluminoso como una tienda de campaña en mitad del estómago; no me hacía justicia. En la cima de la gran montaña (que era yo) se estaba formando una enorme mancha grasienta. Me detuve y la observé mientras se expandía por la tela. Empecé a llorar, gesticulando para ahuyentar las lágrimas, pero el llanto seguía allí y me escocía. ¡Maldito poema! La larga tira de beicon se había retorcido un rato en la sartén y ahora reposaba, tiesa y dura, en el plato. La corté para Frieda. La mordisqueó y puso cara de asco porque estaba áspera y excesivamente salada. La había cocinado demasiado tiempo. Cogí su plato, trinché otra tira de beicon flácido y la freí, bajando la llama debajo de la sartén.

Era responsabilidad mía enderezar las cosas.

Una vez, Frieda había sido pura e inocente y solo tomaba mi leche, leche que fluía de mis pechos y que yo no tenía del todo claro de dónde provenía. Leche. Leche blanca y tibia. Ahora mis pechos eran de nuevo enormes y sensibles, y este último trimestre había estado tan salida que había querido hacerlo todas las noches. Pero Ted no terminaba de entender lo que estaba haciendo. Hacía la cuchara con él, pero, como mi barriga presionaba su espalda, nunca llegábamos a tocarnos de verdad. Él suspiraba y me rechazaba. Yo me arrastraba hasta él, con las piernas y los brazos calientes y sudorosos, aunque en nuestra habitación hiciese frío.

Así que ahora come, criatura mía. Le di a Frieda la tira de beicon más blanda. Ella la chupó y se rio. Fue como si su sonrisa estuviese grabada en ella: quizás era un mecanismo de defensa, pensé, como una armadura contra la oscuridad que veía en sus padres, y su sonrisa sería el guardia que impedía su entrada. También pienso: Frieda es dura como una piedra. Nos sobrevivirá a todos.

¿Por qué hoy no era feliz? ¿Por qué me había levantado con este cielo gris en la cabeza? Hoy era un día como tantos otros. ¿Por qué pensaba que este día era tan jodidamente especial? ¿Cómo podía una persona, el movimiento a lo largo del día de una sola persona (el de la esposa del director del banco en el centro de la ciudad), sabotear mi realidad de un modo tan radical? Se me había quedado anclada dentro, su sonrisa petulante, tan llena de sí misma y al mismo tiempo tan curiosa. Quería saber cosas sobre mí, sobre Ted y sobre Frieda. En Londres nunca era así: allí estábamos solos y las calles nos protegían. Aquí todo era crudo, vacío, y estar en manos de otras personas era tan incómodo que rozaba la suciedad. Yo era una rata que se escabullía, queriendo permanecer indetectable, y ellos deseaban capturarme. ¿Sería capaz de perseverar? La campiña inglesa, donde nos encontrábamos, estaba abarrotada; yo era de Boston, que, en comparación, era como vivir junto al océano.

Me senté en el sofá para leer el primer número de *Ladies' Home Journal*. Sofá rojo, habitación oscura, pálida luz invernal atravesando las ventanas. En una carta a mi madre había escrito que de repente me encantaba coser y hacer manualidades, que eso era lo que el embarazo había hecho conmigo: me había vuelto vaga y encantadora. Quería leer revistas de señoritas y no dedicarme en absoluto a ninguna actividad intelectual. Pero ahora, mientras abría la revista... Ahora no era así. Abrí la revista y en ese momento traicioné a mi madre. Las páginas brillantes de la revista, las coloridas fotografías de plantas en macetas y la tapicería amarilla y verde del sofá me provocaron náuseas, hicieron que me sintiera vacía. Esto era lo que había escrito que quería. Esto era lo que le había pedido a mi madre. Esta inquietud. El pan blanco y esponjoso recién horneado e hinchado en una de las fotos. Un pan blanco que podías hornear tú mismo. Me atrapó, era un saludo desde casa, era una señal: oh, qué maravilloso sería disponer de una deliciosa rebanada de pan casero, de algo exquisito que tostar en el horno por la mañana. Las recetas en Inglaterra eran horribles: ponían especias y hierbas por doquier, pasas y centeno: todo demasiado asqueroso. Hornearía una hogaza de pan blanco.

Ted había bajado las escaleras y estaba abriendo un sobre en la cocina. Habían llegado tres cartas para él. Parecía feliz. Le habían escrito del gremio de escritores. Le habían concedido la beca. Rebuznó con una repentina alegría en la mesa de la cocina. Yo me limité a hojear la revista pero ni miré el mantel ni leí las cartas. ¡Eran buenas noticias para la familia! ¿Por qué, entonces, sentí como si algo se congelase en mi interior? ¿Qué preocupación era esta de la que no podía librarme? ¡AHORA QUE ESTABA AQUÍ, EN MI PROPIA QUIETUD, EN LA PERFECCIÓN INFINITA, AQUÍ SENTADA! ¡Sé feliz! Era la mujer embarazada de mi marido, el escritor ¿Acaso no era eso lo que quería? Pronuncié estas palabras: «Felicidades, qué maravilloso», me puse en pie y lo besé con gran esfuerzo porque mi cuerpo era enorme. Pensé: escribiré sobre esto a mi madre. Haré que las palabras reluzcan, y las enviaré como pequeñas princesas patinadoras sobre hielo fresco. Mis palabras llevarán pequeños lazos cosidos a ellas. En este sentido, las cartas eran mi mejor acontecimiento: en ellas podía expresar cómo deberían ser las cosas, podía actuar, quedarme en la gloria de todo lo que fuera estable y absoluto, y evidenciar que aún era posible la realidad a la que apuntaban las palabras. Mis cartas contenían la existencia tal y como debería ser, no como este día absurdo que no quería obedecerme de ninguna de las maneras, y aun así era un día como cualquier otro.

Y ayer, que no había llegado ningún aviso —había dormido peor por la noche y me había quedado en casa cocinando con Frieda mientras Ted permanecía en Londres trabajando—, en ese momento fui completamente feliz. El día fue como deberían ser todos los días: sentí una promesa en el pecho, sentí el bullicio de diciembre, até pequeños lazos de seda roja en las cortinas, jugué a diferentes juegos con Frieda, algo que realmente me había entretenido, y decidí que así era como debían ser los días en casa de la esposa de Ted.

Intenté frenéticamente grabarme la receta de ayer en la cabeza. ¿Qué era lo que había sacado adelante? ¿Por qué la preocupación no me abandonaba, tal y como lo había hecho el día anterior? ¿Era porque simplemente había cocinado el bacalao con salsa de perejil y no había hecho una tarta de postre? ¿Acaso lo que se había roto en pedazos hoy era que me había agotado yendo en bici hasta el centro? ¿O el hecho de que la ausencia de Ted hubiese sido tan deliciosa? ¿Por qué cuando él estaba aquí no podía soportarlo? ¿Era el embarazo, que anoche había dormido más tiempo y más profundamente, y en cierto modo no quería dejar de dormir —si me entregaba al sueño descubría lo cansada que estaba—, o era culpa de Frieda, que hoy estaba más necesitada, más quejumbrosa y más pegajosa? ¿Se debía al hecho de que Ted estuviese escribiendo? Sí, probablemente se debiese a que Ted estaba escribiendo y que su escritura me recordaba al horrible agujero que yo tenía en la cabeza, un agujero desde el cual nunca surgiría literatura maravillosa.

Ted había vuelto a conectar el teléfono, que había estado desconectado, y permanecía de pie en el vestíbulo hablando con alguien, con esa voz suya tan suave e indulgente, el tipo de prosodia que siempre quisiste tener de tu parte. Había llamado a alguien, habló, narró: toda la casa se había llenado de su voz.

Sentí que la beca de Ted mermaba la mía, que había recibido a finales de verano y cuya creación solicitada había terminado por adelantado. Una novela completa, que había titulado *La campana de cristal*, porque no había dado con nada mejor. El dinero se habrá acabado el próximo verano... Y yo había cocinado un hijo para nosotros en el horno de mi cuerpo: eso era lo que había estado haciendo, solo eso, porque no había escrito nada.

Ted terminó la conversación, se acercó y me puso la mano en la espalda porque se había dado cuenta de que estaba gimoteando en el sofá y quería ser de ayuda.

—¿No deberías tumbarte y descansar? —preguntó.

—Iba a hacer pan.

Ted suspiró.

—No tienes por qué hacer pan ahora —dijo.

—Pero no tenemos pan en casa. Es viernes. Tú también quieres pan para desayunar, ¿verdad?

—Deja que yo lo haga —dijo—. Tú quédate aquí.

Me tumbé en el sofá, derrotada. Pensé: no lo hará. Quería hacer pan para mi familia, punto. ¡La familia debe tener pan! ¿Acaso era la única que lo entendía? En cierta manera, ansiaba que el bebé llegase para que nos convirtiéramos en una verdadera familia, una familia de cuatro. En este momento éramos una pareja con una cría. Cuando ella nació, Ted estaba ocupadísimo y se veía obligado a hornear, a cuidarme... Lo esperaba de nuevo con ganas.

Se oyó el repiqueteo de los armarios de la cocina. Alejé mi deseo de entrar allí y guiar el horneado de Ted. ¿Qué clase de pan haría? Uno malo, seguro. No uno suave y esponjoso. ¿Por qué no podía hacerlo yo? ¿Por qué hoy no era feliz? ¿Por qué el embarazo no me funcionaba? ¿Por qué me sentía rancia y demasiado madura? Todo mi ser había crecido decrépitamente. No quedaba ningún yo, solo su transformación, la erupción volcánica. A veces eso era lo maravilloso de encontrarse en estado de buena esperanza: pulular bajo el radar de la persona con la que creías que estabas tratando, convirtiéndote en otra, con otras ideas y expresiones. Una aparición completamente diferente. Menos hoy.

Intenté rescatar otra voz de mi interior, la de mi madre, la de mi tía, la de mi hermano: «Descansa, Sivvy. Relájate y procura descansar».

Espiré hondo. Pero ni siquiera pude hacer eso bien. ¿Por qué debería descansar si no quería hacerlo? ¡Quería escribir! ¡Quería hacer pan! ¡Quería vivir como Ted!

Y mientras Ted impregnaba la cocina con los olores y los temas de conversación más gloriosos de la vida («Me convertiré en una persona influyente en el mundo de la cultura. Me encantan esas palabras: "persona influyente", eso es en lo que nos vamos a convertir tú y yo, Sylvia, en personas influyentes en el mundo de la cultura»), me senté a su lado murmurando y mordisqueando su realidad. Lo hice aunque me dolía el culo de estar sentada y aunque odiaba cada centímetro de su pan inglés marrón, lo hice, algo que seré incapaz de ocultar mañana a la hora del desayuno. Pero eso será mañana.

¿En qué consistía la culpa? ¿En no sentirse bien? Por la tarde di un paseo glacial. El sol había liberado su última luz sobre la tierra. Los pájaros estaban despiertos pese a que el mes de diciembre no les hacía más que daño. Me arrastré por ahí, pensé en el oxígeno. Oxígeno en mi cuerpo. Oxígeno en mis caderas. Tenía una misión en la tierra, era un cuerpo con otro cuerpo en su interior. Era dos personas. Aun así, arrastré los pies y me arrepentí de haber dicho que sí a la cena de esta noche.

En el bolsillo tenía un trozo del pan de Ted, el desayuno de Frieda, que desmenucé entre los dedos. Los altos arbustos británicos eran un manto protector entre las casas y yo. Escarcha, pensé. Helada. Caminé hasta aquí y aún no estaba preparada para recibir lo que el mundo quería ofrecerme. Era una niña desagradecida. Me habían dado todo lo que siempre había querido. Pronto estuve en la recta final del sueño Plathiano: dos niños de cuatro. Un marido que escribía. Yo escribía. Receptores de becas. Madre en la otra punta del planeta. Tenía la valentía de deambular y ver todo lo que era excelso con una luz completamente diferente. ¿Por qué era yo una persona que iba a pescar en la muerte y en sus aguas turbias? ¿Qué asuntos me aguardaban allí, mi polilla, mi viejo pez? Levántate y quítate los hierbajos, rompe con la pesadez de tus días. Yo estaba aquí, era inglesa, tenía una criatura en la tripa, estaba sana y era estable. Sin razón. ¡Sin razón!

Tenía un marido, un cuervo, un marido y un cuervo en casa que me querían. Él cuidaba de mí. Me deseaba. Estaba ligado a mí... Éramos inseparables, estábamos unidos en la tierra. Su Inglaterra negra, de piel de zorro húmeda e hirsuta, verde como la hierba irlandesa. Mi América de esmalte blanco nacarado, mi América de piernas largas. Y mi boca, que una vez fue una gran cereza en la que hincar los dientes, roja y jugosa, y que ahora, cuanto más me miraba Ted, más se parecía a un pez descolorido, sacado del agua: una sardina.

Nosotros éramos nosotros. ¿Por qué esta culpabilidad?, ¿a qué se debía este sentimiento de culpa? ¡No era más que un paseo! Solo eran adoquines, solo eran arbustos, solo era el tiempo. El paseo me puso tremendamente nerviosa por la sensación de perder el tiempo y no ser productiva. Caminaba y era material. Entonces, ¿por qué la culpa? No estaba recopilando material: yo era el material, pero ¿cómo podía evaluar la distancia que me separaba de mi propio material (que era yo misma) y empezar a crear sobre esa base? Era todo lo que había querido hacer en la vida, no había hecho otra cosa, pero nunca había sido suficiente. Realmente, nadie lo había querido nunca, y cuando alguien lo había hecho, no era precisamente lo que hubiese querido que ellos deseasen. (ELLOS: *MADEMOISELLE*, EL *NEW YORKER*, REVISTAS). ¡Si me hubiesen dejado decidir! Entonces habría sido otro poema, otro relato o novela o ensayo, habría sido bajo mis propios términos. Pero nadie hizo nunca lo que yo deseaba.

Yo era una pérdida de tiempo. El embarazo, el deambular y el vivir en mi cuerpo eran la demostración perfecta de que estaba a la deriva. Me había prestado incluso a mí misma. Culpabilidad.

Cuando el día era así, sabía cómo iba a reproducirse. Fue como dejar caer al suelo un tintero de tinta negra, que contaminó, manchó a Ted, empezó a devorarlo, y finalmente lo cabreó. No tenía sentido ir a cenar. Nos quedaríamos allí sentados, perdidos, porque ese día yo estaba perdida, y Frieda me roería como una erupción enloquecedora de culpa en mi interior (ella se desmoronaba porque yo me desmoronaba, porque me sentía como una mierda), y Ted desearía estar muy lejos de allí, quizás incluso junto a otra mujer.

North Tawton, ¡ay! La descomposición se desplegó ante mis ojos mientras las hojas marrones del otoño se me pegaban a la suela del zapato. Los lugareños me tenían como una muñequita en las palmas de las manos y supe entonces que necesitaba bailar. Necesitaba bailar y coser y tejer ante ellos. Ted era un hombre: podía desvanecerse en el piso de arriba, en la pequeña habitación de la buhardilla, y escribir como quisiera. Yo era propiedad pública, yo era un objeto. Era una mujer. Era a mí a quien querían capturar. ¿Por eso había buscado la iglesia anglicana, a nuestros vecinos? Me detuve ante la enorme puerta de madera y llamé para que me llevasen a la capilla. No tenía ningún deseo de fingir ser cristiana, no proclamaba ninguna fe y, definitivamente, no escuchaba a nadie vociferando desde el púlpito que no se tomase en serio la vida y la humanidad. Esos curas nunca decían nada significativo, ¡hablaban con paja en la boca! Paja y papel secante. Eran unos zoquetes disfrazados de gente importante y se vanagloriaban de lo importantes y buenos que eran. ¡Puaj! Me daban asco.

Retrocedí unos cuantos pasos en la gravilla para mirar la iglesia, tan gris y mundana, elevando su arpón en el aire. Una erección perversa en mitad de todo ese inglés gris avena. Pero, entonces, ¿por qué los había buscado, por qué estaba tan decidida a que Frieda asistiese a la escuela dominical? Quería que tuviera una buena infancia. Quería criarla en algún tipo de cultura. En Londres, la cultura vivía en las caras de los que se interesaban, de los que habían viajado, de los urbanitas, en las cosas sobre las que elegían hablar. Aquí, en Devon, la sed de conocimiento estaba muerta, lo espiritual se había extinguido; solo podías recurrir a la iglesia.

Cuando el cura abrió la puerta, casi entro a la fuerza, tuvo que echarse hacia atrás al ver mi monstruosa aparición. Me quedé en el frío vestíbulo revestido de piedra con ojos desamparados y lo miré. ¿Aceptaría a mi hija? En Inglaterra no hace más que llover y crecerá callada y taciturna como una muñeca con dos padres escritores como única fuente de inspiración. Alguien debería ayudarla, alguien que no fuese yo.

—Mi hija cumplirá dos años dentro de poco —conseguí decir, temblando ostensiblemente—. ¿Tienen alguna actividad para ella?

—¿Son ustedes la pareja que acaba de mudarse? —preguntó el cura, que tenía un peculiar gesto lateral, y toqueteó una partitura que llevaba dentro del libro de los salmos.

—Vivimos en Court Green.

—Oh, la vieja vicaría. —Se le iluminó la cara.

—Somos la nueva promesa. —Me reí y ahí estaba mi sonrisa, la sonrisa que tan incondicionalmente ofrecía a los curas y a otras personas que la necesitasen. Mi sonrisa que empezaba en la boca y podía extenderse indefinidamente por mi cara. No siempre era capaz de mantener la sonrisa y ofrecer solo eso; necesitaba, como si me empujase una compulsión, seguir la sonrisa hasta los rincones más profundos y distantes..., hasta la oscuridad. Necesitaba descargar la oscuridad. Necesitaba regalar la alegría y la tristeza de mi alma. Necesitaba obligar a otro ser humano a reaccionar en contra de mi oscuridad, a interactuar con ella. Necesitaba dejar a alguien perplejo, alicaído. Y allí había alguien que sonreía con tanto esfuerzo que era imposible tomarlo en serio. Desautoricé a mi propia sonrisa por sacarla a la fuerza; de hecho, vacié todo mi ser. Y después volví arrastrándome y necesité recomponerme ante la otra persona. Necesité rogar y suplicar que me tomaran en serio, que aceptaran mi sonrisa, soy alguien, de verdad que soy una persona normal, aceptadme.

Tenía que exponer constantemente este circo del yo.

Era incapaz de detener el movimiento en mi propia sangre.

Ahora tenía miedo, miedo de que el cura viese el fracaso en mi vacía cara de norteamericana, miedo de que pudiese ver que realmente no era feliz.

Miedo de estar triste frente a él. Quizás sea yo, pensé. Quizás sea yo la que necesite una iglesia, quizás sea yo la que necesite un cura.

Confesarme.

Quizás fuese yo la que necesitaba la escuela dominical, quizás era yo la única niña en todo este asunto.

El cura me entregó con sus ceremoniosas manos un folleto que seguramente nunca había tocado una pieza de carne tan vibrante como la mía, que seguramente nunca había pecado. Oh, ¿por qué no podía tener yo un milímetro de su aburrida mansedumbre?

El cura me inspeccionó los ojos marrones.

—Será más que bienvenida a asistir también —dijo, y señaló mi barriga—. Tenemos vísperas los martes y los jueves.

Sentí que me goteaba la nariz, por supuesto, y permanecí allí ofreciéndole mi violenta sonrisa.

—¡Gracias! —Me incliné y me di cuenta de lo horrible que era inclinarse ante un cura. ¿Hay más gestos? Le tendí la mano.

—Será muy beneficioso para Frieda asistir a la escuela dominical —dije, y estreché la mano del cura varias veces—. Estos días necesita mucha espiritualidad y, desde luego, disciplina.

—No impartimos disciplina a los niños, como mucho los educamos —objetó el cura.

—¡Por supuesto! Naturalmente. —Cambié el rumbo de la conversación. Quería que al cura le encantase lo que iba a decir.

—Educación cristiana —dije, mintiendo—. Eso es lo que en realidad estamos buscando.

El cura me puso una mano ceremoniosa en el hombro y me mostró la salida.

—Será agradable tratar con usted en la vicaría —dijo, y sonreí ante la palabra, sonreí ante el momento y la sutileza: agradable.

—Maravilloso —contesté—. Gracias, señor, por recibirme en una tarde como esta. No sabe lo agradecida que estoy.

—Nada, nada, no hay necesidad de excederse. Estamos aquí para los que nos buscan, ni más ni menos. Frieda será más que bienvenida con usted o con su marido.

¡Se ha cansado de mí! ¡Se ha cansado de mí delante de mis narices! ¡No me lo podía creer! Me encorvé avergonzada; había perdido el punto de referencia, había exagerado, había desperdiciado la oportunidad de parecer contenida y equilibrada ante él. Caprichosa: le había revelado al cura lo caprichosa que era. ¡Maldita sea! Cuando llegue a casa le pediré a Ted que me permita apoyarme en su pecho y reírme de este maldito cura inglés y de su sentido de la perfección personal. ¡Puaj! Podría vomitar.

Sonreí al cura y me despedí. Me tambaleé en la gravilla como si estuviera borracha; quería volver a casa, a casa con el otro, que me salvaría de mí misma: Ted.

Ya en casa, con Ted, lloré. Lloré mucho, lágrimas que se deslizaban con lentitud. Nos sentamos en el sofá; Frieda aún estaba dormida. Me sentía ansiosa por el hecho de que se despertaría en poco tiempo.

—Es demasiado —dije—. Es demasiado. —Me preguntó si estaba triste.

—No lo sé —contesté.

—Pero estás llorando.

—Es porque estoy enfadada con el cura.

—¿Por qué fuiste allí?

Me sentí atacada por la pregunta de Ted, que se congeló y se asentó debajo de las palabras que acababan de reconfortarme y permaneció allí como una daga helada pinchándome con su cuchilla afilada. No quería más ataques, no quería más movimientos estresantes; había tenido suficiente. Nos íbamos en unas horas, necesitaba descansar, sentirme cómoda. Lo único que deseaba era tumbarme y hundirme en los preciosos brazos de Ted.

Quizás estar allí con él sería más que suficiente.

Sentí que se me ralentizaba el corazón.

Su cálida mano, que era lo que me había conquistado en Cambridge en febrero de 1956. Sus dedos infinitamente largos abrazaban casi todo mi cuerpo, así de lejos llegaban. Atravesaban la noche. El calor nunca terminaba. Contaba con sus manos. Ted: tú, pájaro alto y precioso, un cuervo grande, enorme, que extendía sus fuertes alas y me envolvía en ellas. Permite que me resguarde ahí. Inglaterra estaba llena de pájaros negros que volaban en bandadas, pequeños pájaros negros perdidos que no sabían adónde ir si no recurrían a los otros; parecían un enjambre de abejas en lo alto del cielo, un cadáver que intentaba desesperadamente reunir en el aire sus miembros negros. Ted no. Ted era inmenso, era más fuerte que todo eso. Estaba solo. Era el gigante del reino de los pájaros, dueño de su propio destino, un gran poeta, y todo lo que le sobrevolaba era únicamente eso, palabras: el pulular de personajes oscuros con los que llenaba páginas y más páginas en la máquina de escribir. Su propio mundo interior, el que me respaldaba y me fascinaba y con el que él se sentía tan tranquilo y seguro de que tenía su propio espacio en el universo, por lo que podía permitirse escucharme. Escuchar mis formulaciones indefinidas y mis palabras roncas y entrecortadas.

Podía ver ese encuentro siempre que observaba su mirada gris, a veces ennegrecida, de la posguerra. Nunca podría olvidarla. Nos habíamos seguido a través de muchas preguntas y habíamos encontrado respuestas juntos. Ted me lo había permitido. Ted me había perdonado. Ted me había sostenido. Ted me había abandonado. Ted había regresado. Ted me había reclamado. Ted me había preguntado. Ted se había mantenido a mi lado. Ted había llegado y se había marchado. Ted había seguido siendo mi amigo. Ted había visto mis profundidades y mis dificultades. Ted había estado a mi lado y me había observado. Ted me había condenado. Ted había vuelto de todas formas. Ted me había transformado. Y por ello, era al que más había amado. Ese Ted, que lentamente había cambiado mi forma de ver, de hablar, de entender las cosas. Ted se había impregnado en mí, me había marcado. Me había quedado tumbada junto a él como un trozo de cristal en la orilla al que las olas salvajes habían pulido poco a poco. Y ahora se había puesto en pie y se había alejado.

Ahora se alejaba de mí. Menudo vacío.

Mis celos de Ted no tenían límites. Ese era mi mayor reto y lo sabía. Cuando se levantó para abandonar nuestro dulce momento en el sofá, cuando luchó por salir de nuestro pozo de consuelo para ayudar a Frieda, que se había despertado en la cama.

Después me acerqué a él, quería entrar en su cuerpo y ser él durante unos segundos. Vivir junto a él no era suficiente. Quería vivir en su interior. Quería llegar hasta su médula, quería copiarlo o simplemente conseguir permiso y acceso —quizás una llave— a su cuerpo para poder entrar en él y sentir lo que significaba ser él cuando caminaba, ser él cuando se ponía de pie, grande y poderoso, erguido en el suelo del salón, firmemente decidido, seguro de lo que haría a continuación. Su corazón latía robusto y tranquilo, y la convicción le corría por las venas con tanta suavidad como su sangre: se iba con Frieda. Era padre, era cuervo, tenía dos piernas largas y estables que lo llevaban por la realidad y ahora se había separado de mí, y mi cuerpo permanecía tullido en el sofá.

Tullido. El cadáver en el sofá.

Era un ataque. Dejarme sola de ese modo era un ataque.

—¿Cómo está mi niña? —pregunté a Frieda, que había saltado a los fuertes brazos de Ted fuera de la habitación del bebé. Se frotó los ojos, somnolienta.

—Mami —dijo y estiró sus finos bracitos hacia mí, se soltó de su padre y me pidió que la abrazase.

El cuerpecito suave, indefenso y confiado de Frieda. Inspiré el peso de su ligereza. Era puro algodón, suave y perfecta. Su pelo radiante. Tenía en mis brazos un ángel que también hacía que mi corazón se acelerase y moderase. La abracé durante un momento totalmente inesperado, de alegría espontánea. También fue un momento lleno de Ted: se quedó y nos observó, el encuentro de una mejilla con la otra. Nos sonrió. Me adentré en ella con todo lo que tenía.

Era en momentos como este cuando Ted no debía abandonarme. Y eso era lo que siempre hacía. Pensaba que yo solo necesitaba a Frieda, que la maternidad era suficiente. ¿Cómo iba a necesitarle a él y su energía sagrada? ¡Sí! Si pudiera ponerle la zancadilla, ¡seguro que tendría que andar con un bastón! ¡Ojalá no estuviese siempre alejándose de mí! Mi cuerpo era demasiado pesado para quedarme de pie en el rellano y transportar a una criatura de un año. Había sido un bonito beso en la mejilla, y ahora la vida debía continuar. También quería sentarme, aunque solo fuera un momento, y echar un vistazo a mis papeles. Además, quería escribir una carta al *New Yorker*. ¿Acaso pensaba todo el mundo en esta casa que yo no trabajaba? ¿Que no traía dinero a casa? Le recordaría a él que sí que lo hacía; de hecho, me habían concedido una beca, de la que estábamos viviendo, y el libro ya estaba escrito, el libro que conmocionaría al mundo (quizás) o que al menos entretendría a algún alma perdida (probablemente) o que al menos estaría en la estantería de una librería y tendría potencial.

¡Fuera, Frieda, fuera! La aparté a un lado, le dije que debía tener el doble de cuidado ahora que mi tripa era tan grande como una montaña.

—¿Qué hay ahí? —me preguntó Frieda y la pinchó con un dedo. Tuve que sonreír, brevemente.

—Un pequeño ser humano —le contesté—. Una palomita pequeña y celestial.

—¿Quién hay ahí?

Quise volver a llamar a Ted, él también debería escuchar esto. La sorpresa de Frieda, su charla juguetona y su lenguaje, que ya estaba bastante desarrollado. Deberíamos estar los dos presentes en todos y cada uno de los momentos.

—Oh, hija mía —le dije—. Aquí vive un zorro.

Me tumbé en la camita de Frieda mientras ella jugaba. Aquí la luz de la ventana caía de un modo diferente: era como un relámpago infinito y nítido. Cerré los ojos mientras Frieda cogía juguetes para morderlos o dármelos con similares dosis de expectativa y solemnidad infantil. Yo pertenecía a esto, a lo dulce, a lo carente de sentido. También quería subir a la buhardilla y ser importante como Ted, pero sabía que uno de los dos tenía que tumbarse aquí y ser infinito ante su criatura. Extendido en el tiempo, detrás de una barriga tan alta como una colina en un parque infantil en ruinas. Alguien tenía que quedarse quieto y abierto de par en par mientras Frieda me metía un patito en la boca. Sabía a goma.

Me gustaría morirme, fundirme con Frieda en una sola persona, de tal manera que mi otro yo insoportable dejase de insistir. Me gustaría entregar mi carta de dimisión de la escritura. Si abriese los ojos, vería en la mirada de Frieda que le parecía una buena idea. Sabía que Ted pensaba lo mismo. Sabía que las palabras que le había escrito a mi madre cuando le pedí el *Ladies' Home Journal* eran realmente ciertas. Lo decía en serio: «Me encanta hacer manualidades, coser ropa para Frieda y el bebé, hacer galletas y leer revistas ilustradas femeninas». Sabía que todos se mostraban encantados cuando mi escritura enmudecía, porque entonces también el lobo enmudecía (al menos, en gran medida).

Podía vivir en la bendición de mi cuerpo. Vivir a la completa merced de mi hija.

Me dio su caja de música.

—*Punla*, mamá —dijo.

—No, molestaremos a papá.

—¡*Punla*!

Y la puse: sonó «La Internacional», sabía que los ojos del lobo brillaban de manera amenazante en lo más profundo de mi ser. Sentí que quería molestar a Ted. Giré la manivela, siguiendo las órdenes de Frieda, cada vez más rápido, hasta que oí pasos en el piso de arriba: bajaría pronto, bajaría pronto...

Hasta que bajó con pesadez, arrastrando el trabajo asalariado en sus pasos, y sin mirarme siquiera tomó el relevo de cuidar a Frieda.

Ni una palabra.

Subí al piso de arriba caminando como un pato mientras Frieda protestaba salvajemente.

La ventana que se encontraba justo encima de nuestra cama doble tenía cortinas blancas, hechas en casa. Cosidas con mis propias manos. Ahora me tumbaría aquí y escribiría algo. Bajo la luz que extendía sus finos rayos a través de la tela: la mísera luz de diciembre de Devon. Me hundí en la colcha, de lado, para que el bebé no dificultase el riego de sangre y aire a mis pulmones. El corazón me latía con rapidez. Me toqué el flequillo, la frente, los ojos: aún estaba aquí. Respira lenta y profundamente, pensé. Respira hasta el corazón.

Necesitaba un respiro de al menos media hora antes de vestirme y prepararme para la cena.

Eran estos momentos: deseaba que el tiempo fuera elástico y que el lobo estuviera domesticado, que hiciesen lo que yo quisiera. Si el tiempo me obedecía. Si el lobo permanecía atado. Entonces tendría la posibilidad de descansar, de escribir la carta al *New Yorker* y de vestirme esta noche, para Ted, como una preciosa prima donna. Pero solo necesitaba sobrevivir al tiempo. Aceptar que tenía su curso, sin importar lo ardientemente que lo desease. Odiaba que me dirigiesen. El bebé empezó a dar patadas, algo que ocurría siempre que me ponía cómoda. Nacería. Hizo que el estómago se me agitara, como las ondas del océano, y noté ardor de estómago; sentía tanta presión en él que los jugos me montaron un carrusel en la garganta y en la boca. Tragué ácido.

Abrí el armario: ¿valdría esto? ¿Esto mismo? La ropa estaba fría y mi cuerpo era enorme y cálido. Estaba inflado. Inerte. Me puse ropa interior suave y larga, negra, que me tendría que servir como medias, y había dejado el elástico en la cadera para que no me presionara la parte baja de la tripa, donde tenía que haber más espacio.

Tenía los muslos hinchados y se rozaban el uno con el otro cuando caminaba. No estaba guapa: podía verlo en el espejo. Me había hinchado. ¿Quién vivía en mí? Gemí. Cogí una especie de vestido que se parecía en gran medida a un delantal. Era de color azul cielo. Lo apartaría y le haría un chaleco a Frieda, mejor. Lo rasgué. Necesitaba ponerme otra cosa. ¿Por qué nadie me cosía ropa? ¿Por qué mi madre no estaba aquí? ¿Acaso Ted no entendía lo devastadoramente preciosa que estaría su mujer si tuviera ropa un poco más estilosa?

Llevaba un tiempo sintiendo la frialdad de Ted: el deseo que mi ser había suscitado en él con anterioridad había sido sustituido recientemente por el silencio; percibía una cualidad un tanto distante en sus ojos, como si me viera pero no me acogiese, como si su visión no me aceptara por completo. Pero, pensé, él ahora no podía construir un muro. No podía lidiar con muros. Solo derribaría paredes, aunque para ello tuviese que hacer uso de mis garras. Porque habría una sangrienta batalla entre los muros de Ted y mis garras afiladas como sables.

Me giré ante el espejo; ahora llevaba puesto algo negro; parecía que iba a un funeral, pero era un vestido que atestiguaba mi dignidad, y que hacía que, al menos, mis brazos y mis piernas pareciesen respetables. Me pinté un corazón rojo en los labios grandes e hinchados de embarazada. Parecía un corazón que alguien había pisoteado.

Una jovencita con el cabello oscuro, vigoroso y muy corto abrió la puerta de los vecinos. Rezumaba un perfume corrosivo. ¿Cuántos años tendría? ¿Dieciséis? Miró directamente a Ted y después bajó la mirada a mi enorme barriga. Quise estirar las manos, cogerla de la barbilla y dirigir su mirada a mi cara para que me la clavase en los ojos. «Nicola», nos saludó la chica educadamente. Agarré el cuello del mono azul de Frieda que había limpiado hacía un momento con un poco de saliva. Ella tiró del gorro de bebé, hasta que la cuerda se tensó alrededor de su cuello, y la ayudé de inmediato a aflojarlo.

Con sus modales medio educados, Ted saludó a los anfitriones, que habían venido al vestíbulo a saludarnos: los Tyrer, los padres de la jovencita.

—Un placer, un placer —dijo Ted irónicamente, con su largo brazo apoyado en mí, mientras yo me agachaba.

¿Por qué tenía que decirlo como si no hablase en serio? Parecía que se estaba burlando de los Tyrer delante de sus narices, dejándoles claro que aquella cena era un engorro para nosotros. Suficiente, tenía que encargarme yo, tenía que recurrir a mi deslumbrante sonrisa de revista, mientras dejaba a Frieda en el suelo y me erguía como la muñeca de un anuncio de televisión.

Marjorie Tyrer me dio un beso en la mejilla y me cogió el

abrigo antes de graznarle con alegría a la adorable y pequeña Frieda: «¡Qué guapa!».

Le dieron a Frieda un viejo oso de peluche, ella puso su boca sobre la nariz del osito e hizo que todo el grupo exclamase al unísono: «¡Oooh!».

Mi niña, pensé. Buena chica. Media hora antes estaba sentada, inclinada sobre los charquitos de orina en el suelo y frotándole el trasero con un trapo rugoso y frío hasta que gritó.

Y ahí la tenemos ahora. Así es como deberían ser las cosas: una puesta en escena.

La joven Nicola nos ofreció sendas copas de jerez como bebida de bienvenida; las trajo torpemente, una en cada mano: podría haber usado una bandeja. Mientras lo hacía, miraba a Ted de una forma descarada, atrevida, tonta. Tenía una mirada estúpida, pensé, y la estudié con detenimiento. Era torpe, tenía piernas gruesas, y llevaba medias blancas y una falda marrón irritantemente corta. Sus padres eran muy mayores, de edad demasiado avanzada para tener una hija adolescente en casa.

—Es la última Navidad de Nicola en casa —explicó Marjorie y se volvió cuidadosamente hacia mí. Yo no quería hablar de la pequeña Nicola para que no se sintiese la reina de la conversación, de modo que me quedé mirando un cuadro carente de sentido en la pared. Nicola se había agachado para ayudar a Frieda a poner bien la cabeza del oso. El marido de Marjorie, el director del banco, ardía en deseos de reclamar a Ted: se había preparado colocando una pila de libros en la mesa de cristal. Ahora quería que Ted abandonase al quinteto; con una mano en la espalda, el viejo George, vestido de verde, con el cuello de la camisa fuera del jersey, alzó el libro superior y dejó que Ted se encargase del resto.

Al parecer, era de Auden, mi viejo Auden, que en su momento hizo que empezase a escribir, y ahora Ted iba a hablar de poesía mientras yo entraba en la cocina con Marjorie, quien trinchó el asado con un tenedor y empezó a cortar la carne.

Un olor repugnante emanó de la carne. Tuve que darme la vuelta del asco puro que me dio, y vigilé las hazañas de la niña Nicola en la sala contigua. A través de la puerta entreabierta pude ver cómo se involucraba en la conversación de los dos hombres: entretener a Frieda no era más que una excusa. Ya le había soltado la mano. Me liberé del agarre de hierro de Marjorie —obviamente, ella quería charlar sobre unas cuantas mujeres enfermas del vecindario y explicarme sus curiosas enfermedades con todo lujo de detalles— y entré en la sala de estar con la copa de jerez. Me agaché. Yo era de Frieda. La cara de Frieda se iluminó. Alguien para jugar conmigo.

¿Y Nicola?

Tenía una pierna levantada en ángulo recto con el sillón, lo que hacía que su cuerpo asumiera una peculiar autoridad sexual aunque era estúpida y torpe, y tenía no más de dieciséis años. Ted había empezado a incluirla en la conversación. Apenas daba crédito a lo que estaba viendo. ¿Iba a hablar con ella? ¿Sobre poesía?

Necesitaba calmarme.

Era extraño que una esposa de veintinueve años con un bebé y otro de camino necesitase hacer una incursión en la pantanosa oscuridad de los celos.

Ella habló de su interés por la poesía. De escribir. Le gustaría aprender a hacerlo.

Escuché disimuladamente. Noté que su perfume llegaba hasta donde yo estaba sentada. Abandonada en el suelo con Frieda. Ahora Ted había girado todo el cuerpo hacia ella: estaba hablando con la mocosa. La boca de la mocosa estaba abierta de par en par mientras asentía. Tenía una lengua pequeña e irritante que chasqueaba contra su labio superior cuando hablaba. Dios, George, Marjorie, ¿no podéis hacer nada para que se calle?

¿Cómo se atreve él..., Ted?

¿Mi marido?

¿La persona a la que abrazo por la noche?

¿Cómo podía soportar estar hablando de poesía con una mocosa adolescente?

¿Nadie se daba cuenta de que yo estaba sentada en el suelo, sacrificada?

¿Nadie iba a pedirme que me levantara?

Y, en todo caso, ¿por qué estaba sentada allí?

¡Me habían invitado a cenar! ¡Era una adulta! Era la mujer de la familia Plath-Hughes. Era moderna. Debían tratarme con interés y respeto.

Intenté coger aire...

¡Necesitaba escribir sobre esto!

De repente, ese pensamiento me salvó. Me levanté —Frieda estaba entretenida con el oso—, caí de espaldas sobre el chirriante sillón de piel y noté frío en el trasero. Exhalé.

Ted estaba totalmente enfrascado en la conversación —«Puedo leer tu poesía y darte mi opinión, si te interesa»— mientras se giraba para mirarme durante un segundo.

No me ve, pensé. Está metido a fondo en sus palabras. Está dentro de la confirmación que recibe de la jovencita.

George dijo algo sobre una cacería de zorros. La chica se rio.

¿De eso iba toda esta historia? ¿De orígenes? ¿Tenían estos tres algo en común de lo que yo estaba al margen? Inglaterra, lo británico, tan vago y tan agotador para mí, tan difícil de comprender. Un campo lleno de hierba. La tierra de los pantanos, de las botas para vadear, el aire perpetuamente racheado, húmedo. ¿Acaso la chica había tocado la cuerda sensible de mi marido porque venía de un páramo parecido al que él...? Dios mío. Podría haberles interrumpido y haber participado en la conversación. Podríamos haber estado ella y yo, totalmente enfrascadas en una conversación sobre poesía fraterna. Sentí una punzada de dolor por que las cosas no funcionasen de ese modo. A ella no le interesaba yo lo más mínimo.

La jovencita metió sus dedos regordetes en el vaso. Sacó una cereza confitada y se la llevó a la boca. Se retiró del grupo y se fue a la cocina, con su madre.

—Madre, ¡Ted Hughes me ha animado a trabajar en mis poemas! ¡Es fantástico!

—¡Qué maravilla! —exclamó su madre en la cocina, besándola rápidamente en la mejilla—. ¡Qué valiente de tu parte! ¡Te estamos muy agradecidos, Ted!

Nos sentamos a la mesa. Yo era la que más cerca estaba de Frieda para poder darle de comer. Ted era el que tenía más lejos. Estaba colocado al lado de Marjorie, frente al viejo George y en diagonal a la jovencita Nicola, sentada a mi lado.

Corté trozos de patata asada, los aplasté con el tenedor y esparcí pequeños guisantes verdes encima de la montaña de patatas que Frieda iba a comerse. Si hubiese estado en casa, habría hecho lo acostumbrado cuando comíamos chuletas: masticar la carne y escupirla para Frieda, como hacía la gente en la Edad de Piedra. A Ted le parecía repugnante verme hacerlo, pero la verdad es que yo tenía un familiar en Estados Unidos que había muerto ahogado con un trozo de carne, y para mí era un motivo de orgullo proteger a mi hija de la muerte. Sin embargo, en una cena como esta, por supuesto, me pareció necesario utilizar tenedor y cuchillo.

El resto de la cena lo pasé escuchando a Nicola hablar de cosas de chicas; ese era el tema que había reservado para mí. Le gustaba mucho ir al cine, suspiró.

—¿De verdad? —pregunté con las manos llenas de puré y de trozos de carne, que metía en la embadurnada boca de Frieda.

—Sí, y es divertido imaginarme como actriz algún día —continuó.

—¿Ah, sí? —contesté de forma casual—. ¿No acabas de decir que querías ser poeta?

No contestó.

Quería hablar de moda, de Brigitte Bardot, de sus planes para escapar de una vez por todas de este maldito páramo y convertirse en una persona famosa, y me dolió hasta la médula que yo, que cumpliría los treinta en breve y que hacía poco que había llegado de la gloriosa América, acabara de asentarme en este páramo, ahora me pertenecía; me alegré, por supuesto, de que tuviera planes para marcharse, aunque pensé que no los llevaría a cabo lo suficientemente rápido.

De camino a casa, no pude dejar de felicitarme porque: primero, podía tachar la casilla de que había ido a conocer a los vecinos y, encima, lo había llevado espléndidamente; y segundo, ahora disponía de material suficiente para terminar virtualmente una novela.

—Es mi arma —dije mientras caminaba de la mano de Ted de noche por la calle oscura—. Es mi arma, así es como voy a perseverar: escribiré sobre ellos. Escribiré sobre estos vecinos británicos tan peculiares. ¿No entienden las parodias que representan de sí mismos? George: su voz monótona, ronca, estridente, como si se hubiese tragado un fajo de billetes en el banco y no pudiera vomitarlos.

Ted se rio: vi que le brillaban los ojos, así que continué.

—Esos pelos canosos que le salen de la nariz y su desprecio absoluto por cualquier cosa que no sea varonil o él mismo. La caza del zorro, viajar al sur, los *souvenirs* de los viajes al sur: armas y munición. Asuntos del banco.

Apreté la mano de Ted. Entramos en el vestíbulo. La enorme vicaría es propiedad nuestra desde hace casi seis meses, pero hasta ahora nunca me he sentido en ella como en casa. Ted llevó con sumo cuidado a Frieda a la habitación de los niños y volvió; me quitó solícitamente el abrigo y lo colgó de una percha. Nos reímos mientras me besaba: ¡estábamos confabulando porque los vecinos que vivían al lado estaban completa y absolutamente locos! Ted me sopló en la oreja con delicadeza, estaba de buen humor: tres vasos de cerveza, dos copas de jerez, un whisky con George; se dio la vuelta y se quedó de pie para poder presionar su sexo contra mí por detrás mientras sus manos descansaban en mi barriga.

—¿Serías tan amable de pasarme la salsa de menta, querida Sylvia? —imitó Ted al viejo banquero George con su voz ronca de pensionista. Se balanceaba contra mí: era como si lo hiciéramos a pesar de la generación inglesa mayor; bailábamos en connivencia. Y yo empecé a reírme de tal manera que se me doblaron las rodillas y Ted tuvo que sujetarme y me dio un beso, y algo se me tensó en el estómago, como si estuviese a punto de tener una contracción.

Gemí. A pesar de todo, era su corona la que llevaba conmigo, sin importar cuántas miradas lascivas le lanzasen las chicas como Nicola; sin importar cuánto deseo estuviese alojado en su lóbulo frontal. Era a mí a quien había penetrado y marcado. Para toda la vida... Me excitaba el pelo áspero de Ted en los muslos, sus ansias por abrirme de par en par, aquí y ahora, esta noche. Me desnudó por completo. Me desabrochó el vestido negro carbón por atrás. Quería aferrarme desesperadamente a ese momento. No quería ponerlo en peligro con mis comentarios habituales, con mi modo de dirigir y controlar. Cerraría los ojos. Cerré los ojos.

Sus manos cálidas. Se puso de rodillas frente a mí y veneró mi enorme barriga. Me reí con nerviosismo. Él también. ¡Y pensar que no lo había hecho antes..., reírme! Reconsideré la palabra, volví a reírme y descubrí lo maravillosa que era. Ahora no quería parar. Reírse era tremendamente fácil, pero para mí era horriblemente difícil. ¿Cuántos minutos en un día? Todo un día, toda una eternidad, una vuelta alrededor del sol, el esfuerzo de todo un planeta para que el tiempo viajase, y yo solo había respondido con gemidos y quejidos. Quería reír. Quería que me acariciasen hasta el pozo más profundo y placentero del inframundo y reírme de la muerte a la cara. Le ofrecí la lengua a Ted y nos besamos plantando cara a la muerte.

¿Solía ser así? Me quedé desnuda en la habitación, Ted me rodeó y me besó las caderas, los hombros, los brazos hinchados, y me levantó el pelo para tener acceso al cuello. ¿Solía ser así? Me hice la pregunta apresuradamente, puesto que ahora no quería distraerme con pensamientos, ahora que estaba ahí, tan cerca del placer. Pero aun así... ¿Solía ser así? ¿Que Ted y yo destapásemos un oscuro placer al hacer el amor después de que las actividades cotidianas hubieran sido así, y a mí me hubiesen obligado a luchar contra mi lobo y mis demonios? La malvada mariposa. ¿Solía ser así? No podía estar más cachonda, me encontraba en lo más alto, como si estuviese a punto de dar a luz. Ted besó el lugar en el que se juntaban mis nalgas. Emanó de mí un magma caliente. Quería entrar en mí. Oí que se ponía de pie, oí el tintineo atropellado de la hebilla del cinturón. Su sexo contra mi espalda, una porra maleable y caliente. Necesitaba quedarme donde estaba: si me giraba mi barriga se interpondría; me presionó contra él y me besó con ferocidad, y su gemido se estrelló contra mi cuello, mis oídos. Le respondí con un quejido lastimero. Durante el último trimestre había estado muy caliente, ¿podría tener un hijo en mi interior? ¿Era testosterona lo que corría dentro de mí? ¿Por eso mis celos habían tomado un tinte completamente diferente? No recordaba nada de esto con Frieda.

Ted: su oscuridad llegó por fin, era su turno, cabalgaba hacia delante. Fue cuando mi oscuridad fluyó hacia él y yo me alcé como un ángel blanco en la noche. Fue cuando Ted, al hacerme el amor, consumió mi ansiedad diurna y la transformó. Ocurrió cuando tuvo algo para beber y él mismo aceptó que sus manos eran exigentes y placenteras, que eran unas manos que pertenecían a un cuerpo, que eran deseosas.

Ocurrió cuando cesó de luchar con sus débiles ojos de mármol, su mirada de poeta, cuando no veía más que fragilidad allá donde mirase, cuando Ted dejó de juzgarme por ser la persona ansiosa que era, cuando midió la distancia que nos separaba para que pudiéramos vivir juntos.

Fue el momento en que dejé de ser una amenaza para Ted. Fue entonces cuando pudimos hacer el amor.

Ted —un nombre apropiado para un osito de peluche amarillo—, su deseo tenía una cualidad extraordinariamente angelical, era puro e infantil, como si su madre nunca hubiese sido un modelo sexual en sí misma que hubiese podido entregárselo a él. Había dicho que era alérgico a la intimidad. Le había sermoneado con condescendencia por no ser lo suficientemente romántico. Como si en su cuerpo hubiera una especie de holgazanería, de apatía sexual. Como si lo único que pudiera encender la chispa de la curiosidad y el apasionamiento de Ted hasta límites insospechados fuese él mismo. Ahí había una enorme tristeza. Y vivir así era un fallo tremendo..., un error. Odiaba a su madre en lo más profundo de mi ser por haberle convertido en eso. ¡Por no darle libido a su hijo! ¿Sin sexualidad? Me tocaba de un modo de lo más delicado, y con esa delicadeza venía el hecho de que, cuando se excitaba, se ponía cachondo de un modo tan adolescente que resultaba difícil tomarlo en serio; cerraba los ojos, ponía una mano cuidadosamente en mi pecho y amasaba, como si tuviera diecisiete años.

Diecisiete y victoriano, un osito de peluche antiguo. ¡Yo! ¡Yo estaba hecha para cielos mucho más extensos! ¡El machismo me había follado! Había tenido todo tipo de amantes ardientes. Y cómo me habían follado. De qué manera había hecho el amor con ellos. Ted y yo nunca nos habíamos acercado, y a veces ese pensamiento me divertía. Tenía ventaja en comparación con Ted porque su sexualidad carecía de calor.

Era frío como el jamón en lata.

Y, muy de vez en cuando, era todo lo que tenía, lo único que podía echarle en cara.

Pero era en noches como estas, en las que también me atrevía a quedarme completamente desnuda, cuando podía tomar una decisión. Cuando percibí que algo se había deshecho debido al nivel de intoxicación en su sangre y a que nos habíamos medido con tontos mayores que nosotros mismos: los Tyrer. Quizás incluso nos hubiesen inyectado una dosis de pasión directamente en la carne por obra y gracia del espantoso celo de esa niña de dieciséis años, fuese eso lo que fuese.

Ahí estábamos, y había luz de luna, y él empujaba dentro de mí. Y todo lo cálido que había en nuestro interior se nos escaparía simultáneamente, mientras yo apoyaba los codos en la cama al tiempo que presionaba mi enorme trasero contra su cuerpo.

Después, mientras estaba delante del espejo y me miraba, y mi cara brillaba por el amor y el sudor, deseé que el espejo fuera una cámara para poder tomar una foto de mi sonrisa en ese momento. Quería que me fotografiaran justo cuando el mundo fluía a través de mí y dejaba su marca en el espejo del cristal, cómo la elasticidad de mi piel podía llegar hasta el reflejo, mi pelo despeinado, lo erótica que me sentía por dentro. Ted estaba en el baño limpiándose, rebuscando. No tenía miedo de que sus ruidos sordos despertasen a la pequeña Frieda, ahora no, con mis sentidos a flor de piel. Lo que estaba vivo debía vivir. Cogí el peine y me lo pasé por el cálido pelo. El riachuelo húmedo me abandonó mientras me movía, como un pequeño nacimiento. Sonreí a mi reflejo. Debería presentarme ante el mundo siempre así: un momento precioso anclado en el tiempo, clavado en el espejo. Mi piel mojada mis muslos suavizados yo. Ted me había tratado como si fuera de la realeza. Yo había tomado las riendas, me había colocado en el centro del escenario y tenía una cara con la que niñas como la aspirante a poeta Nicola Tyrer solo podían soñar. Lolita, Brigitte Bardot y yo. Sylvia Plath, la poeta. Mis ojos me miraron fijamente. Pequeñas y diminutas pupilas de luz.

Sí, así es como es, pensé y sonreí de nuevo, diabólicamente. Soy una histérica. Mi marido me quita la ansiedad.

—Voy a comprarte un pedestal —me consoló Ted y me besó la punta de la nariz en la cocina—. Compraré un pedestal y te pondré en él, y te veneraré, me arrodillaré a tus pies.

Pero yo no estaba de humor.

Tenía una zanahoria en una mano, a la que di un bocado con aire sombrío. Se suponía que tenía que reírme, pero me burlé. Era a propósito de mi escritura, puesto que la señora Jenkins se había puesto en contacto conmigo por correo para informarme de que no tenían espacio para incluir un relato que había escrito en el próximo número del *New Yorker*. (Había salido a recibir al cartero, encargado de traerme las frutas más doradas del mundo en la helada de diciembre, pero estaba decepcionada y ahora la carta de rechazo había caído en mis manos).

Era el mercado americano. Y cuando el mercado americano me dejaba tirada era cuando sentía que el suelo cedía bajo mis pies y que no disponía de un lugar al que llamar casa. Era como si el Reino Unido al completo fuese una ilusión y yo estuviese de pie, descalza, en mitad del océano, donde se encontraban el Atlántico y el mar del Norte. En este país era una extraña: no recibieron mi poesía muy bien, pero qué importaba, ellos se lo perdían, eso era lo que pensaba; aún tenía a mi América. Mi as mi América. La seguridad en mi mente, mis farolillos relucientes y llamativos, mi América. Mi modo de volverme real ante estos indolentes europeos. Quizás no entendían mi lenguaje vulgar, las metáforas que inventaba, pero eso también se debía a que era norteamericana y escribía de manera diferente. Y América me publicaría, América me guardaría las espaldas, contaba con ello. Por lo tanto, las palabras de la carta de Jenkins eran de lo más letal: «No era exactamente un proceso de escritura lo que pensé que leería. Eres más que bienvenida a enviarnos el manuscrito completo cuando lo finalices». (En mi arrogancia había pensado que sería posible, sí, incluso bienvenido, enviarle material en proceso, para recibir a cambio un pequeño empujón, para compartir sus comentarios, pero es cierto, ¿por qué les envié este proyecto? ¿Lo recordaba? Si me lo preguntaba, y lo hice, en la cocina delante de Ted, que simplemente había intentado animarme mientras lloraba y comía una zanahoria al mismo tiempo; si me lo preguntaba, ¿fue porque necesitaba que me vieran me dieran el aprobado me quisieran de nuevo? ¿Acaso era ese uno de mis métodos? ¿Había vuelto el momento de hacerme vulnerable otra vez para que después me rechazasen para lanzarme de nuevo abierta en canal al avaricioso agujero que había en mí, ese que *se tragaba* el rechazo? ¿Que lo devoraba como si fuese comida?).

Quería prender fuego a la carta.

Ted cogió la carta de mis manos perturbadas que estaban a punto de lanzarla a las llamas.

—No, Sivvy —dijo—. No te quedes anclada de ese modo en tu resentimiento hacia los editores. El resentimiento no te salvará.

—¡Pero contaba con que me lo publicaran!

—En ese caso, es culpa tuya por esperar cosas. —Estaba muy tranquilo, ¿cómo podía estar tan tranquilo cuando una nueva vida daba vueltas en mi interior exigiendo mi completa atención y el editor de Estados Unidos ni siquiera se dirigía a mí con la más básica de las cortesías? Ni siquiera había utilizado un tono amable.

¿Cómo podría alguien estar tranquilo?

—Te has creado expectativas; por favor, no lo hagas.

En esas ocasiones, Ted era un apoyo, quería ayudar. Me quitó la zanahoria de la mano llena de mocos y la puso en la encimera.

—¿Quieres una taza de té?

—¡Lo intenté! —dije—. Hice todo lo que pude para conseguir el tono que sabía que querían. ¡Todo! No lo entiendes: me esforcé durante más de un mes, todo octubre, y ahora estoy superembarazada y ya no tengo energía para pensar más en ello. Solo esa pequeña pieza del puzle publicada y estaría más que feliz de sentarme y tejer gorritos de bebé en el sofá. Ahora ni siquiera puedo hacer eso, y era algo por lo que me sentía tan emocionada...

Ted encendió el fogón debajo del hervidor.

—Me presento con un gran deseo y quiero quiero quiero, ¡pero soy la única que quiere!

En ese momento, Ted estiró sus largos brazos y me abrazó, ofreciéndome el profundo latido de su pecho. Un tren de carga estable con el que atravesar la noche. Era suya. Hizo que mi respiración se ralentizase. Podría dormirme en sus brazos.

Esta realidad era demasiado fatal para mí: quería herirme y me quedé mirando los armarios de la cocina, el papel pintado marrón, el fuego vacilante convirtiéndose en un suave resplandor en la escotilla abierta del fogón de leña. La luz de diciembre me escupía de nuevo la realidad. Nunca me libraría de ella. Si fuera una experta en el relato sería capaz de utilizarlo todo, lo duro, lo mohoso, todos los olores persistentes de las sobras del desayuno de Frieda, la suciedad del suelo de madera, y este bebé —este bebé de verdad— que comía y comía de mi carne me serviría en algún momento y se ganaría el sustento. Se me impusieron todas las tareas de la vida, la apariencia de todo y el modo de sentirlo en mi interior; oh, Dios, si no podía describirlo y transformarlo en algo con sentido y dignidad para otras personas, entonces mi vida se había acabado.

¡La editora no sabía que mi derecho mundano a existir estaba ligado al relato que le había confiado! Durante un mes, desde el momento en que lo envié, había soñado con el modo en que me elogiaría en su respuesta. Por fin, una experta describiendo la realidad que todos vivimos y soportamos. Se me habían ocurrido escenarios de cómo sería mi autoría en el futuro. Cuando Ted subió a la buhardilla para escribir, me había consumido la idea de lo maravilloso que era que estuviésemos casados y los dos fuésemos escritores. Poeta y novelista. El relato se publicaría y yo me haría un nombre antes de la publicación de la novela —*La campana de cristal*—, que ya había terminado y por la que había recibido alabanzas, y que, Dios mediante, sorprendería a los lectores. Había que trabajar lenta y metódicamente. Ted había subido las escaleras hasta la buhardilla y hasta mí. Yo tenía todo bajo control, no había motivos para sentir el demonio de los celos cuando Ted se sentaba y escribía las piezas más mágicas para la BBC, como si sus dedos no solo fueran dedos, sino varitas mágicas que se deslizaban por la máquina de escribir. Y *voilà*, la BBC tenía exactamente el tipo de material radiofónico que quería; nunca había huecos, nunca había motivos de preocupación respecto al tema o las consecuencias, y si hubiese habido alguno, bueno, entonces me habría entremetido, habría tapado todos los agujeros, habría pasado la noche editando sus textos, feliz.

Ted habló del cosmos; entonces, ¿no había justicia cósmica?

Estábamos en un coche de camino al océano del extremo occidental. Ted iba al volante.

Todos eran poetas menos yo.

Adrienne Rich, por ejemplo.

Ted Hughes, por ejemplo.

Marianne Moore, con la infame mezquindad con la que me había tratado en una fiesta en Nueva York después de haberle enseñado mi tembloroso poema.

Cuanto más me crecía la barriga, y lo hacía, más segura estaba de que mi vida retrocedía, mientras que la de los demás avanzaba rápidamente.

Iba sentada en el coche que conducía Ted, una cosa negra que nos llevaría hasta el océano. Y desde el momento en que me senté a su lado, en el asiento delantero, supe que había sido una mala idea: era diciembre y llovía, y aun así insistió en demostrarme, con ese optimismo que lo invadía a veces:

Es una buena idea.

Necesitas ver mundo, Sylvia.

No estás encerrada.

El mundo está aquí para ti.

Y lo vi todo como a través de un velo de luto. La radio informó de que habían matado a golpes a un niño en una playa en el noroeste de Inglaterra. ¿Acaso no era allí adonde nos dirigíamos?

—No, Sylvia, vamos más al sur, por favor, tranquilízate.

Las palabras «por favor» contenían todo el énfasis.

Apagué la radio.

Me acurruqué en el asiento, en posición fetal, e intenté descansar un poco de lado; había una montaña aparcada encima de mi cuerpo y debajo tenía un mar; ya disponía de un océano y no necesitaba contemplar otro.

Pero en un momento de debilidad había dicho que «necesitaba un océano», y así fue como Ted decidió que tendría un océano.

Valle tras valle de colinas ondulantes en el laberinto que era Devon y del que constantemente querrías huir (si fueses yo), una luz adusta y gris caía del pesado cielo sobre nosotros.

Metidos en el coche, silenciosos, sacudidos de un lado a otro.

¿Cómo iba a saber si eran las carreteras tan horribles las que me provocaban náuseas y ardor de estómago mientras nos dirigíamos a nuestro destino? El bebé ya era enorme y ahora daba patadas hacia arriba, y con cada vuelta los reflujos del estómago me subían a la garganta.

—Para —dije—. Quiero vomitar.

Ted se metió en un estrecho camino de grava. Salí tambaleándome y me agaché en una zanja. Pero solo salió aire. Ted me miraba a través del parabrisas. Qué fácil era para él quedarse allí sentado juzgando a alguien como yo. Parecía que hubiese querido que vomitase.

—¿Nada? —me preguntó cuando volví.

—¡Basta! —Lo miré con brusquedad—. Estoy intentando sobrevivir.

—¿No quieres ir a la playa?

—Por supuesto que quiero ir a la playa. Llévame.

Ted quería demostrarme que Inglaterra también tenía océano, que Inglaterra también estaba flanqueada por abundantes playas oceánicas, a las que las focas iban a descansar bajo el sol, y en las que en verano podías hundirte en su grava cálida, recoger piedras especiales y sentir la brisa atlántica golpearte la piel mientras nadabas.

Me quejaba a menudo de Inglaterra: ¡aquí nunca podías ver el océano!

Así que Ted quería hacerme un favor. Era su lado romántico, el que ocasionalmente (una vez al mes, cuando yo lo había inspirado) quería hacer pan, arreglar un juguete de la niña o hacer un pedido de semillas por catálogo. Inglaterra no era en realidad un país muy romántico, si no considerabas romántica esa estética empalagosa y cursi, adicta al té, al más puro estilo Beatrix Potter. Era demasiado inocente, era benignamente victoriana. Ni siquiera era victoriana con perspicacia. Ni siquiera, y esto era cierto porque lo había visto con mis propios ojos, era una oscuridad abismal. Por lo demás, Ted me apreciaba porque yo era una fuente de oscuridad absoluta. Un tesoro de oscuridad, una fuente americana de lodo negro.

Estaba en Inglaterra simplemente como refugiada de la oscuridad y, si hubiese percibido que él estaba mínimamente interesado por mí, lo habría entendido.

—Ya hemos llegado. —Ted aparcó y apagó el motor.

Aquí la lluvia era aún más fuerte, las ventanillas del coche eran ríos y no podía ver el océano.

—Está ahí abajo. Vamos. Quiero enseñarte el océano. Ya estamos.

Ted abrió la puerta del coche y a través de la abertura pude ver el océano, el océano que me habría devuelto a Estados Unidos de haber habido un barco dispuesto a hacerlo: era un océano vasto, sin concesiones, sin playas blancas que lo adornaran. Estábamos en un acantilado que descendía directamente hasta el crudo océano; era una caída abrupta y las olas eran gigantescas. Sentí la punzada del vértigo. La barriga gruesa y redonda del bebé que transportaba, la criatura que llevaba dentro, todo el planeta que tenía en mi interior, y Adrienne Rich había empezado a publicar de forma regular, de verdad, y ahí estaba yo sentada en el asiento delantero de un coche negro en un acantilado cerca de Woolacombe Sands en pleno diciembre.

No quería ser quien era. Sentía hacia el bebé la responsabilidad de permanecer en el coche y no tentar a la suerte, pero Ted no lo entendía: él nunca entendería lo que era estar aprisionado, porque él era libre, libre simplemente para sacar las piernas del coche y caminar por el acantilado hasta alcanzar el océano tosco y estruendoso.

—Tengo demasiadas náuseas. No quiero. El viaje me ha mareado. Lo siento.

El pelo de Ted ondeó al viento. Las ráfagas de aire frío se colaron en el coche, que olía a sexo, a algas y a roca dura, húmeda y fría como el hielo. Suspiró, estiró un brazo: me hubiese gustado hacerle feliz sumándome a esa aventura con él, solos los dos, ahora que Frieda estaba con la niñera rebosante de zumo y galletas; solos él y yo.

Pero ahí estaba yo con mi cuerpo bovino, retirándome y amarrándome al asiento trasero. Sentada allí, lloriqueando, vio que yo era una víctima, todo lo que vería sería una víctima de las circunstancias que era incapaz de romper sus cadenas, levantarse con una sonrisa y explorar un trecho de la costa oeste con él.

Una vez que hubo recorrido el camino que descendía por el acantilado, dejó de ser visible a través del cristal empañado, los ardores cesaron y las palabras fluyeron por mi mente; palabras.

Pude recostarme contra el asiento y sentir que el bebé dejaba de darme patadas justo en el esófago, y la calma se apoderó de mí, casi como el sueño.

Después de marcharse Ted, me sentí muy en paz, algo me había sucedido. En cuanto se borraba de mi vida, estaba en paz, y en esta ocasión me maravilló. Había ocurrido otro tanto de lo mismo cuando intentamos vivir como dos autores becados en Yaddo, en Saratoga Springs. Naturalmente, debería ser capaz de pensar cuando él estuviera cerca, pero no era así. Su exigencia para que fuese una chica que pudiese escribir y sentir al mismo tiempo la felicidad bastaba para producirme arcadas. En realidad, él era los jugos amargos de mi garganta. Mi cuerpo no era más que una reacción.

Me quedé allí sentada, con mi soledad, y escribí un poema. El espacio de mi mente se convirtió en sagrado, y sentí como si yo también estuviese de pie frente al océano y hubiese lanzado una red enorme para atrapar un pez muy especial. Ya tenía océanos de mar en mi mente, en el almacén de mi memoria; había crecido junto a él, el mar ya estaba en mi interior. Escribí el poema con esa sensación y cuando Ted volvió, empapado y con el ceño helado y fruncido, lo asalté con mi ayuda para que pudiese cambiarse de ropa y volver a casa sanos y salvos.

—¿No puedes conducir? —preguntó mientras se secaba con la toalla que le había alcanzado desde el asiento trasero. Cuando me hizo esa pregunta, la realidad me pasó por encima. Él perturbaba mi paz mental con su realidad. ¿De verdad quería mis manos en el volante? ¿Embarazadísima como estaba? ¿Todo el camino a casa?

Solo negué con la cabeza y él suspiró.

—Qué jodidamente hermoso es aquello de allí abajo —dijo—. El enorme y salvaje océano. Ha sido como estar cara a cara con el universo.

—Me alegro por ti —dije.

Se secó el pelo hasta que prácticamente se le quedó de punta, tieso como una escoba.

—La próxima vez que vengamos tenemos que bajar los dos —dijo Ted—. Quizás para entonces ya habrás tenido el bebé y será verano.

Me dio un beso en la punta de la nariz y nos pusimos en marcha.

Encima de la mesa del salón había una pila de calceta. La había puesto ahí y ahora la observaba desde mi sitio en nuestro sofá rojo.

Pensé que el mundo entero debería girar alrededor de mí y de mi calceta, puesto que había elegido tejer y, por lo tanto, mi relato tenía que ver con eso; el asunto era, simplemente, que al resto de la casa mi relato le importaba un comino. Observé a través de la ventana al padre y a la criatura.

Habían salido: me vieron sentada en el sofá, tejiendo, y Ted pronunció las palabras: «Qué acogedor, saldremos a trabajar en el jardín», y Frieda levantó su pequeño rastrillo rojo. Era 15 de diciembre, un día gris, con ráfagas de viento, el invierno de Inglaterra, y a mí me quedaba poco más de un mes de embarazo. Por la rendija de la parte inferior de la puerta principal, los vientos de diciembre de Devon entraban a hurtadillas hasta mis pies; por la noche había heladas, pero ahora el sol había regresado y hacía que todo pareciese cálido, durante unas horas, en mitad del día.

Salieron y me dejaron sola. Y así, de golpe y porrazo, la calceta dejó de ser placentera. Se esfumó, estaba potencialmente muerta. Tenía algo que me daba placer, pero ¿cómo podía disfrutarlo si Ted no estaba allí para verlo? ESTOY TEJIENDO, pensé que debería haber dicho para atraer en ese momento su atención.

Oh, ojalá fuese él quien se interesase. Era muy raro que estuviese de buen humor. La mayoría de las veces se encontraba demasiado absorto en lo que estaba haciendo. Y nuestros roles se afianzaron de inmediato. Porque, cuando no me hacía caso, mi interés principal se trasladaba de lo que era mío, yo, mi mundo, a lo que era suyo. Solo suyo, únicamente suyo. De Ted. Y no pude continuar tejiendo. Tenía que salir. Tenía que salir y formar parte de su definición de lo que era vivir. Todo lo verdadero, todo lo preciso, todo lo primario. Él. Le di un sorbo al té ya casi frío que tenía en la mesa. Me supo a barro. Debería ser capaz de ayudar de alguna manera ahí fuera, aunque solo fuese esparciendo harina de huesos sobre los bulbos. Había mucho que hacer aquí, en nuestra enorme y encantadora casa. ¿Qué era la calceta comparada con todo eso? ¿Qué era yo comparada con todo lo que él era? Harina de huesos.

Con gran esfuerzo, fui capaz de ponerme las botas de goma y me enfrenté al viento con mi sonrisa y una caja de harina de huesos. Aún no me habían visto, estaban junto al manzano inspeccionando las ramas. ¿Iban a cortar algo? Frieda estaba quieta en medio de la ventolera y había reunido palitos en una pila como para hacer fuego. Se le voló el gorro y apenas podía oír cómo gritaba mientras corría tras él, porque el viento ahogaba su voz.

Por todas partes, la hierba revelaba el follaje muerto del año pasado, lo que había florecido delante de nuestros ojos el verano anterior cuando compramos la casa. Nunca había sido tan feliz. La casa nos había iluminado y mostrado quiénes éramos: era como estar delante de un espejo y reconocernos. Todas las demás casas que habíamos visto albergaban algo oscuro y triste. Todas eran aburridas, ordinarieces británicas. Nunca podríamos vernos en una casa así. Ted y yo necesitábamos algo deteriorado que en su momento hubiese sido grandioso e importante, que nosotros con nuestro toque especial y nuestra fortaleza pudiésemos devolver a la vida. Las vicarías se construían con orgullo y con materiales sólidos. Lo único que necesitaban ahora era una pareja joven que se encargase de soportar el peso del pasado y llevarlo al futuro. Ted y yo y nuestros hijos. Arrullé como una paloma; estaba entrando en la comodidad del segundo trimestre de embarazo, tenía una pequeña y mullida madriguera de conejitos bebés anidando en mi pecho. Levanté el pecho hacia Sir Arundel, el propietario del lugar, saqué la barriga y le enseñé lo embarazada que estaba. Deseaba que nos apreciase. Debía querernos por lo que éramos, porque llevaba en mi interior un nuevo bebé que habitaría en su casa, porque era preciosísima, porque mi sueño al completo estaba en el suelo de la cocina, bailando frente a nosotros, y también porque era exactamente eso lo que estábamos comprando. Compramos mi sueño. El propietario sonrió sin entusiasmo, pero no me importó en absoluto, podía pasarlo por alto única y exclusivamente porque el sentimiento en sí mismo era absoluto. LO CONSEGUIMOS. ¡Lo conseguimos! Ahora solo necesitábamos ocuparnos de lo que se nos había dado.

—¿Estás segura? —me preguntó Ted lleno de preocupación, él, que hasta ese momento se había mostrado tan convencido.

—TOTALMENTE segura. TOTALMENTE —canturreé—. Lo único que necesito es tomar prestado un teléfono y llamar a mi madre.

Ella era la que nos prestaría el dinero y, temblando, marqué el número de los padres de Ted, que estaban en Yorkshire, pues era allí donde se hospedaba mi madre.

—¡LO HEMOS CONSEGUIDO, MADRE! —casi grité. Los ojos se me llenaron de lágrimas del esfuerzo—. ¡LO HEMOS HECHO, HEMOS COMPRADO LA CASA! ¡HEMOS ENCONTRADO NUESTRO HOGAR!

Mi madre estaba tan desarmada como lo estaría cualquier ser humano frente a una intención tan contundente: tratar de que entendiera mi ansia, mi felicidad absoluta. Mi madre comprendía mis estados de ánimo, mi madre sentía cierto recelo cuando yo me expresaba de ese modo, haciendo un uso total de mi capacidad emocional. Mi madre conocía mis reacciones violentas.

¿No podía al menos tratar de parecer contenta?

—Oh, qué maravilloso, Sivvy, qué emocionante, felicidades. ¿Así que es una buena casa?

—Es la MEJOR casa, madre. ¡No podríamos encontrar una mejor!

—¿Ted está contento?

—Está como loco.

—Así que a lo mejor no hay necesidad de que vaya a echarle un vistazo...

—Puedes confiar en nosotros, madre. Hemos encontrado nuestro hogar en el mundo.

—Qué maravilloso, Sivvy. Tendré que confiar en ti.

Su frialdad, su deseo de control, su manera de privarme incluso de mi propia alegría.

—¿No te sientes feliz? —pregunté.

—Tengo curiosidad por ver el folleto de venta. Mándamelo, por favor.

Me arrastró rápidamente hacia abajo, pronto estaría en el fondo, muy pronto cortaría el lazo que acababa de sentir con tanta fuerza en mi interior: el lazo de la alegría. En breve me caería al suelo, en sentido figurado, y sentiría que había muerto.

Suspiré.

—Te enviaremos todos los folletos del mundo, madre —dije—. Mientras entiendas lo agradecida que estoy de que accedieras a cuidar de Frieda ahora para que pudiésemos venir ¡y ganar lo lotería!

—Tranquila, tranquila, ¡me alegra poder hacerlo!

—Estoy muy feliz, madre —añadí—. ¡Estoy muy feliz!

Mi madre no respondió. Colgamos y regresé al jardín de agosto, lleno de arbustos de mariposas que crecían asilvestrados con su rocío blanco: semejantes extensiones, tantos manzanos increíbles, preciosos y brillantes. Había muchas variedades de fantásticas flores de las que aprenderse los nombres, y unas fresas sorprendentemente rojas debajo de pequeñas hojas verdes; podríamos criar abejas... Abejas, como las de mi padre.

Entré en el esplendor y cogí una manzana del árbol, y en ese preciso instante y lugar me vino a la mente un pensamiento: estoy en el paraíso. Bienvenida, Sivvy, ¡bienvenida al paraíso! Qué bien que Ted me saque del sucio y tiznado Londres en el que aún laten las convulsiones de la posguerra y el desasosiego de las bombas y los mocos negros.

En un principio era yo la que no quería abandonar la ciudad porque, en términos de vida literaria, tenía todo lo que podía desear: lugares donde organizar reuniones culturales y conversaciones, escritores geniales a los que conocer y de los que formar parte, cines, librerías, todo. Pero a medida que el deseo de Ted se iba convirtiendo en mi deber, más me lanzaba de cabeza a lo que me exigía y permití que se convirtiese en mi realidad, mi lenguaje. De haberle expuesto todo tipo de contraargumentos, con la mayor de las convicciones y los sentimientos, había acabado adoptando por completo su argumento. La postura de Ted, sus deseos, sus conceptos y sus ideas eran ahora los míos. No me quedaba nada más que ofrecerle a la vida de la ciudad. Esto, ¡esto era todo lo que importaba!

Le di un mordisco a la fruta y sentí cómo su áspero dulzor recorría el trayecto desde mis dientes hasta mi garganta, y de repente me sentí como un cliché bajo el sol.

Y ahora el verdor estaba muerto y transformado en una realidad barata de diciembre, que permanecía descolorida en el suelo. Turba, heno y barro fangoso, era difícil imaginar que esto hubiese estado vivo en algún momento.

Ted sacó herramientas del cobertizo: una cizalla, una sierra, una horca y un rastrillo; quería cortar ramas, utilizar sus rudas y fuertes extremidades para hacer cosas. En la mesa de la cocina había toda una lista de cosas, una lista enorme de reparaciones que había que hacer, fechas en las que iba a venir el manitas (oh, podríamos haber esperado al menos a que el bebé tuviese unos cuantos meses, pero NO, si era asunto de Ted debía hacerse todo rápido). Teníamos que excavar el jardín para la primavera, puesto que íbamos a sembrar en cuanto la tierra estuviese descongelada. Ted quería que vendiésemos verduras en la plaza. También flores, en ramos: si la primavera llegaba pronto, dábamos por hecho que a finales de marzo tendríamos un océano de narcisos. Así podríamos tener unos ingresos extra. En verano ampliaríamos la oferta con fresas y, para ello, Ted quería construir maceteros con marcos de puertas viejas que se proponía rellenar con tierra.

De repente me vio: se dio la vuelta, y su cara angulosa se suavizó cuando se dio cuenta de que me dirigía hacia él.

—¡Íbamos a cortar unas ramas y a hacer fuego! —gritó y señaló el montoncito de ramas de Frieda.

Sonreí.

—Ya lo veo.

Vino hacia mí, estaba acalorado, me rodeó con el brazo. Su olor me hizo explotar por dentro. Me resultaba de lo más particular. Lo amaba.

—¡No estoy llorando, te lo prometo! —Reí nerviosa cuando Ted me limpió una lágrima del rabillo del ojo—. ¡Es que hace mucho viento!

Me besó en la boca. Un beso frío, dulce. Sus pequeños labios dieron en el clavo.

—¿Qué tal va la calceta? ¿No ibas a tejer?

—Lo haré más tarde. ¿Esparzo la harina de huesos?

Sostuve la caja en alto.

Ted se encogió de hombros; no estaba especialmente impresionado.

—Claro.

Era de nuevo un movimiento de lo más sutil, como cuando perdí el interés por tejer.

Ted me dejó con la caja de harina de huesos.

Me quedé allí de pie y sentí cómo el escalofrío se difuminaba y desaparecía. Fui hacia él, fui hacia él y hacia Frieda, quería formar parte de aquello. Había tenido un sueño, una visión, y estaba allí de pie por culpa de ese sueño, y entonces, justo cuando me acercaba, el sueño terminó. Había soñado con esparcir la harina de huesos. Había creído, inspirada por el progreso de Ted en el jardín, con los árboles y su actitud paternal con Frieda, que quería ser parte de aquello, ¡que yo también deseaba estar en el sueño! No quería quedarme allí sola, tejiendo.

Observé a Ted: serró una de las grandes y descuidadas ramas, de las que habíamos hablado durante meses, asegurando que debían estar cortadas antes de que llegase la primavera. Luchó por soltarse de una de las ramas, que se le había quedado enganchada en la ropa, se volvió hacia mí y me gritó a través del viento:

—Deberías esparcir la harina de huesos sobre los bulbos. ¡Probablemente sea una buena idea! Ve a la parte de los narcisos, sabes a cuál me refiero, ¿no?

La señaló con la mano.

Sí, sabía a cuál se refería.

Con lágrimas en la garganta, caminé como una granjera en pleno vendaval, esparciendo la harina de huesos por el campo, en el que estaban enterrados cientos de bulbos de narciso, esperando la primavera, cubiertos con una pesada y serpenteante turba.

A Frieda solo le preocupaba su padre y su juego.

Pequeños y ridículos granos de harina de huesos. Pobres animales. Pobres e inocentes animales triturados en el molino de la fábrica para que yo pudiera tener unos bonitos bulbos que vender en la plaza. Jodidamente horrible, espantoso de verdad.

Observé los pequeños granos atrapados en el viento y cayendo estúpidamente en la tierra. Continuar de este modo era ridículamente ordinario, muy poco intelectual. Me dolía hacer estas cosas. No me gustaba hacerlas, se trataba de sellarlas y seguir adelante, se trataba de dejarlo ir y no seguir soñando con hacerlo. Nunca lo perfeccioné. Por lo tanto, prefería permanecer en el sueño, era una enfermedad; pero esparcir harina de huesos sobre los bulbos junto a mi hija y mi marido había sido mucho más encantador en el sueño. Lo había visto frente a mí... Estaba ligado a un sentimiento poderoso... ¿Dónde estaba ahora ese sentimiento? En la vida real todo parecía feo y la vergüenza que había sentido me lo había arrebatado. Escuché las palabras de mi madre en mí: mocosa desagradecida. ¡Mocosa desagradecida!

Y Ted gritó: ¡Genial, Sylvia, se ve genial!

Tiré la caja vacía al suelo con un gesto exageradamente dramático, pero no pude controlarlo y mis extremidades se movieron como si tuviesen vida propia. La caja cogió velocidad por el viento y Frieda corrió tras ella para atraparla.

Volví dentro, con mi calceta.

Había leído en alguna parte que lo último que una persona hace en la vida es llamar a su madre. Ese era el momento de la muerte: al acercarse la muerte, la lucha habitual para no estar demasiado ligado a la madre. Todo esfuerzo por alejarse de ella. Y la esencia humana se revelaba: esto, que un ser humano extienda la mano y diga «madre».

—Madre, ¿dónde estás?

—Madre, ven.

Eso era justamente lo que hacía Ted en mi vida, una y otra vez. Me hacía escribir, eso lo primero, y me hacía llamar a mi madre.

Habíamos discutido. ¿Qué era eso que notaba tan completamente muerto en el pecho? Como si estuviese a punto de hundirme.

Después de una discusión nunca podía mirarle a la cara, y eso podía durar toda la noche. Miraba a Frieda en su lugar. La reluciente luz de su mirada mientras se quitaba los calcetines de lana delante de la chimenea, donde hacía calor.

El pañal. La coleta. Tenía un pequeño elefante de peluche con una oreja mordisqueada, y en ese momento se lo metió en la boca. Solía lavarse los dientes con Ted, pero quería sentarme un rato con ella, sonreírle, sentir que la pelea que había tenido con su padre era ya historia.

Podría escribir sobre esto, pensé (pero nunca conseguí

llevarme a la escritura las discusiones y nunca sería capaz de describirlas). Frieda todavía era pequeña, nuestras peleas aún no la dañaban. Y mientras alimentase la escritura, mientras me hiciese buscar alternativas de vida con él, bocanadas de aire, como por ejemplo levantar la vista y buscar a mi madre, todo estaba bien. Era refrescante.

Solo había pasado media hora desde que había pronunciado estas palabras en la cocina: «Había olvidado que no se puede insultar a Ted Hughes».

El hombre alto, el poeta alto y desgarbado con tanto músculo y juicio, el reluciente intelecto detrás de sus ojos. ¿No podía permitirse ser generoso conmigo? ¿No podía mantener la calma?

Ted siseó como si fuésemos animales. Asustó a Frieda. Y como había asustado a mi hija, yo me asusté. Mi primer impulso fue mantenerla virgen de dolor, tan virgen como un hueso lamido hasta la saciedad, blanco y poroso. Mantenerla lejos del peso de su pasado (nosotros dos), lejos del miedo.

El corazón me retumbaba en el sofá.

Pero no habría funcionado y pensé: escribiré sobre eso más tarde.

Ted le dio a Frieda un abrazo enorme como para hacerme saber: este abrazo era para ti, pero ahora no lo tendrás, porque estás metida en un lío, pero aun así quiero mostrarte que existe, por lo que ahora le daré mi amor a nuestra hija. Porque soy un buen padre.

¿Qué había hecho?

Cogí el pequeño colgante de mi pecho, que latía con fuerza, y me llevé a la boca el antílope que llevaba en el cuello. La plata sabía a metal. Escribiría sobre ello cuando Ted y Frieda se hubiesen ido a la cama: era la única forma de liberarme del dolor. Lo usaría. Él es bueno para mi autocontrol, pensé. Mortifica mi alma escritora, me mantiene a flote en la glacial agua inglesa.

¿Qué le había dicho?

Él no había limpiado los cajones de la cocina antes de volver a guardar los cubiertos, los vasos medidores, las cucharas de servir y los cuchillos. Habíamos limpiado la cocina después de la reforma que habíamos llevado a cabo durante el otoño y ahora pensaba que ya estaba todo hecho, pero la tendencia que había visto en él era hacer las cosas a medias, ser, hablando claro, descuidado. Y no lo soportaba. Tenía la intención de cambiar esa cualidad, era un artefacto de su madre, las sartenes sucias que dejaba en su cocina de Yorkshire, el olor agrio del trapo mal escurrido. Todo lo que había visto en su cocina era fealdad y cómo las bacterias se propagaban mientras comíamos; podía incluso ver cómo las transportaba ella en las manos. ¡Que la madre de Ted pudiese estar alegre en una cocina así, que pudiese llenar el estómago de los demás y que estuviese satisfecha con el resultado final! Ella, Ted y Olwyn se reían en una cocina como aquella, aunque todo estuviese sucio, los objetos colgaran descuidada y desordenadamente en las paredes, y el suelo estuviese lleno de migas que nadie se preocupaba por barrer. Era la cocina de un obrero. Ted Hughes me recordaba todo lo que mi madre me había enseñado a rechazar y con lo que ahora quería castigarle. Veneraba a mi madre por todo lo que me había enseñado respecto a mi fastidioso ideal de ama de casa. La invoqué en mi pecho. Ted me obligaba a llamarla. Una y otra y otra vez.

Madre.

Tenía el colgante en la cara, cruzado encima de la nariz, era un antílope de la sabana, me lo había regalado mi padre cuando cumplí siete años. «Por tu vista, mi Sylvia, por tu deslumbrante vista de gacela». Lo chupé un rato. Frieda se hizo un ovillo en mi regazo para darme las buenas noches. Inhalé el aroma de su pelo y deseé poder parar el tiempo: el aroma a miel y a crema. Tenía la cara totalmente abierta. Si todo lo demás se derrumbaba sobre mí, fluyendo y tirando, entonces ella era una inhalación, un instante en el tiempo en el que todo pendía de un hilo.

Elegí ser su madre todos y cada uno de los minutos. Solía besarle el pelo las noches que Ted y yo habíamos discutido o habíamos hecho el amor. Porque así era la vida. «Buenas noches, mamá», me decía, y me abrazaba tan fuerte del cuello que sus torpes movimientos casi me ahogaban. «Buenas noches, abejita mía», contestaba.

Y después —en la discusión— le había dicho, porque no soportaba la dejadez en la cocina, porque no podía soportar su ordinaria herencia de obrero y porque quería que esa mierda desapareciese de él en algún momento —y sí, lo conseguiría—, le dije: «ESTA LA HAS SUSPENDIDO, TED».

Y fue esa palabra, la palabra «suspender», fue la palabra «suspender» lo que no pudo soportar. Fue como si hubiese escupido la mugre que acarreaba en su interior y la hubiese colocado delante de sus narices. Como si hubiese sugerido que lo que había dentro de nuestro cajón era SU suciedad. La suciedad que no se había molestado en limpiar. Como si fuese sobre nosotros, cuando en realidad iba sobre él. Suspender. Y en cuanto pronuncié la palabra allí, en la cocina, pude oír lo mal que le sonó a él. En sus oídos: horrible. Repulsiva. Entrecerró los ojos. Los cristalinos y astutos ojillos color menta de Ted. Estrechos como los de un zorro. Finos y duros. Sus ojos, tan amargados.

—Di algo bonito a cambio —había dicho él—. He limpiado toda la cocina. ¿Qué has hecho tú? Tú también puedes limpiar.

—He estado con Frieda.

—Pero tú siempre estás con Frieda. Por extraño que parezca, yo también estaba con Frieda y aun así he limpiado. Me entristece. ¿No puedes ver lo que he hecho?

—No estás triste en absoluto, estás ofendido.

—No, estoy triste.

—Eres el ser humano que se ofende con más facilidad sobre la faz de la tierra —dije.

Y fue como si todo el aire de la cocina se hubiese transformado, como si se hubiese vuelto radiactivo, lleno de gases, y agradecí que Frieda no poseyese aún un lenguaje propio.

—No vengas aquí a decirme que tengo un puto suspenso. ¡Di algo bonito!

—Venga ya, ¡lo he dicho con humor!

—¿Qué humor? ¡Tu sentido del humor es jodidamente horrible!

—¡Lo he dicho con amor! —Fue entonces, al quebrárseme la voz, cuando percibí mi derrota: era la voz del embarazo, imposible de retener, estaba en desventaja.

—No lo has dicho en absoluto con el más mínimo jodido amor.

—¡No digas palabrotas!

—¡Puedo decir todas las putas palabrotas que quiera!

Nos dedicamos esas palabras mientras los gritos que emanaban de la boca de Frieda iban en aumento. Cuanto más gritábamos, más luchaba contra nosotros. Se removía en la trona, me resultaba imposible fijar la mirada en ella. Le di unos granos de maíz que la mantuvieron tranquila.

Me pareció que la sopa de pescado que él había cocinado no estaba lo suficientemente salada, pero no me atreví a añadirle sal porque sentí que el riesgo de humillarlo aún más era demasiado grande. Cenamos en silencio, sin mirarnos.

La comida es buena, pensé. Es buena para comer. Ya volveremos después al sentimiento de familia.

Pero también llegó la siguiente ola de recriminaciones, y fue la última la que más daño me hizo. Ted lo sabía y yo lo sabía: su prerrogativa era asestar el golpe mortal, porque era él quien debía hacerlo. Lo había herido, por lo que yo tendría que sufrir aún más terriblemente por ello (era otro defecto de su infancia, pensé, acarreaba demasiado equipaje, era demasiado simplón, y había en él un tejido de ira que estaba demasiado podrido).

Dijo:

—Puedes suspender a tus alumnos. Podrías suspender a tus alumnos si los tuvieras, pero así es, no los tienes, ya no los tienes.

Silencio. Volvió a hablar:

—Dejaste ese trabajo porque ibas a ser escritora a tiempo completo.

Había ocurrido cientos de veces y volvería a ocurrir cientos de veces más: que mi ansiedad y mi pánico aumentasen por culpa mía, había utilizado la palabra «fracaso», lo había insultado, todo había sido culpa mía y había estropeado la cena, pero, como mi marido acarreaba una artillería mucho más pesada al humillarme con mi escritura, la cuchillada más profunda y la herida más sangrante eran para mí, y nunca podría pedirle perdón. Era por mi orgullo, lo sabía, pero también por el poder que mi marido tenía sobre mí. Lo odiaba. Sí, incluso ahora, mientras estaba sentada en el sofá rojo y observaba el amor con el que bañaba a su hija, que estaba a punto de irse a la cama. Lo odiaba. Otro hijo con él: me preocupaba en extremo cómo saldría aquello.

Y ahí estaba yo, buscando una especie de salvación: la primavera. Escribir. Me sentaría afuera, en el jardín, y escribiría, pensé. Busqué la salvación definitiva porque acababan de infligirme una repentina humillación.

Madre.

Mi madre vendría. Apareció de repente como una posibilidad. Mi madre, a quien aborrecía y de quien necesitaba que me separase el vasto océano. Toda la inmensidad del Atlántico.

Mi madre, su esplendor indiferente, su perfección chispeante, tácita y constante. Lo que me exigía, que nunca se alineaba con ningún tipo de ternura, con ningún tipo de amor. Solo exigencias, nada más que exigencias, para que pudiese sentirse espléndida, para apaciguar su ansiedad.

Debía ser buena, debía ser amable, debía tener una carrera, debía convertirme al mismo tiempo en una mujer libre como ella, prisionera de su generación, que jamás pudo alcanzar sus objetivos. Debía ser famosa (lo justo), debía viajar lejos y desarrollar esa habilidad profesional que es la escritura, en la que ella nunca obtuvo la gloria, ella que solo había aprendido taquigrafía, ese galimatías jeroglífico diseñado para ayudar a que alguien más entendiese la esencia de algo.

Mi madre, que no se cansaba de inculcarme angustias e ideales y cómo ser un ama de casa perfecta y los secretillos que habías de conocer para ser una mujer de este mundo. Estaba ansiosa por que me liberara, pero no pudo evitar criarme con rigidez para que pudiera acoger mi libertad. Veía mi fragilidad y no podía soportarla, no podía soportar la herida que abría en ella; ¿cómo era posible que permaneciese fuerte y libre en el mundo con esa fragilidad? Las mujeres nunca pueden ser unas histéricas. Las mujeres nunca pueden ser frágiles. Las mujeres solo pueden ser decentes, respetables. ¿Cómo pudo atreverse a dejarme libre? Engañar a mi madre se había convertido en un deporte. La engañaba haciéndole creer que era feliz. La engañaba haciéndole creer que podía valérmelas por mí misma. La engañaba haciéndole creer que amaba mi vida. La engañaba haciéndole creer que era realmente libre. La engañaba haciéndole creer que era posible ser libre y al mismo tiempo estar profundamente involucrada en una relación con un hombre. La engañaba haciéndole creer que era fácil ser escritora. La engañaba haciéndole creer que creía en mí misma, que nunca dudaba.

Para que me quisiese tenía que engañarla.

Y eso es lo que había hecho toda mi vida, engañarla.

Y ahora me engañaba a mí misma pensando que sería mi madre la que me salvaría.

Así que cogí papel y un sobre y empecé a escribir una carta.

Escribí que ya era hora de que mi querida madre viniese a visitarnos. Hemos decorado la casa para Navidad: cortinas de pana de color rojo sangre que yo misma había cosido y unos lazos rojos que até a su alrededor.

Escribí sobre lo práctico: todos los días encendemos un fuego en la chimenea, ahora mismo estoy sentada frente al fulgor del fuego, y hemos tenido que encargar un calentador eléctrico, que llegará después de año nuevo, justo a tiempo para el nacimiento del bebé (pese a que desprecio todo lo que sea eléctrico). La matrona que vino a visitarnos se dio cuenta realmente de que debíamos tener la casa más caldeada. Me cuesta traer leña, ya llevo suficiente carga encima, pero ¡deberías ver cómo trabaja Ted por mí! Se encarga de todo lo que yo no puedo hacer.

Frieda está en su mejor momento, es extremadamente adorable y tiene maravillados a todos los vecinos. En cuanto la ven, quieren darle todos sus viejos juguetes. Todas y cada una de las mañanas, le pongo en el pelo tu lazo azul claro de seda, así que está de lo más preciosa. Me siento felicísima con los números de *Ladies' Home Journal* que me enviaste. Ni te imaginas lo feliz que hacen a una norteamericana. Recibir cartas y recuerdos de ti es lo mejor de la semana. Es en ese momento cuando me siento como en casa. Echo de menos las recetas estadounidenses; la comida de aquí es muy sosa y muy inglesa. ¿Acaso es el embarazo lo que hace que la comida inglesa me interese tan poco? Sea como fuere, he desarrollado una especie de aversión hacia ella.

Ted es muy bueno conmigo, me masajea los pies todas las noches, y estoy tranquila y segura porque nuestra criatura tendrá los mejores padres del mundo. ¡Tengo muchas ganas de que vengas! La casa es todo lo perfecta que puede serlo para una pequeña familia como la nuestra, y la hemos hecho nuestra de verdad. Esta primavera/verano, cuando nos visites (¡ya he empezado a preparar tu viaje!), estoy segura de que todos los maravillosos bulbos que esperan bajo tierra habrán sacado sus hojas y capullos y florecerán bajo el sol. Tenemos tantos narcisos en el suelo que Ted cree que podremos venderlos en la plaza y ganar dinero. Bueno, cualquier ingreso extra es bienvenido, ahora que se han disparado nuestros gastos con la casa y las reparaciones que hemos hecho. Estoy deseando que llegues y nos traigas un poco de estabilidad y seguridad.

Frieda te echa de menos, dice, empezó a hablar de ti al ver las fotos enmarcadas que enviaste, que pusimos en la cómoda. «¡Auela!», dice entonces. «¡Auela!», y me hace furiosamente feliz por dentro. Estoy segura de que te sentirás muy unida al pequeño bebé que da vueltas en mi interior. Una pequeña y nueva vida. ¿Quién lo hubiese pensado? Sylvia, madre de dos a los treinta años. Quiero cuatro, de modo que hemos pensado nombres para cuatro niños; es un pasatiempo divertido imaginarnos nuestra gran familia. Megan, Nicholas, Frieda y Gregor. Creo que tendremos otra niña.

Ahora nos preguntamos cómo le van las cosas a la abuela y a Warren. Os enviamos un fuerte abrazo a través de las frías aguas del Atlántico. Espero que paséis una Navidad encantadora y tranquila; se me rompe el corazón por no poder estar con vosotros. Lo mejor es aguantar, porque esperar el milagro de la vida es lo más importante. Deberías saber que he aparcado de momento la escritura y que lo que me produce mayor placer son los éxitos de Ted en la radio, así como mis proyectos de calceta. En realidad, lo único que hago es tumbarme en el sofá e inflarme como una masa, que es lo que toca. Y si me apetece leer algo siempre tengo a mano esas estúpidas revistas, como *Ladies' Home Journal*. Estoy lanzando al fuego las revistas que compiten por rechazar mis relatos, porque no puedo permitirme preocuparme por ellas. Realmente, ahora mismo no pueden causarme daño alguno. Ayer esparcí harina de huesos sobre todos nuestros bulbos de narciso mientras Ted y Frieda jugaban en la ventolera. Fue precioso caminar a su alrededor e imaginar cómo los pequeños bulbos chuparán la harina de los huesos de esos pobres animales y crecerán avariciosamente aún más altos en el aire primaveral, más adelante, cuando llegues. Aquí, en el campo, es muy palpable cómo todos los seres vivos son parte de un gran ciclo. ¡Como nosotros! Con este último pensamiento (y con la esperanza de una primavera rosada llena de cerezos en flor), tu Sivvy te manda un beso enorme.

¡Feliz Navidad!

Cuando, después de acostar a Frieda, Ted regresó arrastrando los pies como un animal cansado, pesado, derrotado y poderoso, tranquilo esta vez, volví a sentirme llena de valor y esperanza. Había un fuego en mi interior, llamaradas enormes de orgullo que hacían que me sintiera sumisa, sosegada, capaz de vivir. Desde el sofá rojo le dije, de un modo triunfante, para que la guerra pudiese continuar: «Me había olvidado de que no se puede insultar a Ted Hughes».

La guerra volvió a empezar en un segundo: era nuestra guerra particular y no podía vivir sin ella. Nos alimentaba a los dos.

Ted me siseó durante un buen rato en el pasillo, lo cual me convenció más que nunca de mi propia superioridad —mi herencia era superior, mi madre era la más sana de las dos madres, por lo tanto también yo lo era—; blasfemó y dijo:

—Sigue, sigue así, desentierra toda la mierda que puedas encontrar, y que te jodan, zorra asquerosa.

¡Vaya! Así que había ganado. Había caído tan bajo como era posible. Siempre caía así. Lamí triunfante el sobre que le iba a enviar a mi madre, mientras Ted se ponía la ropa para la lluvia y salía a excavar en aquella noche de diciembre.

Era nuestra primera Navidad en Court Green, y la vida era absolutamente maravillosa. Había conquistado los argumentos, el abatimiento; eso era lo que me había propuesto hacer toda mi vida: conquistar, aparecer al otro lado. Durante unos meses el embarazo había hecho desaparecer el sabor del café, que ahora volvía a estar delicioso. Las vacaciones: qué buenas eran las vacaciones para dejar atrás la grisura cotidiana y divertirse. De alguna forma, estaba hecha para las fiestas, para atarme un par de zapatos rojos de seda, seguir la receta de un delicioso pastel y mostrar finalmente mi sonrisa al mundo.

Bueno, estas navidades no íbamos a tener mucha diversión: Ted y yo habíamos decidido estar solos, que únicamente fuesen para nosotros. Anhelaba estar finalmente cerca de él o, más bien, tenerlo solo para mí, pero no iba a reconocerlo. Solo era un sentimiento. Habíamos comprado velas, había planchado los manteles metro a metro en nuestra nueva tabla de planchar, había decorado con jacintos, y las amarilis florecerían pronto grandiosas de sus capullos duros y gruesos. Había pedido la receta de la tarta de zanahoria de mi abuela y ya había horneado tres (sin cobertura), que guardaría en el congelador. El día de Navidad, nuestras diferentes tradiciones navideñas se fundirían en una, se convertirían en una sola, pero tenía la impresión de que el énfasis se pondría en mis tradiciones, puesto que Ted venía de un hogar que no terminaba de gustarme, al menos por el momento.

Era la mañana del día de Navidad. Llevaba puesto mi vestido rojo. Aunque mi estómago era una protuberancia semejante a una pelota de baloncesto debajo de la ropa, me metí a presión en el vestido y me sentó maravillosamente bien verme como un ser humano, una mujer de verdad, viva, la mujer de Ted, su esposa, con un vestido del que él también guardaba recuerdos.

Yo. ¿Quién era yo? ¿Quién era yo hoy?

¿Quién era yo, que iba a cocinar gachas por la mañana igual que lo habían hecho mi madre y mi abuela el día de Navidad? ¿Quién era yo, con mis pendientes de perlas?

¿Quién era yo, con mi delantal, con los besos que esta mañana le di a Ted y que sabían a miel?

¿Quién era él?

Mi jovencito desgarbado, a quien más quería, que mantenía a la muerte y a mi madre a una distancia segura. ¿Quién era él, que tenía el poder de llevar a cabo todo lo que había soñado sobre la vida? ¿Quién era él, el hombre alto y moreno que esta misma mañana no había escrito por nuestro bien?

Era alguien que se limpiaba la boca con la manga de la camisa después de comerse sus gachas mañaneras.

El sabor no era el mismo que cuando las cocinaba mi madre y nuestra cocina estaba silenciosa, nadie había puesto música navideña.

—Sabían mejor cuando era pequeña —dije.

Cualquier otra persona se hubiese reído ante la debacle

de las gachas, pero yo me tragué la vergüenza, como una esquirla de plástico roto tan afilado como el cristal.

—Al menos le gustan a Frieda —dije con nerviosismo.

—Están buenas, Sylvia, están buenas.

Observé nuestro salón, que había decorado de rojo, y me sorprendió no saber en realidad qué opinaba Ted de la Navidad.

Los frutos secos que le hubiese gustado tener en un bol en la mesa.

Yo había elegido avellanas.

Me preocupaba lo que él pensase de mi elección del color: que fuese tan desesperado, todo rojo, como si hubiese construido una cueva de sangre para nosotros, el interior de un corazón; como si necesitase desesperadamente empujarnos a algo que palpitase sangre cálida, o de lo contrario sería presa del pánico y tendría ataques de ansiedad todo el invierno. Hacía mucho frío en Inglaterra, me quejaba a menudo de eso, de lo fría y gris que era de ese modo tan diabólico y aburrido: aquí nada se abre, incluso las personas están marcadas por ello, tan distantes, deterioradas y grises, nunca desprenden chisporroteos o chispas y nunca se sienten tan estables, abiertas y expansivas como en casa. ¡Es como si vivieran en una caja! Y en ese momento desconocía lo que Ted pensaba de mí cuando decía esas cosas: quizás era yo la que vivía en una caja, la que intentaba comprimir la vida en una superficie pulida. Quizás la puritana era yo, la formal, y no todos esos ingleses, tal y como me había imaginado. Quizás era yo la que se contenía y la que explotaría por ello. A veces, en nuestras conversaciones nocturnas, Ted intentaba ser lo suficientemente inteligente como para permitirme escucharlo:

—Lo que juzgas de los demás es en realidad lo que juzgas de ti misma —me decía, pero no terminaba de entender, todavía no, que de lo que de verdad estaba hablando era de mí.

Pero ¿qué sabía yo de los pensamientos más profundos que Ted tenía sobre mí, él, que probablemente nunca me permitiría entender (era demasiado arriesgado) que mi color no era el rojo, en absoluto, sino el azul, como el océano?

¿Qué sabía de Ted si no le dejaba estar frente a mí con todo lo que era?

¿Me asustaba acaso?

¿Necesitaba mantenerlo bajo control?

¿Qué sabía de Ted en realidad?

¿Que lo quería?

Entonces, ¿cómo iba a lidiar con el hecho de que quizás era infeliz en mi Navidad?

En mi historia sobre nuestra Navidad.

Cuando por la tarde me senté a escribir una carta (otra) a mi madre, estaba llena de tarta de zanahoria. El fuego crepitaba en el fogón y Ted estaba sentado leyendo su libro de Navidad —sí, en realidad lo estaba leyendo por primera vez—, *Un mundo feliz*, de Aldous Huxley. Tenía su mano en mi pie.

Cuando era así de feliz —cuando vivir era tan maravilloso— me asustaba, porque sabía por experiencia que ese era el momento en que nos arrollaría una catástrofe. Intenté darle la espalda a la sensación de terror, pero la noté claramente, como un sentimiento ondeante que se elevaba lentamente en mi garganta. Como si alguien estuviese dentro de ella con una pluma. Intenté recomponerme y escribir la carta, simplemente; quizás la carta me calmaría, pero seguía presente pese a todo: el tictac hacia una muerte más oscura de lo que hasta ahora había imaginado.

Chupé la punta del bolígrafo.

¿Sería el bebé el que moriría?, pensé. (Esas cosas pasaban). ¿Era yo la que moriría después de dar a luz? ¿Sería mi marido el que se perdería en uno de sus muchos viajes a Londres, se rompería una pierna, lo que haría que tardase mucho en volver a casa, y se perdería el nacimiento? ¿Tendríamos un apagón energético, sufriría mi madre un infarto allá lejos, en Boston?; bueno, ¿qué era lo que me presionaba el pecho, qué era lo que me rompía el espinazo?

Intenté respirar con normalidad. ¡Estábamos en Navidad!

Era una naturaleza muerta perfecta, si es que la vida pudiese consistir únicamente en naturalezas muertas: era el crepitar del fuego y la mano de Ted sobre mi pie en el sofá. Era mi bonito vestido rojo. Era su escritura en el piso de arriba, esperando para convertirse en radio. Era mi novela, que también aguardaba, fantástica.

Era Navidad, nuestra primera Navidad juntos, una Navidad que celebrar sin la interferencia de familia y amigos (menudo maldito alivio). Era mi amado.

Ahora se inclinó hacia delante y me dijo que era una escritora sueca:

—¿Cómo se llama? Karen algo, Karen Blixen... No, esa es la danesa, pero estoy casi seguro de que tiene una B en su apellido... Da igual.

Su nombre era Karin, una escritora sueca. Lucas había leído su novela distópica llamada *Kallocaína*.

—Apuesto a que se publicó antes que *1984* de George

Orwell —dijo Ted—, pero es jodidamente mejor. Orwell debería recibir halagos cuando se los merece, por supuesto, pero esos jodidos británicos acaparan la fama y la gloria por absolutamente todo, incluso por las cosas que hacen los demás.

Me agarraba el pie con firmeza. ¿Podía soltármelo?

—Pero la Karen que escribió *Kallocaína* a lo mejor se inspiró, por su parte, en Aldous Huxley y no lo mencionas en absoluto...

Ted se encogió de hombros.

—Intertextualidad común.

—También es porque se trata de un hombre —dije obstinada y meneé los dedos de los pies para que aflojase el agarre—. ¿No te das cuenta de eso?

—Por supuesto —dijo Ted—. De alguna forma... —Su mirada se quedó observando el fuego un rato—. De alguna forma, creo que es igual de horrible para todos los escritores, independientemente de que sean hombres o mujeres.

Me reí.

—¿Horrible?

—El esfuerzo es el mismo. Se tarda una eternidad en comprender el motivo, y cuando lo haces, tienes que sentarte y escribir y reescribir, y escribir y reescribir...

—¿Cuál es tu motivo? —pregunté, como si fuera la primera vez que teníamos esa conversación.

Ted sonrió.

—¿Y el tuyo? —replicó y presionó ambas manos en mi pie. No era un masaje, era otra cosa. ¿Acupresión? ¿Qué pretendía?

Levanté la vista y observé la habitación, buscando una apertura, un movimiento en alguna parte donde todo pareciese lleno de vida, repleto como en la pantalla de cine. Pero fue como si las habitaciones en silencio del día a día estuviesen paralizadas, aunque fuese Navidad. Me disgustaban las mecánicas del pensamiento, el calambre de la repetición, el vacío que se abría cuando no había nada nuevo que cogiese velocidad y se expandiese. Pensé que, como mujer, yo sería eso nuevo para toda mi familia. Sería el circo y la lotería y la feria y el brillo reluciente de la luna nueva, sería el pintalabios el polvo y la ternura del después. El abrazo abierto. La comida en la mesa, el coño caliente e irresistible. Los muslos en la oscuridad. Una especie de componente divino de materia prima, sin el que la vida no podría funcionar jamás. Yo sería lo que garantizaría el renacimiento eterno en nuestro hogar. Lo que aliviaría los calambres emocionales de Ted cuando los tuviera (y sí, sí, los tenía).

Pero entonces me planteó una pregunta literaria y fue como si mi boca careciese completamente de palabras. Como si alguien me hubiese cubierto con asfalto.

No quería estar frente a él vacía y sin respuesta. Todo tenía que mantenerse en movimiento, como yo. No podía soportar estar estancada, ¡así que no lo estemos! Y menos el día de Navidad.

Perderá interés en mí, pensé. La gran autoría que había imaginado, QUE SABÍA que tenía delante de mí, perdería dignidad una vez que se viera de cerca, y como escritora necesitaba ponerme a la vista de todos. Así de frágil es, pensé. Así de frágil es ser escritora. Ni siquiera puedo soportar que me hagan una pregunta.

Me aclaré la garganta.

Frieda estaba dando vueltas en el suelo con su muñeca,

tumbada boca abajo como ella. Parecían estar inmersas en una especie de juego.

—He comprendido que mis poemas surgen de la alegría —dije por fin, y escuché lo estúpido que sonaba. El ceño fruncido de Ted se suavizó. Parecía realmente interesado.

—Fascinante —dijo—. Continúa.

—Pero con respecto a la distopía, y con respecto a los escenarios para el futuro y los grandes sentimientos...

—Continúa.

—No soy la clase de escritora que quiere indagar en la oscuridad y la desesperación. Lo siento con mucha fuerza: mis poemas nacen de la luz, de la alegría. De sentirme enaltecida. Me siento bien cuando los escribo. Y quiero que se encuentren con la luz interior de otra persona... Algo así. ¿Entiendes?

Ted asintió.

—Por supuesto. Lo he visto en ti —dijo—. Por eso escribirás novelas superventas.

Me reí. ¿Ves?, una apertura. De repente era fácil respirar.

—Eres novelista o pintora, eso es lo que siempre he dicho. Prosa. La prosa es lo tuyo. Los poetas están locos, tú no estás loca.

En ese momento aparté la mano de Ted, hice que dejara de estrujarme el pie, y en su lugar cogí su enorme pie.

—Déjalo. TÚ no estás loco, en absoluto.

Me preocupaba que estuviese intentando dar con algo.

—¿Cómo lo sabes?

Me reí entre dientes, nerviosa. Miré a Frieda, que seguía en el suelo. Nunca dejaría que escuchara eso. Un padre que se tildaba a sí mismo de loco, no, Dios mío.

Me reí para suavizar las cosas.

—Ted... Amor mío... Puedes decir lo que quieras. ¡Eres el ser humano más estable, fuerte y paciente que he conocido!

Y ahí se terminó la conversación para mí. Pero no para Ted.

—No pienses que sabes cosas sobre mí, cosas que no te he contado.

Me impacienté. Ted tenía que parar. Su voz sonaba rencorosa.

—¿Tienes que hacer esto el día de Navidad?

Se puso en pie, me siguió mientras buscaba el cascanueces en la cocina. Se quedó de pie detrás de mí con su libro, que agitó en el aire.

—Creo que deberías leer algunas distopías. Lee este libro: *1984*. Lee *Kallocaína*, inténtalo en alemán. Creo que, para tus poemas, necesitas darte cuenta de que todo lo que escribes no puede nacer de la alegría. Es un imposible...

Me había pillado con el alemán. Sabía que Ted hablaba con adivinanzas: quería estar casado con una mujer que hablase alemán, cierto, y con mis orígenes alemanes no podría negárselo, pero lo hacía. ¡Yo era un ser vivo jodido y paradójico que respiraba!

¿Era el día de Navidad?

¿Necesitaba hablar de distopías justo en este instante? Todo estaba en calma, en silencio, no quería tener que pensar en ambiciones e impulsos literarios y, sobre todo, no necesitaba hablar de escenarios futuros distópicos. ¿Por qué no me dejaba en paz? ¿Por qué era Ted el que ponía la piedra en movimiento? ¿Por qué parecía que era yo la que estaba paralizada?

Me comí una nuez rancia y me costó tragarla. Ted tiró las cáscaras al fregadero con estrépito.

—Oh, bueno —dijo con amargura, y empezó a subir las escaleras—. Tendremos que terminar esto en otro momento.

Así de irresponsable era mi marido. Tan poco considerado cuando se trataba de tener en cuenta los sentimientos de los demás. Ahora había puesto mi cuerpo en alerta, justo cuando necesitaba tranquilidad. Este bebé que había en mí, que se removía en mi interior, ¡hace un momento estaba quieto, dormido! Era culpa suya... Ted no soportaba que escribiese y fuese feliz. Intentó convertirme en una perfecta poeta en blanco y negro, afilada como una navaja de afeitar, con un velo en la cara y que hablaba alemán. Que escarbaba en lo imposible, en el pasado y en el futuro. Pero ¿qué pasaba si no lo era? ¿Qué pasaba si era tecnicolor y brillante como las páginas de una revista: moderna y audaz, e imagínate, que Dios lo ayude, si fuese feliz?

Le ofrecí a la pequeña Frieda cuatro nueces partidas, después enderecé la enorme cosecha de postales de Navidad alineadas en la repisa de la chimenea. Me dieron una buena sensación. Aquí teníamos recuerdos de todos los rincones del mundo, saludos para alegrarse, porque ¿qué era la vida sino la alegría y la felicidad ante los maravillosos éxitos? Quizás algún día Ted me permitiese descubrir su sombrío, mojigato y reprimido abatimiento y ser testigo del resurgir del barro como el atleta brillante y positivo que sabía que era.

Mi Adán totalmente inalcanzable.

No, me quedaba demasiado ceñido a la espalda; me desabroché el vestido rojo y me puse el camisón de Navidad que me había regalado mi madre.

El Año Nuevo había llegado y había pasado. Por la costa entró un viento del norte frío y el cielo estaba tremendamente gris y nublado. Al amanecer, Ted había cogido el autobús de dos pisos a Exeter, le había dado un beso de despedida y después me mordisqueé la muñeca, la parte gruesa, mientras Frieda me sostenía con fuerza la otra mano. La casa estaba helada, me habían obligado a ponerme la botella de agua caliente en la cadera. Ahora eran las diez y las horas ya se habían desmoronado se habían pulverizado vaporizado sin que hubiera escrito ni una sola palabra.

Este horrible vacío patológico cuando Ted no estaba en casa. Podría haber disparado a un pato y colgado sus vísceras en el jardín como declaración o, ¿por qué no?, hacerlo con un niño. Ted debería entenderlo, de verdad que Ted debería entender lo que hacía cuando me dejaba sola de este modo. El brillo hogareño del fuego que solía llenarme de ecuanimidad y algo parecido al sosiego no era más que un brillo letal cuando él no estaba. El brillo de la muerte. Cuando él no estaba, observaba mis ojos con detenimiento, mi cerebro, cosa que nadie que me conociera bien debería permitirme hacer nunca. Debería estar prohibido dejar a Sylvia Plath sola consigo misma.

¡Cómo me retorcía para que mi marido lo entendiera! ¿No había hecho una especie de voto para permanecer siempre en casa cuando los tiempos eran difíciles, en la salud y en la enfermedad, etcétera? Me gustaría recordárselo, pero un telegrama tardaría tres malditos días en llegarle. Todo era lento, excepto mi cerebro, que era rápido como una lagartija. ¡Que Dios no permita que ocurra... a solo dos semanas! Me quejé cuando Frieda me tiró de la mano y dijo: «Mmm, mami, mmm». Quería que me levantase del sofá, creía que no debía estar ahí tumbada.

—Mamá cansada —dije, y sentí una profunda y ardiente vergüenza—. «Mamá cansada» son unas palabras que los niños no deberían tener que escuchar jamás. Me levanté lentamente y encendí la radio en la cocina. Sonaba *jazz* y se enviaban saludos de Año Nuevo, y afortunadamente me distrajeron. Podría volver a tumbarme debajo de la manta con la botella de agua caliente en la cadera.

Quería que la ley marcial de mi embarazo cayese también sobre el hombre. Ted. Era una tremenda injusticia con la que me veía forzada a vivir. El embarazo se extendía a mi alrededor como una espesa niebla de telaraña asfixiante, capa sobre capa hasta que apenas podía respirar y mucho menos reconocerme en el espejo. Tenía el cuerpo de otra, la cara de otra. Se esperaba que los pensamientos siguiesen siendo míos, pero, en realidad, desconfiaba de ellos y sabía que tampoco me pertenecían. Los pensamientos eran peculiares, eran invitaciones a las imágenes más banales que una conciencia abierta puede conjurar: un juego de té perfecto en un escaparate. Copas de helado rebosantes de *banana split*. Camisón de Marilyn Monroe y pelo sexy y despeinado. Pastel de lima, receta de mamá. Un enorme ramo de flores de color blanco hueso. Sálvame de mí misma y de mi muerte mental, le rogué a Ted. Quédate aquí para proteger mi cuerpo de ser envuelto en esta amarga tontería. ¡Permanecer tumbada y gorda en el sofá e incluso pretender pensar en patucos de bebé! ¡Tejidos por la abuela! Estaba enferma.

Estoy enferma, Ted, tú me has puesto enferma y me he roto en pedazos, así que lo mínimo que puedes hacer es quedarte aquí para mantener a raya esta locura, este astuto embarazo que me atonta y me ralentiza cuando quiero ser rápida, me afea cuando quiero ser la chica más preciosa de Dios sobre la faz de la tierra.

(No creía en Dios, pero, como metáfora de lo más alto entre lo alto, la palabra tenía sentido).

Esto es lo que hacía, en mi estado de abandono, mientras Frieda se quejaba y me tiraba de los brazos.

Me arañé las entrañas con las largas uñas afiladas por mi mente. Me decapité en mi mente con un hacha grande y gruesa. Salté y pisoteé mi propio cuerpo. Hice trizas a Frieda. Cuando Ted volviese, ya no estaría aquí para él, no, lo destruiría todo, y entonces él tendría que ver cómo arreglárselas con las ruinas dejadas con las decisiones de su vida. Sylvia Plath en ruinas. Rompería todos los espejos. Quemaría todas las cartas de rechazo, y mis diarios, todo quedaría arrasado de un plumazo. Me desharía de todo, incluida yo misma. Cuando Ted regresara de su viaje a Londres mañana por la mañana a las nueve, cuando hubiese terminado de hablar con las señoritas de la BBC en la radio, que le daban besitos en la mejilla y se reían a mandíbula batiente, inflando su ego, yo estaría aquí tumbada, muerta. Y entonces el hombre al que amaba se llenaría de un amargo arrepentimiento.

Me quedé inmóvil en el sofá mientras Frieda se sentaba en la alfombra roja del salón con una muñeca que la abuela le había regalado por Navidad. ¿Estaba balbuceando, canturreando, estaba callada? No tenía ni idea. Quizás estaba callada por consideración hacia mí, quizás dominaba ya las reglas que gobernaban la psique de su madre.

Como a cámara lenta, vi que ponía la muñeca en la cuna que Ted le había hecho antes de Navidad y que en diciembre yo había pintado de blanco y decorado con corazones rojos y estrellas azules. Ahora que todo parecía tan perdido, era como si lo hubiésemos hecho en otra vida, cuando aún había esperanza, cuando todo era real.

Ted se había ido a Londres, a pesar de que le había rogado y suplicado durante varios días que se quedase en casa, pero él me decía que solo era para esta obra teatral radiofónica, que era la última grabación para la BBC antes de que naciese el bebé, que solo era una última confirmación de que nuestros inquilinos del apartamento de Londres se las estaban arreglando bien. Había querido vomitarle el embarazo encima y dejar que lo cuidase él solito.

¿Se suponía que ahora tenía que cocinar para Frieda, ayudarla con los juegos, salir a pasear juntas para comprar huevos y pan? No tenía ningún tipo de inspiración. El trabajo, el trabajo era mi tabla de salvación, pero ahora no tenía ningún jodido trabajo que hacer.

En la mesa solo estaban los platos del desayuno; la paciencia de Frieda con el juego se terminaría pronto y después vendría hasta mí dando saltitos y preguntándome: «¿Dónde está papá? ¿Dónde está papá?». Y yo me sentiré tentada de contestarle: «Está muerto, Frieda, está muerto para mí».

¿Por qué la soledad era más cruel conmigo que con los demás? Mi mayor miedo era esta soledad, este bloqueo absoluto en mi persona, aunque Frieda estuviese caminando junto a mí, con su mano en la mía —la manopla con el agujero—, moviéndose de puntillas para poder alcanzarme, sollozando, puesto que ya la había reprendido una vez, y aunque había saludado al cartero con amabilidad (¡hoy no hay correo!) y a otro vecino idiota, me ahogaría en mi campana de soledad. Ese era el miedo que me paralizaba, el que paradójicamente me hacía incapaz de recurrir a mis amigos. Me imaginaba que la amistad proveía de una vida más rica y sabía que había tenido amigos, que en mi vida había habido personas que me habían querido. La escena original era la primavera en la que conocí a Ted, en 1956, con mis zapatillas rojas de ballet como dos manzanas de caramelo para ir por la vida, y dondequiera que fuese había alguien que quería verme, besarme, detenerme y hablar conmigo.

Yo elegí a Ted. Había alcanzado un estatus perfectamente calibrado en el mundo. Había estudiado cómo llegar a la sabiduría de la vida y la ciencia. Había estudiado tanto que había empezado a aplicar mis teorías a la vida y a olvidarme de dónde las había encontrado; era posible engañarme de algún modo y hacerme creer que habían surgido de mi mente, que los pensamientos eran míos, que los recuerdos eran míos, y que toda aquella filosofía era mía.

Pero también podía darse el caso de que fuese así por mi cuerpo joven, mi mirada joven: yo, una mujer moderna, preciosa, joven e instruida, también fui la primera de mi clase en poseerlo y articularlo, así que cuando salí al mundo y lo representé fue un evento histórico, algo tan extraordinario como la rotación del sol.

Lo tenía todo ahí metido, en mi mano ahuecada, como si fuese un puñado de arena recogido en el mar. ¿Y qué hice? Sí, me vendí a Ted, me casé con él en junio de ese año, solo tres meses después de habernos conocido. Pasó todo tan rápido que la vida dejó de tener efecto, pasó a tanta velocidad que la vida se aferró a mí y no pudo dejarme a un lado. Ciegamente, casi: el amor en aquel entonces era de lo más delicioso. (Extracto de mi diario de aquella primavera: oh, buen Dios, no hay tiempo, todo ha de ocurrir ahora).

En aquel entonces, cuando Ted llegó a mi vida, no escribí nada. Hasta esas semanas había llevado mi escritura exactamente a donde quería, estaba en lo más alto, casi tocando el sol, la chica más guapa del mundo de entre las guapas chicas norteamericanas, tenía unas imágenes exhaustivas de hacia dónde me dirigía, qué pinta tenía todo, cómo me sentía. (Londres, París, Niza).

Y después tenía que morir, o al menos reinventarme, reaparecer en una edición nueva.

A mí. Me tenía a mí, lo sabía. Había vuelto a ser alguien. Cambridge: Richard Sassoon (mi novio anémico, mojigato, a quien amé), los amigos que tenía allí. Me tenía a mí. Y me entregué. Me dejé caer en manos de ese extraño caballero.

¡Cuánto había dudado aquella primavera de 1956! Y ahora, a toro pasado, cuando lo único que me quedaba eran los paseos solitarios con Frieda, podía incluso imaginarme al tipo que vivía en la habitación de enfrente de Ted, el gran gordo Boddy, que me vio y de quien temía que difundiese rumores sobre mí (y lo hizo): ÉL. Lo pusieron allí para detenerme, obviamente, ¡y debería haber dejado que lo hiciera!

¿Por qué no lo hice? ¿Por qué me entregué de ese modo?

¿Porque necesitaba un padre? ¿Porque necesitaba una madre? ¿Porque necesitaba un padre, un amante, un hijo, todo a la vez? ¿Porque necesitaba estar en un lugar donde hubiese cubertería y peonías, huevos fritos y pan recién horneado solo para dejar de sentir que me moría en algún momento claustrofóbico todos y cada uno de mis días? ¿Porque necesitaba un amante que midiese la distancia de mi horrible aquí y cómo, que lo encapsulara en un futuro posible? Mi fuerte pisada en el mundo, como la de un *führer*: ¿no deberían detenerme?

Necesitaba un pecho contra el que respirar y un corazón que latiese debajo (y que no fuese el mío). Necesitaba otro. Necesitaba a alguien más que a mí misma. Nunca pensé que pudiese perderme una vez que me dejase ir y le dejase entrar. Como la vida en el Londres de 1960 y 1961: cuando nos mudamos aquí, a Court Green, pensé que nunca podría perderla.

Pensé que nunca podría perderme en Ted.

Y lo perdida que estaba...

Frieda lloraba porque tenía las manos heladas; levantaba los puños, rojos y duros, para que pudiera soplar aire caliente en ellos.

¿Cómo me atrevía a llamarme madre, yo, que ni siquiera era capaz de saber dónde tenía las manoplas?

Esto es lo que debería hacer, en vez de dar un tristísimo paseo con Frieda mientras sentía en la cabeza, que no dejaba de martillearme, que había algo que estaba mal, que en mis sustancias había algo que estaba químicamente mal: debería conseguir nuevos amigos. Debería escribir una carta...

En cuanto terminásemos de dar el paseo y consiguiésemos leche y mantequilla con lo que volver a la cocina para hacer un bizcocho, me sentaría y: uno, me pintaría las uñas de rojo (necesitaba que me recordasen la vida, que estaba viva, Dios mío, si nadie me veía en la vida real necesitaba fingir que tenía un público, y el esmalte rojo me acercaba inevitablemente a la sensación de la alfombra roja y, además, olía muy bien), y dos, limpiaría la mesa de la cocina para poder escribir una carta a la buena de Marty, en Estados Unidos. Quizás pudiera venir a visitarme, ¿después de que viniese mi madre este verano? Sería muy refrescante: en mi cabeza pude vernos con un vaso de tubo de refresco burbujeante, servido con una pajita en una mesa redonda, en una playa no muy lejos de Winthrop, en un caluroso día de verano. Llevábamos puestos los bikinis.

La mujer de la tienda era muy joven, cosa que pude ver a través del escaparate a medida que nos acercábamos. Empezó a escasos cien metros antes de que llegásemos a nuestro destino: las mejillas retrocedieron, la suave cara recuperó su forma plástica y mi boca pudo volver a sonreír, se alzaron las comisuras de mi boca.

Así que... En la tienda sonreiría y me hundiría en la imagen que tenía de mí: una mujer muy embarazada, cansada, pesada pero feliz, sosteniendo la mano de su primera hijita. Era imposible que sospechase que tenía malas intenciones, que era una norteamericana presumida y con estrechez de miras, o incluso que tuviese instintos asesinos, por el amor de Dios.

—Hola, señora. ¿Qué puedo hacer hoy por usted?

—Querría pan, mantequilla y huevos para un bizcocho, y unos dulces, naturalmente —dije a la velocidad del rayo mientras observaba los grandes tarros llenos de coloridos caramelos, lo único crujiente y brillante en todo Devon, detrás de lo cual podía entrever a la dependienta—. Estoy en el noveno mes —le expliqué y le señalé mi barriga, como si aquello pudiera salvarme.

Me miró impasible. Estúpida jovencita rubia. Sabía que debía empatizar con ella, tan joven y tan indiferente, tan prístina, pero joder... ¿Quién demonios era para mirarme de ese modo?

Cuando llevaba diez minutos escribiendo, el sentimiento que había comenzado como una ascensión, un salto más allá de la eternidad azul, un trampolín hacia el océano resplandeciente, se reinició y no tuve nada más que escribir: mi mente estaba a oscuras. ¿Quién era yo de nuevo? ¿Qué hora era? ¿Qué día era? ¿Dónde estaba Ted?

Frieda se había levantado y había empezado a tirar del papel de la pared, y me sobrevino una ira feroz.

—¡Para! —grité, me levanté del sofá, y Frieda se asustó, sorprendida. Aun así, siguió tirando de él.

—¡No vuelvas a hacerlo!

Frieda se echó a llorar, y la cogí en brazos pese a que me hubiese encantado alejarla de mí de una patada. Entre nosotras había un nido de tiras de papel blanco con rayas rojas.

—¡Granujilla! —le dije, y le hice cosquillas, porque ¿qué otra cosa podía hacer?, tenía que dejar que se me pasase el enfado y recuperar su alegría.

¿Qué era un poco de papel pintado?

¿Qué era una novela comparada con un niño pequeño?

Besé su pelo sucio, que sabía que tendría que lavar esa noche en la tina para que estuviera presentable ante Ted. Besar y lavar. Cuidar y alimentar. Y ahora la niña necesitaba comida, y de ahí venía, por supuesto, todo este jaleo. Mientras yo, con gran esfuerzo, permanecía en el suelo con el estómago montañoso debajo de una adorable niña de un año y medio que se retorcía, las palabras escritas en el papel de la máquina de escribir se descomponían. O no, quizás se adhiriesen a él con más firmeza, y su futilidad me gritase.

Pero cuando Ted volvió a casa, estaba realmente feliz, como una gatita. Este era su retorno, yo no era Penélope, pero este era su retorno, del tipo orgulloso. Era una mujer orgullosa, su mujer (ino su «esposa»!), con un delantal puesto. En la cocina había un bizcocho dorado. Toda la casa olía a Hogar. Tiró la maleta en la entrada y atacó a Frieda con abrazos. Todo mi interior resplandeció: sufría descargas eléctricas por todas partes. Esperé mi turno.

Se acercó a mí y me besó, no como me había imaginado, pero, aun así, estaba bien. Olía a ciudad y a humo y a lo desconocido. Londres, nuestro Londres, había enviado a un representante: un espía, alguien que mantenía relaciones con el resto del mundo.

—¿Han ido bien las cosas? —pregunté. Una pregunta estúpida: Ted apenas podía apartar la vista de su hija.

Tragué saliva fría.

Deseé que no pudiese apartar los ojos de mi barriga, que pasase una mano por encima, que la besase, quizás, y que nos preguntase cómo estábamos. El bebé y yo. Que éramos también elementos vivos de su vida, igual que él estaba totalmente vivo e iluminado para mí.

Escuché su respuesta, tan aburrida como la pregunta.

—El viaje en tren estuvo bien.

Allí estaba yo de nuevo, conduciendo y dirigiendo porque me sobrevino una necesidad violenta y repentina de contar, de contárselo todo aunque no me hubiese preguntado, pero con el fin de que la alegría que se había desplomado en mi interior tuviese una especie de liberación y el vacío revelado a través de su lacónica respuesta no arraigase en la habitación:

—Fuimos a dar un paseo, holgazaneamos por la casa, escribimos cartas y acabo de empezar a escribir un poema nuevo y largo que tengo la intención de enviar a la BBC para que lo graben, está inspirado en Bergman —dije demasiado rápido, pero en ese momento el interés de Ted decayó y lo que le conté quedó devaluado, y después de decirlo no tuvo ningún valor.

¿No le interesaba? ¿No era fantástico que yo también pudiese escribir para la radio?

Ted siguió los movimientos de Frieda con la mirada, volvió a atacarla con abrazos y rebuscó en su maleta unos libros ilustrados que le había traído y un enorme caballo de plástico que Frieda recibió con leves maullidos. Yo seguí planeando como un pájaro sobre su presa, pero era inestable y ya no sabía cuándo atacar.

—Bueno, ¿no deberíamos levantarnos y tomar un poco de bizcocho?

Esa noche quería follarme a Ted meter la nariz en su pelo suave y totalmente perfecto que se había cortado la semana pasada y que ahora era tan elegante. Pero él no dejaba de alejarse en la cama.

—¿No quieres? —le pregunté, herida y orgullosa. Estaba húmeda y caliente bajo el camisón navideño blanco que me había enviado mi madre.

—No lo sé —respondió lúgubre—. Estás enorme.

—Venga —dije.

Ted tenía el pecho descubierto, no llevaba camiseta, y yo chorreaba lujuria y deseo por su pecho fuerte y peludo. Esos brazos que podían acarrear cualquier cosa.

—Si estoy enorme, entonces, tómame por detrás.

Me miró y fue como si viese a través de mí, a punto de arrasar mi refugio. Podía ver a través de mi alegría, mi alivio por su regreso, podía ver a través de mi embarazo, nuestro reino temporal, las nubes sobre las que lo construíamos todo. Por un momento, mientras dejábamos que cada uno mirase los ojos marrones del otro, él pudo ver su fragilidad. Su frialdad y mi deseo ardiente. ¿Cómo íbamos a reconciliarlos?

A la caída de la tarde del 17 de enero, como empezaba a tener contracciones, Ted se tumbó en la cama y me acarició la enorme barriga, mientras con la otra mano hacía malabares con el té. Él estaba eufórico, yo concentrada. Frieda estaba dormida en su habitación. Me susurraba cosas como: «¿Sabes, Sylvia, cómo es posible determinar si el espacio exterior tiene un comienzo y un final?». «No», gimoteé, hundiéndome en las profundidades de la contracción. Su voz podía llenar una catedral. Añadió: «Se sabe porque el cielo es negro por las noches».

Me agarró lo mano sudorosa y la masajeó mientras yo me alejaba de mi cuerpo y del tiempo e intentaba colocarme en el centro del universo. Odiaba esto, odiaba el dolor, pero, aun así, amaba lo que llegaría por la noche, los planetas rotando a mi alrededor. Las cortinas rosas y blancas mantenían la oscuridad del exterior, y nuestra lámpara de calor roja zumbaba en la esquina, tiñéndome los brazos del mismo color rojo que la sangre que me atravesaba bajo la piel.

—Creo que es hora de llamar a la matrona —susurré.

Ted se bajó lentamente de la colcha donde yo estaba a cuatro patas, con los ojos cerrados, y desapareció por las escaleras. De repente sonaba como un niño llamando a su abuela y preguntándole si podía pasarse a jugar el fin de semana siguiente, y sentí una profunda irritación: si no fuese tan malditamente dócil y duro al mismo tiempo, si no fuese tan vulgar y correcto al mismo tiempo, mi poeta inglés, si no fuese tan de clase obrera y, aun así, tan tranquilo y hambriento de poder como un jefe trajeado en el centro de Londres, si pudiese retenerlo de algún modo, jodido Ted, pero no puedo, tener sus hijos es mi única forma de rodearlo, de domesticarlo como él me ha domesticado a mí.

La matrona Winifred Davies arrulló como una paloma cuando llegó en su coche azul; yo estaba orgullosa, porque el calentador eléctrico llevaba puesto todo el día, tal y como me había sugerido, y Ted metió en casa el pesado equipo que necesitaba.

Se quedó un rato en la cocina, le pidió a Ted que retirase las voluminosas semillas que había comprado en Londres, que solía clasificar en el compartimento adecuado de la caja de semillas que él mismo había hecho. Luego oí dejar con estrépito la bolsa de la matrona, sacar un embudo, un tubo de oxígeno, guantes de goma, toallas, vaselina y una botella de agua caliente.

Escuché con satisfacción el trajín en la cocina: ella daba órdenes a Ted; le pidió que hirviese agua y calentara las toallas. Sus pasos eran como los pasos de una madre y eso era lo que necesitábamos, alguien que dominase a Ted, alguien que lo anulara, pensé.

Ted hizo lo que le pidieron, y vino arriba conmigo.

Winifred Davies subió cuidadosamente las escaleras detrás de él, mi noble matrona de moral firme; llevaba puesto un delantal azul encima de su rígido uniforme blanco de hospital. Se ató el pañuelo encima de la cabeza, me puso la mano en la frente y me acarició como si fuese su hija.

—¿Y cómo está nuestra querida Sylvia? —preguntó la matrona, del modo correcto, así es como se trata a la realeza: mira y aprende, Ted, pensé.

—Tengo dolores desde esta tarde y me gustaría usar el nitroso.

—Aquí lo tienes.

Inhalé un poco de gas y empecé a reírme. Por dentro me sentía maravillosamente libre.

Un brindis en mi honor, por fin, mientras la sangre recorría mi cuerpo, clara y fresca, como un arroyo en primavera.

¡Ay, qué grandioso era parir! ¡Ser, por una vez, el centro de toda la atención! Me di cuenta de que parir se había convertido en un evento completamente maravilloso para mí, desde que Frieda llegó a Londres y Ted se maravilló de lo buena guerrera que era yo, hecha para dar a luz a sus hijos, pero no mediante esa moderna moda británica en la que las mujeres permanecen tumbadas, medio paralizadas y atiborradas de medicinas, en la cama de un hospital. No, ¡yo cobraba vida! Vivía como el estallido oxigenado europeo-estadounidense que era.

De repente supe que era un niño, algo en mí me lo dijo. Lancé un quejido en los brazos de Ted; él era fuerte, podía soportarlo.

No tenía claro si la matrona estaba contenta o preocupada, o si tenía prisa en ese preciso instante, pero, aun así, lo sabía.

Cerré los ojos y sentí los diminutos movimientos que hacía, dónde estaba, qué pensaba, qué hacía en ese mismo momento. Sostenía el vaso de zumo en la mano y dejaba que la pajita se posase en mis labios. Ahí estaba la contracción: giró y se enfrentó a mí, me lanzó una bola directamente a la boca, de manera que tuve que proferir un grito sordo que salió de lo más profundo de mis entrañas.

Me desplomé por la lucha. Recuperé el aliento. Me conquistaron los brazos de Ted. Me conquistaron. Yo era un trocito de carne derrotado que él sostenía. Tenía la cara húmeda y cálida, y pensé en todo lo que habíamos pasado, todos los recuerdos en llamas. Ted me tenía grabada en su corazón por muchos y diversos motivos. Tenía nuestro primer beso, el mordisco en la mejilla, todas mis batallas, todas mis aspiraciones desde que era una niña, una rosa mosqueta sin besar en el mar de las afueras de Boston antes de que la muerte me contaminase con la enfermedad y el adiós de mi padre. Ted tenía todo el éxtasis de nuestra existencia, las dificultades de Cambridge, toda mi batalla interior por permanecer a su lado como un ser humano. Así que sería un auténtico alivio quedarme noqueada después de haber luchado en el barro con otro... —¡oh!, ahí viene una nueva contracción, va en aumento—, con otro ser humano que llegase hasta mí y me atravesase. Era tan duro como un caramelo, era un orbe ardiente que desaparecería de mí rápida e inmediatamente. ¡Por favor!

—¿Qué pasa con el gas de la risa? —dije sin aliento—. ¿Por qué demonios no funciona? —Vi la cara medio asustada y medio reconfortante de Ted, y su mirada era sombría. No sé qué le estaría transmitiendo mi mirada, solo sabía lo que significaba observarlo en ese momento, como si nuestros universos se encontraran, dos sistemas solares diferentes.

Oh, Dios. Ya podía oler la sangre pantanosa, y la matrona tenía una expresión lúgubre y estresada. ¿Con qué estaba jugueteando? El tanque de oxígeno.

—Está vacío —dijo dándose la vuelta.

—¿Qué? —Ted se quedó sin aliento, y me alegré de que reaccionara.

—¡Vacío! —contestó en el mismo tono plano.

—Dios mío, ¿qué estás diciendo? —salió de mí. Lo que debía ser un baile con Dios se convirtió en un baile con el demonio porque tuve otra contracción, llegó, y me atravesó un Diooooooos letal y agónico, y cómo me ardía lo que ya no era mi vagina lo que ya no era mi cuerpo sino una enorme casa en llamas en la que debía quedarme para poder luchar contra el demonio.

—¡Es demasiado grande! —grité—. ¡Es demasiado grande!

Y el último empujón, los últimos gritos gorjeantes de mi boca y la última ayuda, desde atrás, de las temblorosas y serviciales manos de Ted; en ese momento pude sentir su miedo, mitad miedo y mitad euforia. Y la matrona, sí, la matrona, allí de pie, animándonos.

Y después llegó el resbaladizo chapoteo cuando salió de mí y convirtió la cama en una playa. Y me liberó del dolor. Y lo vi allí tumbado, azul e intentando moverse. El grueso y pegajoso cordón umbilical estaba enrollado alrededor de la tripa y la garganta.

Lo tenía en mis brazos. Un pequeño luchador con la frente comprimida.

—¡Te he dado un hijo! —reí y miré a Ted—. ¡Se parece a ti! ¡Un Hughes!

Y los ojos de Ted se llenaron de lágrimas.

—Os dejo unos momentos —susurró la matrona y salió de la cenagosa y oscura habitación que olía a heno recién cortado.

Olía a mar, en realidad. A océano y a algas, y mi hijo, cuando lo cogí del mar, estaba pegajoso. Lo miré a los ojos. Negros y con un brillo de hierro. ¿Quién era? ¿De dónde había venido? ¿Por qué olía también a pan recién horneado?

Muchas preguntas y ninguna respuesta. Ahora está aquí y aún es 17 de enero, al menos durante cinco minutos más. Quiero aferrarme a este momento para siempre.

El niño se durmió en mis brazos como una rosa, sano y resbaladizo como el rocío. Yo era una foca con sangre pegajosa entre los muslos. Y tenía 39,5 de fiebre.

Ted vació el orinal Ted vino con el termómetro Ted olvidó que también quería un beso en la mejilla.

La matrona canceló su visita de seguimiento: su padre estaba enfermo, con una afección respiratoria, y no pude reunir la energía suficiente para ensayar una representación delante de nadie más. No, entonces prefería estar sola con mi marido, aunque todo lo saludable que había en nuestras vidas —¡que Frieda oliese a fresas silvestres!, ¡el pelo aterciopelado del niño!, ¡el modo de salvar el mundo de la matrona, con toda su sabiduría femenina!, ¡que la mandíbula de Ted se relajase cuando ella estaba aquí!— parecía desaparecer en cuanto nos quedábamos solos.

Me senté en la cama, apoyada en el cabecero. Me palpitaba la cabeza. El niño al que había dormido sobre mi estómago estaba a los pies de la cama, vestido de blanco.

Mastitis.

Este era el problema.

Me golpeó la arrogancia.

Me había golpeado la arrogancia y la banalidad de «tengo un hijo, la nevera llena de bizcocho y una vida de ensueño». Esa especie de euforia. Absolutamente preciosa, una vez que la has probado. Así que parecía que mi abrigo estaba hecho de tarta nupcial estadounidense y las mejillas de mi hijo fuesen un par de cerezas confitadas. Me paseé de blanco, como la mujer maravilla, con mi nueva criatura maravillosa (la segunda). Si ni siquiera mi madre y mi abuela podían ver a mi hijo, debería presumir de él por todo el vecindario de Court Green. Así que paseé y alardeé de él y me vestí con la sonrisa jadeante que siempre se me terminaba desinflando en unos minutos. Caminé como una prima donna empujando un cochecito. Y se me olvidó recordar que no estaba hecha de azúcar ni envuelta en celofán: era un animal, una vaca, podía mugir, era una mujer. La sangre manaba por entre mis piernas (esas cosas se llaman loquios). Estaba llena a rebosar de hormonas y tenía leche en las tetas. Y justo cuando se lo contaba a una mujer con un abrigo gris y un zorro alrededor del cuello, a la que se le iluminó la cara y quiso pellizcar las dos mejillas a Nicholas, justo en ese momento, sudé un lago mientras la leche se me derramaba (tuvo que ser cuando le pellizcó las mejillas; los impulsos de mi cuerpo debieron de saltar como un resorte instintivo y protector cuando lo hizo). Y sentí que la leche se volvía un emplasto en mis pechos.

¡Estúpida vanidad! Yo, transformada ahora en un animal, pensé que podía ponerme un viejo abrigo minimalista que tenía de cuando era joven y preciosa en Londres. ¿Y qué le di a cambio? FIEBRE. MASTITIS.

—Repollo —dijo la matrona cuando la llamé, jadeando—. Repollo, ¿tienes repollo en casa?

—No lo sé, puedo pedirle a Ted que mire en la nevera. Voy a ver, es posible.

Tapé el auricular para que no pudiera oír cómo le decía entre dientes, medio gritando, a Ted, que estaba jugueteando con sus semillas en la cocina:

—¿TENEMOS REPOLLO?

—¿Qué? —gritó él.

—¿QUE SI TENEMOS REPOLLO?

—¿POLLO?

—No me jodas, ¡que si tenemos repollo, maldita sea! Repollo, ¿tenemos repollo en la nevera?

Una pausa.

—Sí.

—Sí —le respondí a la matrona—. Tenemos repollo en casa. ¿Por qué?

—Entonces puedes quitarle una hoja al repollo y ponerla contra tu pecho. Sí, cubre toda la teta con repollo.

Sentí ganas de reírme.

—Con repollo. —La que quería reírse era la Sylvia superficial, feliz y joven—. Suena hilarante. Pero vale. Repollo. Lo haré.

—Pruébalo y llámame en unas horas. Te compadezco: la mastitis no es divertida. Puede ser especialmente complicada con tiempo frío.

—Frieda nació en abril y fue muy diferente: ese año la primavera ya había llegado.

—El frío también es bueno.

—Creía que había que mantener el pecho caliente.

—Puedes probar con unos cuantos cubitos envueltos en una toalla.

—Muchas gracias por tu atención.

—Es mi trabajo.

—No tienes precio, Winifred.

—Me pasaré mañana. ¡Otra cosa!

—Sí, ¿qué?

Una parte de mí quería que esa conversación no terminara nunca. Había en mí un agujero enorme, una ausencia de conversaciones íntimas con una amiga más mayor, una mujer que fuera como los rudos chicos estadounidenses de la universidad: me hacían creer que la vida era algo totalmente normal, ni una horca ni un paraíso celestial.

—Tienes que asegurarte de alimentar al bebé lo máximo posible con el pecho afectado. Amamanta, amamanta, amamanta. El principito Nicholas tiene que chupar y chupar y no pasar hambre ni un solo segundo.

—Me aseguraré de ello, ¡el principito Nicholas chupará y no pasará hambre ni un segundo! —repetí con una voz amable, una voz que me gustaría usar cuando hablase con Ted, o cuando hablase conmigo misma. Pero entonces la voz era otra, más seria, una voz a la que acabaría temiendo, pero en esta conversación telefónica, con esta mujer, con otras personas con las que no mantenía una conversación profunda, mi voz era de terciopelo.

Ted me dio el repollo; en ese momento ya me había subido la fiebre y su mano, cuando me la puso en la frente, estaba fría y firme.

—Pobre Sylvia —dijo, porque sabía que me ablandaba cuando utilizaba la palabra «pobre»—. Pobre Sylvia.

Me dio un beso en la frente y me fui a decorar mi pecho endurecido, blanco e inflamado con grandes hojas de repollo.

Las hojas del repollo crujieron; tenían un olor acre y enseguida se suavizaron y exudaron a causa de la fiebre. Me
dormí revestida con repollo: era como una flor, una flor cálida y viva bajo el sol, cuyo néctar quería succionar mi pe-
queñín.

Ted asomó la cabeza en mi habitación de la fiebre, bramando sobre ir a su primera excursión de pesca del año.

—¡A pescar! Me encantaría ir a pescar. —Fue así como lo formuló—. ¿Te parece bien que vaya un rato al río Taw con Andy?

Andy era la variable que evitaría que le dijera que no. Le ofrecí una sonrisa débil y febril.

—Muy bien, ve, cariño. —Puse mi ropa encima de las almohadas que acababa de mullir, y él se marchó con su caña de pescar.

Cuando me levanté, la pegajosidad entre mis piernas era palpable, me fui al baño arrastrando los pies y me quité la compresa marrón-rojiza de las bragas. Olía a rancio. Me puse una nueva y Nick ya había empezado a gritar desde la cama. Alguien tenía que cuidar de Frieda y yo no podía hacerlo en este momento, pero, aun así..., a pescar.

A pescar, como si fuese el momento adecuado del año.

A pescar, como si el río lo estuviera esperando justo ahora.

A pescar, como si la familia necesitase pescado.

Yo ya apestaba a pescado podrido YO YA APESTABA A PESCADO PODRIDO tuve tiempo de pensar antes de volver a la cama (mi templo mi castillo mi montaña mi océano mi estanque de peces la vida en la cárcel) y Nick y Frieda estaban tumbados a mis pies hechos un ovillo como focas de diferentes tamaños.

En mi almohada: el viejo repollo. Dos pálidos arcos de repollo, suavizados por el calor de mi cuerpo, yaciendo como trozos de un cadáver a mi lado. Frieda, un corderito en realidad, se había endurecido y ahora golpeaba en el estómago con el puño a mi recién nacido. Una ira completamente inesperada me nació de dentro: ¿podía estar así de furiosa con una niña? Detuve su mano con la mía para que no lo hiciera de nuevo, porque estaba a punto de atacarle otra vez. Su boca tenía una mueca malvada.

—¡Para, Frieda! ¡No quiero que le pegues de ese modo!

Mientras lo hacía oí en el fondo de mi mente la voz de Ted: a pescar. ¿Te parece bien si desaparezco un rato? ¡Quiero ir a pescar!

Me subió la fiebre, ¿qué demonios podía hacer si me subía?

Todo lo que podía hacer era entregarme al abismo del pánico.

—Frieda —dije con lo que creía que era una voz firme que se resquebrajó como un bol de cristal contra el suelo. Quería sonar autoritaria—. Papá está fuera y yo tengo fiebre.

Como si una niña de menos de dos años pudiese entenderlo. Como si supiese lo que era la fiebre. Se movió como un robot de juguete en la cama, como si le hubiesen dado cuerda con una llave en la espalda en cuanto a Ted se le ocurrió marcharse.

—Bien, por eso tienes que estar tranquila, ¿lo entiendes? Tranquila.

Cuando Ted volvió a casa, yo estaba tumbada apática e inmóvil contra la almohada. Las horas se habían deslizado sobre mí como limo chicloso, y ya no era responsable ni de los niños ni de la casa ni de nada. Nick dormía en la cama como si hubiese tenido que quedarse dormido porque no le quedaba otra. Frieda dormitaba en alguna parte, la casa estaba en silencio.

Vi su sombra moviéndose en la habitación, pero no quise enfocar la mirada, porque me sentiría vacía y desamparada cuando él, con su sensatez, su fuerza y su virilidad, comprobara lo cerca que habíamos estado de la catástrofe cuando me dejó febril y recién parida.

¿No podía haberse ido a pescar en otro momento? ¡Santo Dios! ¿Qué podría ser ahora más importante que la salud de su mujer y sus hijos? Si hubiese estado de mejor humor, lo habría escrito todo en un trozo de papel, con dibujos, para que él lo entendiese. Había leído en un libro sobre el budismo que amar es comprender, y amar es ser comprendido. ¿Acaso él no me había demostrado, una y otra vez, que ya no me quería? No me entendía.

—Ted —gimoteé.

Era la enésima vez en una serie de ataques firmados con un «su servidor». ¿Le asignaría ese significado en concreto? ¿Me acusaría de fingir con tal de no quedarme sola con nuestros pequeños? ¿O se rendiría ante mi tristeza, se sometería y besaría mis pies amorosamente hasta quedarse sin saliva?

—Sylvia —salió de Ted con una voz sedosa—. ¿Cómo estás, mi amor, mi gatita?

—Para. No me llames así.

—¿Está febrero trayéndote peleas?

—Para.

—Siempre enfermas en febrero.

Serpenteó en la cama hasta llegar a mi lado, parecía sano, maduro y lleno de ideas, la excursión de pesca relucía en sus ojos como si se hubiese vaciado los ojos de lágrimas.

—Te rompiste la pierna en febrero, tuviste sinusitis, estuviste en el ala psiquiátrica hasta febrero, sufriste un aborto y apendicitis al mismo tiempo... En febrero.

—¡Para!

—Febrero es tu mes, mi amor —dijo Ted y me besó en el hombro, que el camisón había dejado al descubierto. Lo único seguro es que él estaba feliz tras su excursión de pesca, feliz por su libertad—. Vamos, vamos, sobreviviremos a febrero —dijo, y de repente sentí que podía suavizarme y concedérselo, recibir su voz en realidad.

Su voz se hizo más fuerte con mi silencio.

—Y si empiezo no acabo. Mastitis en febrero... —dijo.

Tenía la cabeza en sus brazos.

—Conoces a Ted Hughes en febrero...

Resoplé, y al hacerlo un moco salió volando y cayó en su regazo. Ahora estaba sumisa. Sumisa. Me reí de su vanidad, del egocentrismo con el que todos vivíamos como si fuese un tercer hijo invisible.

—Sí, quizás esa no era la mejor de las ideas.

Nuestros ojos se encontraron de verdad, Ted me revolvió el pelo y después cogió a nuestro hijo dormido, lo llevó a la cuna y se peinó delante del espejo. Se quedó de pie con las manos en los bolsillos y me miró.

—No pescamos nada.

—Qué pena.

—Algún día quiero volver contigo al océano. Iremos a Woolacombe.

—¿No entiendes que estoy enferma?

—Quiero llevarte a Woolacombe. Y quiero ir a Australia contigo.

A Ted los sueños le salían a borbotones por los ojos, como si la locura asomase en ellos. ¡Australia! ¿Quién podía pensar ahora mismo en Australia?

—La cabeza me está matando, ve a por una aspirina.

Ted levantó la vista del suelo, parecía que le hubiese hablado a alguien imaginario, no a mí.

Pero su referencia a febrero hizo que me pasase toda la noche pensando. Me tumbé bajo la luz de las velas porque no soportaba apagarlas mientras amamantaba. Sudaba por la fiebre, pero en mi interior nacía un aire fresco que me permitió sentir esperanza.

Había algo en el mes de febrero. Había algo en la quietud helada. Había algo en el renacimiento que tenía que ocurrir en febrero, igual que en la purificación del año que habíamos dejado atrás. Y había algo en el hecho de que sin duda había sido CONCEBIDA en febrero, yo que había nacido a finales de octubre. Febrero era mi destino. En febrero había estado en el hospital. Yo. Yo, en febrero. En aquella ocasión había estado extáticamente aterrorizada porque me había hecho daño en la pierna, igual que mi padre se había hecho daño en la pierna cuando yo tenía siete años y el dedo del pie se le puso azul y tuvieron que amputárselo. En ese momento vi la pierna de mi padre en la mía. Por la noche me quedé tumbada en la habitación blanca del hospital e imaginé cómo la pierna debajo de la escayola se ponía azul mientras dormía. Y cuando me quitaron la escayola, qué miedo tuve de mi pierna, que había tomado la forma de un muerto. Me quedé observando mi horror con detenimiento. La pierna de mi padre en mi pierna. La piel estaba pálida y blanda, como la de un cadáver, los pelos lacios y gruesos, y la carne había menguado detrás de la piel muerta, como si no tuviese la intención de seguir viviendo. Marchita y desagradable, y todo eso me pertenecía a mí también.

A mí, la luminosa joven hambrienta cariñosa risueña preciosa buena atractiva rubia. Yo que nunca había creído que podría morir: morir de verdad, ni una sola parte de mí moriría. Esa vez tuve que comerme mi propio cuervo. Tuve que reírme de mi invencibilidad.

Ahora mi hijo empezó con su lloriqueo azucarado y yo lo atraje hacia mi tierno pecho y fue embriagadoramente precioso que se aferrase a él y chupase. Su peso en oro, muy pesado y de olor dulce.

Soy tan afortunada por tenerte…, le susurré, y besé su aterciopelada frente de recién nacido.

Tengo al miserable de mi Ted, por supuesto, pero es una suerte tener tu amor, susurré un poco más alto, porque, de todas formas, estaba dormido.

Y seguí pensando en febrero mientras amamantaba al niño.

Fue el febrero pasado cuando me sentí tan intensamente purificada.

Tuve, al mismo tiempo, un aborto y apendicitis.

Tuve que volver a tumbarme en una habitación de hospital, callada, sin involucrarme en asuntos familiares.

Todas y cada una de las mujeres merecían algo así. Estar tumbadas de ese modo, en silencio, desconectadas y sin exigencias. No necesitaba mostrarme ante nadie.

Me acosté allí y pude ser, de nuevo. Nacer, de nuevo. Ser creada, de nuevo. Ted venía caminando por los infinitos e interminables pasillos vacíos justamente como el hombre que era cuando me conoció. Alto (1,86) y con mirada de halcón bajo el flequillo, lleno de admiración por mí y por mi intelecto. Me mantenía a cierta distancia, sí. Así era como mejor se las arreglaba para vivir conmigo. Quizás era ese exactamente el motivo. Para poder vivir conmigo tal y como nos gustaría a los dos, me necesitaba a la distancia de un portaaviones. Él necesitaba un pasillo para encontrarme. Me entristeció darme cuenta de eso. Pero quizás a mí me ocurría lo mismo, que para poder vivir necesitaba la otra parte vacía, el lugar y el espacio y una habitación propia, lejos de él.

Puse la mano alrededor de la coronilla de Nicholas, tan suave y virgen, no había nada maléfico en él, ningún engaño, ninguna decepción. Sus párpados eran dos auténticas hojas lilas al viento. Que sea siempre así.

Volví a pensar en Ted y en mí en el hospital en febrero de 1961. Entraba con Frieda de la mano, la pequeña a la que le resultaba tan extraordinariamente fácil cuidar. Increíble. Había pensado que yo era indispensable. Pero estaba bien así. A la niña le encantaba estar con su padre. En el hospital yo no debía lidiar con tenerla pegada todo el rato, la niña que se me colgaba del cuerpo como un mono bebé, y toda la logística que desplegaba para ello. No necesitaba ocuparme de nada.

Y había llegado como una bendición, porque se me había agotado el poder; después de un año de cuidar, amamantar, llevar, no me quedaba nada, mis brazos y mi fuerza se habían convertido en polvo.

Y el cosmos había tomado las riendas obsequiándome con un aborto y una apendicitis.

La semilla de Ted en mí, un error, la resistencia de la naturaleza para limpiarla de mí. Sangrar sin fin.

Las enfermeras iban de una habitación a otra con su ropa anónima y yo estaba totalmente segura de ser feliz por no tener que ser una de ellas.

Era a mí a la que debían atender.

Yo era la que debía quedarse tumbada en su habitación.

Yo era la que tenía un marido escritor que me visitaba.

Yo era la que debía escribir libros.

Yo era la que debía recibir cuidados y afecto.

Ese era el trato. Esa era mi valía. El dinero del Seguro Nacional de Salud y mi cuerpo. Y eso era todo. Eso era todo lo que necesitaba para recuperar mi voz y empezar a escribir de nuevo. De tal calibre fue el disparo. Febrero. Las enfermedades, la sangre y mi propia convalecencia y los tulipanes rojos en la mesa. Aquí estaba la historia, parecían decirme las páginas. Aquí estaba la voz. «Un libro no es un libro, pero dos son tradición», me había señalado con amargura Luke, un amigo de Ted, después de que la espera del libro número dos tras el debut se hubiese prolongado un poco. (¡Por Dios! Y, de todas formas, ¿qué prisa tenían?). Se lo demostraría. Se lo demostraría de nuevo.

Y entonces, entonces empecé a escribir. Volví a casa, rebosante de oxígeno nuevo, y con nuevas páginas vacías a las que adjuntar las vivencias de mi memoria. Tenía energía, deseo, tenía fuego en la barriga y me habían dado tiempo para respirar. Fue cuando empecé a escribir *La campana de cristal*. ¿Qué ocurriría ahora? ¿Qué ocurriría después? ¿Qué clase de escritura me traería este febrero, con esta fuerte mastitis y la convalecencia en el dormitorio de Court Green?

¿Qué novedad me aguardaba?

Esa noche me dormí completamente agotada de tanto pensar, rumiar, las percepciones que me llegaban claras y húmedas como gotas de rocío. Nick yacía sobre una manta completamente alimentado e hinchado como un buda. Lo envolví en ella, después le di a Ted un beso en la mejilla con barba de tres días; estaba tan profundamente dormido que ni se despertó.

Me había dormido encima del caballo de plástico de Frieda. Lo arrojé al suelo. Era viernes, estaba sana, había salido el sol primaveral, esperaba compañía. Mañana bautizaríamos a los niños. Levanté a Nick con su manta y me lo puse en el hombro, me quedé en el umbral de la puerta de la terraza e inspiré el olor del jardín, observé nuestro futuro y al sentir el aire fresco pensé: sí, ya he superado el parto, sí, ya he dejado de sangrar, sí, ahora soy una mujer decente, sí, ahora estoy en mitad de mi vida soñada. Y me invadió el deseo de llamar a un fotógrafo.

Entonces vi a Ted caminando como un caballo negro por el jardín, vertiendo la dosis primaveral de veneno para caracoles por los caminos. Metía la mano en una bolsa de gallinaza y la esparcía por las camas que estaba preparando para nuestras plantaciones de fresas. Ted había dedicado toda la primavera a estos preparativos, poniendo semillas en grandes camas de jardín llenas de tierra negra; había pasado la primavera dedicado exclusivamente a los libros de jardinería. Yo no me había mantenido al día, Ted estaba muy por delante de mí a ese respecto. Yo apenas había salido de esta enorme casa blanca; yo había sido la casa.

No nos vio. Me hubiese gustado tener una herramienta que extender en el jardín y con la que capturarle, agarrarle de algún modo, e imaginé una especie de silbido al que él respondiese, que significara «Te llama tu querida esposa Sylvia», y visualicé que quisiese darse la vuelta, lleno de amor, cada vez que escuchara el silbido.

Lo intenté con mi voz.

—¿Ted?

No me oyó, o quizás no me prestó atención. No quería molestar a los vecinos, no podía convertirse en un hábito que llamase a mi media naranja como si fuese de mi propiedad o de la de mis hijos. En realidad, Ted había llegado mucho más lejos que yo, estaba absorto en el jardín. Para él era urgente que nuestra casa de ensueño fuese tan preciosa como nos la habíamos imaginado: lavanda en hileras, clemátides aferradas a la pared y surcando la desgastada hiedra, nuevas y crujientes plantas de frambuesa para competir con esas tremendas enredaderas. ¿De verdad que Sir y Lady Arundel no habían hecho nada en el deteriorado jardín cuando vivían aquí?

Ted estaba hecho para vivir. Era muy habilidoso con el campo, con los animales y con todo aquello que nos mantenía enraizados en la tierra, con lo que era constante; era muy habilidoso con las herramientas, estaba en su poder consolidarnos, nosotros, que habíamos revoloteado con nuestra juventud, nuestra belleza, nuestras habilidades literarias mientras entrecruzábamos nuestras vidas en Londres. Aquí, en North Tawton, ¡la vanidad no significaba nada!

Atravesé la terraza y me puse un poco de pintalabios: albaricoque, para la primavera.

Nick estaba dormido en el cochecito y yo lo empujaba adelante y atrás en la grava, esperando que Ted viniera y nos viese, que bebiese de mí y de su hijo como yo bebía de él al verlo, que pudiésemos de algún modo ser iguales, que pudiésemos compartir el mismo interés el uno por el otro.

Bajé la mirada hacia el pequeño bulto del cochecito. Parecía que la realidad se me escapaba, como si el tiempo y la vida no valiesen nada mientras permanecía allí de pie, sola e invisible. Habían pasado ya dos meses desde el nacimiento y volvía a estar preparada para que me mirasen, para sentirme mujer a los ojos de mi marido, para que me besasen en los suaves labios pintados.

Allí estaba yo de pie empujando el cochecito para delante y para atrás.

Me gustaría encontrar el modo de decirle a Ted que mi soledad era dolorosa. Que mi soledad, cuando no se me permitía estar a solas con él, me convertía en un ser miserable, un ser a medias, alguien a quien veías como un personaje de una novela distópica sobre ogros. Sin vida. Medio muerta.

Necesitaba que me confirmasen que estaba viva, que estaba en el centro de la historia y que merecía un pintalabios y un saludo.

De repente, Ted se acercó a nosotros, con sus pesadas botas dejando huellas en el barro. Se quitó los guantes y estiró los brazos hacia Nick.

—¿Llevas aquí mucho tiempo? —preguntó. Me arrepentí de mi pintalabios, de haber querido llamar a un fotógrafo. Observé celosamente cómo Ted asumía el control de nuestra pequeña marioneta de dos meses, besaba su barriga y lo elevaba con cuidado hacia el cielo. Reprimí la necesidad de decir: no, maldita sea, todavía no tiene el cuello firme.

—¿Por qué no me respondes?

—Solo te estoy observando —respondí, y esa fue mi única respuesta esa mañana: solo te estoy observando, y después hablamos del veneno para los caracoles.

—¿Quieres casarte conmigo? —me preguntó Ted cuando nos metimos en la cama a altas horas de la noche. Frotó su nariz contra mi cara, aún olía a jardín, a mar y a ovejas—. ¿Asentarás la cabeza conmigo? ¿Te casarás con un poeta inglés desconocido y mediocre que no tiene ninguna oportunidad?

—Venga ya, claro que tienes oportunidades.

—Contra ti no. Frente a ti no tengo ninguna. Tú eres mi escritora mi genio mi reina.

Su afirmación creció como el pequeño germen de una alubia de camino hacia la luz, y dentro de mí trepó el deseo de escribir. A la mañana siguiente, me alejé con pasos firmes del desayuno, le entregué a su hijo y le dije con mordacidad que necesitaba escribir, aunque fuese el día en que los niños iban a ser bautizados. Eso no era tan extraño, ¿verdad? A Ted, de todas formas, las ceremonias le daban igual.

Así que, pese a que tenía un profundo anhelo por el día de hoy, una luz en mi interior había atravesado el Atlántico, había iluminado a mi madre y le había dicho: «Sí, hoy tus dos nietos van a ser bautizados, hoy estamos haciendo realidad los asuntos de la moral y el decoro»; a pesar de ello, comulgué todo el rato con la idea de Ted de celebrar una ceremonia SIMPLE, como cuando nos casamos, un evento sencillo en la iglesia mientras bautizaban también a los demás niños; sí, íbamos a bautizar a nuestros hijos casi como aprovechando la ocasión.

Al estilo de Ted.

Así que no hubo nada raro en el hecho de que la madre Sylvia se librase del desayuno y se convirtiera casi en humo y polvo ante su familia al anunciar:

—Ahora me voy a escribir. Puedes limpiar; la ropa del bautizo está al lado de la cama, asegúrate de cepillarle el pelo a Frieda.

Después de pronunciar estas palabras, se hizo un profundo silencio en la cocina. Ted masticaba su desayuno como si fuese comida para animales y supe que ya había perdido las horas cruciales de la mañana por las que siempre luchábamos —él pescando o yo escribiendo—, pero ya no podía hacerme responsable de los sentimientos de Ted. Ahora, simple y llanamente, tenía que irme.

Irme con el peculiar sentimiento de haber robado a mi familia la paz y la rutina a causa de mi vehemencia: ascender convertida en humo, volverme aire, liviana, transformarme en espíritu y palabra, y no ser madre.

Exhalé en el escritorio, bajé los hombros y me convencí de que no había cometido ningún delito.

Repasé mis papeles, que habían sido sepultados por el polvo, estas páginas, estos folios que consistían en mí, en mi carne crispada, mis ideas horribles.

¡Me hicieron sentir tan bien!

Estaban ahí y se materializaron en mi mano mientras se movía a lo largo de las páginas, convirtiendo el ennegrecido papel en algo tan fino como la seda. Ahí. La primera mirada, después otra, para comprobar que no era mentira: los capítulos estaban allí, los títulos adecuados, la historia de la primera derrota y del colapso de mi vida.

Me había llevado dos meses escribirla, y fue como abrir una puerta tapiada cuyo contenido había estado en preparación y había madurado hasta volverse perfecto, y solo necesitaba sacarlo de allí y darle forma. Y luego había dedicado los seis meses siguientes a filtrar, reescribir, cambiar páginas que sentía que se habían perdido y que eran «demasiado». Ordené el texto, cambié los nombres y tuve miedo de que los ojos de mi madre se posaran en él. Había considerado la posibilidad de quemar buena parte de las páginas, pero la escritura palpitaba en mí como un corazón en la noche. ¿Y quién es capaz de hacer trizas un corazón y lanzarlo al fuego?

Esta era la escritura que nos financiaba, esta era la escritura que, de hecho, daba más vida a mi familia, a Ted, a Nick y a Frieda; había empezado a tratar también de nosotros. Porque aún nos quedaba una parte del dinero de la beca que habíamos conseguido con *La campana de cristal*. La fundación de la beca quería recompensar un proyecto escrito mientras se repartían los fondos, a lo largo de un año; me avergonzaba de mi pícara maniobra tomándoles el pelo y por eso nadie podía decir nada. Cada vez que enviaba material ya escrito a la fundación me sentía como un criminal que intenta compensar un crimen cometiendo otro.

La pulí un poco, eso es lo que hice esta mañana. Necesitaba echarle un vistazo, pulirla y comprobar que era suficiente. Necesitaba devolver a la vida en mi interior unas cuantas páginas para verificar que el texto respiraba y vivía, que Esther Greenwood estaba viva, su temperamento, su mirada al mundo, sus anhelos más profundos. No se había roto en mil pedazos solo por no tocarla en unos cuantos días. Según todos los indicios, Esther era mi creación, y mis sentimientos de amor hacia ella carecían de importancia: en realidad, quizás no la quería, quizás arrastraba cierta tristeza por ver cómo se había desarrollado la escritura, una escritura que quizás se había vuelto más principiante y entretenida; tenía derecho a vivir, y vivía, y por lo tanto una parte de mí, una parte muy importante de carne, había cobrado más vida, vivía en esas páginas totalmente ajena a mí, así que si alguien cogía una página y empezaba a leer, algo le ocurriría a esa persona: Esther —yo— cambiaría algo en el mundo para siempre. Y eso hacía que me recorriese un escalofrío por la espalda, tan bueno como cualquier otra cosa.

Mis hijos serían purificados ante Dios. Lo único que quería era acabar de una vez. Un jovencito del pueblo tocó en la iglesia la sonata para piano de Haydn como una fuga de muerte, y el cura vertió agua sobre la cabeza de mis hijos tan robóticamente como si fueran melones. Allí estaba yo de pie, con mi sombrero y llorando, y pensé: ¿qué he hecho? ¿Quién soy yo para aceptar hacer esto de un modo tan simple? Me había imaginado, por supuesto, un día colorido y soleado, con tarta pavlova e invitados llegados de lejos que traían los regalos más maravillosos, y a mi madre pellizcando a todo el mundo en la mejilla de un modo ligeramente continental, con el que me representaría; diles a los invitados quién soy, muéstrales de dónde vengo.

¿Quién era yo que había permitido que todo se convirtiese en un compromiso entre la frialdad celta de Ted y mi grandiosa fanfarronería estadounidense?

Ahora un cura había bautizado a Nicholas. Sus aburridos sermones habían hecho que la pequeña Frieda fuese corriendo hacia la pila bautismal, alcanzase el agua y empezase a salpicarse la cabecita. Pura comedia: incluso Ted se rio, era algo por lo que estar feliz. Pero en general fue un día de decepciones que pasó como un suspiro. En mí no había ningún lobo, ningún movimiento, ningún consuelo, aunque nuestros hijos estuvieron radiantemente angelicales y no se quejaron ni un poco; eso solo lo hicieron los niños del vecindario, a los que también habían bautizado hoy. Todo fue austero y Ted ni siquiera se había molestado en plancharse la camisa.

—Oímos todo lo que ocurre en Court Green —dijo Rose, la vecina, cuando salimos de la iglesia y la grava crujía bajo nuestros pies. Frieda corrió por entre las tumbas y serpenteó por las lápidas, pensaba que era su jardín—. ¡Lo oímos todo! Y ha llegado la mejor época.

No supe qué contestar a ese particular anuncio por parte de mi vecina. ¿Quería decirme algo en concreto? Hizo que se me olvidase el bautizo de un plumazo.

—¡No tenemos nada que esconder! —contesté a mi vez; después cogí el brazo de Ted y le ordené—: Ve detrás de Frieda, tengo miedo de que se le caiga una lápida en la cabeza.

Ted llegó junto a Frieda en dos segundos. Se detuvo junto a un árbol altísimo y la subió a la primera rama, donde había una ardilla a la que señaló animadamente. Esa cosa con los animales, pensé, ¿por qué le interesan tanto los animales a mi marido? Rose se había esfumado: todo el grupo se había disuelto sin despedirse como Dios manda. Quería volver a casa, con mi escritura. Los mismos pájaros sobrevolaban el cementerio y nuestro jardín.

Llegó abril y con él la época del año más espectacular en Inglaterra, manifestada en nuestro jardín por cientos de narcisos en flor que lo convertían en una ensoñación. La gente iba en masa a contemplar nuestro jardín: al parecer era una tradición en North Tawton porque los jardines y las casas de los otros residentes eran de lo más aburridos. Y, naturalmente, esto era sobre lo que habíamos estado hablando todo el invierno, exactamente sobre esto, así que ahora nos sentíamos obligados a ofrecer nuestra fecundidad al mundo. «Ten cuidado con lo que deseas», me había dicho mi ansiosa madre con voz suave desde Estados Unidos, pero, como eran palabras de mi madre, solo escuché a medias.

Mi pollo con jengibre en polvo y miel estaba en el horno, y las patatas, preparadas y peladas, en un bol. Llevé a mi marido café y dos onzas de chocolate en una bandeja. Levantó la vista desde detrás de su pala, se atusó el pelo y anunció en voz alta: «¡Oh, Sylvia, eres un genio! Deberían ponerle tu nombre a una tarde».

En cuanto las palabras abandonaron su boca, sentí aletear dentro de mí el calor familiar y orgulloso, antes de que llamasen a la puerta de la casa y él se marchase un rato, hasta que se le enfrió el café y entré para ver quién era.

La niñata, Lolita, ¿cómo se llamaba? ¿Charlotte? ¿Scarlett? No recordaba su nombre. Nicola, eso es, ese era el nombre de la hija del vecino. Ella.

Estaba de permiso del colegio de Oxford y ahí la teníamos, de pie, en nuestros escalones. Ted sostenía un libro y unos cuantos discos que parecía que estaba a punto de prestarle. Cuando me acerqué por detrás de él, ella dio un paso atrás y me miró con gesto de impotencia.

—¿Debería irme? —preguntó—. ¿Es un mal momento?

—Dios mío —contesté—. ¿Tan aterradora soy? Solo iba a preguntarte si querías café. Acabo de prepararlo.

—Nicola quiere leer mis libros —dijo Ted en voz baja—, así que pensé en dárselos. —Buscó el permiso en mis ojos. Qué absurdo, pensé, ¿por qué debería importarme a quién regalas tus libros?

Atravesamos la cocina, donde olía a pollo y a jengibre, y donde Ted cogió un bolígrafo. Salimos al sol, y serví el café.

Le firmó los libros, con una dedicatoria en cada uno de ellos. Ella sonreía y cruzó una pierna sobre la otra y de algún modo la presionó contra su ingle; no pensó que me daría cuenta. Allí estaba yo y pude escuchar su conversación, que, extrañamente, cuanto más tiempo pasábamos allí sentados, más íntima se volvía, y más profunda, y supe que Ted era un mujeriego, lo sabía. Vi que se había hecho algo en el flequillo y en los ojos a lo que era imposible resistirse. Y era poeta. En este lugar era cada vez más y más famoso.

Necesitaba acostumbrarme a ello.

En eso consistía ser la mujer de un poeta querido.

Y unos días más tarde se repitió la misma escena en el jardín: una periodista sueca se puso de repente en contacto, aunque la visita tenía que ver conmigo. Había venido a entrevistarme a mí. Habíamos estado carteándonos, había leído mi trabajo en la antología *New American Poets* y quería traducir mis poemas al sueco. Y aun así, pese a todo, entre ella y Ted algo se puso en movimiento.

Ella se sacudió el pelo, rubio y corto, pero, aun así, susceptible de sacudirse; tenía una pinta curiosa con su nariz torcida. Asentía con entusiasmo, volvía a preguntar e instaba educadamente a Ted para que le explicase lo que quería decir con una expresión que había utilizado de un modo particular. Y después nos preguntó: «¿Cómo es la convivencia entre dos poetas?».

Cuanto más tiempo pasaba allí sentada en nuestro jardín y me obligaba a enseñarle la teta (era sueca, le daba igual), más consciente fui de que eso era precisamente de lo que no era capaz: no podía vivir como poeta, era más bien una ilusión, puro engaño. Tenía un ligero sabor a hierro en la boca, como si estuviese sangrando en alguna parte. Tomé la palabra y afirmé en voz alta que era maravilloso, que escribíamos por turnos, primero Ted y yo un poco más tarde por la mañana: ¡Ted es tan madrugador! Le acaricié la mejilla y él se echó un poco hacia atrás, porque Siv Arb estaba siendo testigo, algo que él no quería, puesto que delante de Siv Arb o de cualquier otra mujer que entrase en casa él debía parecer virgen.

Fue en ese preciso instante cuando me di cuenta de que mis manos estaban sucias: tenía las manos pringosas, el bebé había tirado leche materna. Era repulsiva.

—Ahora, las cosas le van muy bien a Ted. Escribe obras de teatro y radiofónicas para la BBC, y yo voy a empezar a reseñar literatura infantil para *The Observer*.

Siv Arb tomó notas en su pequeño cuaderno pese a que nada de lo que yo dije valió para nada. Ella ya lo sabía todo.

Mientras tanto, Nick se retorcía en mi estómago. Vi en todo el ser de Ted que quería liberarse de mí y de nuestros hijos; se movía inquieto en su asiento: debía de tener que ver con el hecho de que llevábamos mucho tiempo sin hacer el amor, ¿no? Y entonces Siv Arb hizo gestos hacia nuestro jardín, acompañados de un comentario mordaz sobre que debía de ser un trabajo sobrehumano cuidar un jardín tan grande nosotros solos. ¿Tenéis jardinero? Y pensé: cuidado, cuidado, querida y sensata mujer escandinava que no entiende lo que significa vivir en el mundo real. Esto es Inglaterra, y nosotros somos Sylvia Plath y Ted Hughes, ¿es que no lo entiendes? Me sorprendió mi deseo de coger una pala de nuestro jardín para espantarla. Y me sorprendió querer estar a solas con Ted, y si no era ahora, ¿cuándo? Y si no era ahora, ahora que teníamos a un pequeño recién nacido al que cuidar, cuando nuestro amor debería estar en pleno apogeo..., si no ahora, ¿cuándo entonces? Pero lo único que hice fue tragarme la sangre imaginaria que me corría por la garganta. Mientras Ted recogía las tazas, le enseñé la diferencia entre cerezos en flor y nectarinas en flor, y después estreché su huesuda y nudosa mano y me despedí.

Como si no fuese suficiente tener a mujeres desconocidas dando vueltas por nuestro jardín, los vecinos también se tomaron la libertad de visitarnos, y yo era la que tenía que lidiar con ellos. ¡Vecinos! Si eres un ser humano en este mundo, ¡los vecinos son un hecho de la vida! Y un cuerpo, una cuenta en el banco y un coche; de hecho, había ciertos detalles prácticos de los que simplemente no podías huir, como ser humano del mundo que eras. Ni siquiera aunque fueses poeta.

Nos habíamos vestido todos de blanco para fotografiarnos bajo la luz primaveral, en medio de los narcisos. Hacernos retratos familiares para enviárselos a mi madre, a la tía Dotty, y a Edith y los demás en Yorkshire. También a Olwyn. Ted y yo, solos, detrás de la impresionante hiedra y los árboles que habían empezado a protegernos de la vista del público con sus incipientes ramas. Porque así es como quería que estuviésemos: libres y, sin embargo, amurallados. Quería a mi amado para mí, y este era un momento emocionante, que él estuviese allí de pie con la cámara enfocándome a mí y observándome bajo aquella luz tan intensa, con una mirada doblemente poderosa dirigida a mí a través del objetivo. Expuesta. La mirada más contundente de North Tawton.

Justo mientras estaba allí sentada entre las flores primaverales, con Nick en los brazos, Frieda a mi lado y él fotografiándonos, Rose nos gritó como un pájaro por encima de la pared para decirnos que Percy estaba en su lecho de muerte, que había enfermado, que había tenido una especie de ataque al corazón. Como es natural, tuve que ponerme en pie, invitarla a entrar y ofrecerle un té caliente. Y lo único en lo que podía pensar mientras la oía hablar era en las deliciosas escenas que acababan de desplegarse en nuestro mar de narcisos: blancos y amarillos, ya capturados en la foto, y me pregunté cuáles de mis expresiones se habrían hecho inmortales, cómo se vería mi sonrisa.

Era virtualmente erótico ser fotografiada, y una penetrante sensación de calentón nació en mí por primera vez desde que había dado a luz a Nick. El interminable flujo de información de Rose había terminado y esperaba mi respuesta:

—Sí, por supuesto, te ayudaremos con lo que necesites —dije de repente.

Volví al jardín y vi cómo Ted ajustaba la postura de Frieda en la hierba. Sostenía un narciso que ella misma había cogido: él tomó rápidamente unas cuantas fotos antes de que ella se levantase y echase a correr de nuevo.

—Bueno, entonces, por favor, saluda a Percy de nuestra parte, pobrecito —dije y le di pie a Rose para marcharse. Me quedé sin energía, no podía ser educada con todo el mundo y también con Ted después. Nick quería que volviera a darle de comer porque eso era lo que quería todo el tiempo. Pero esa era la cuestión: no lo SOPORTABA.

Se lo dije a Ted más tarde, mientras comíamos las sobras del pollo de la cena del día anterior.

—No lo soporto —le dije—. Puedo durante diez minutos, después es como si...

No podía comer, solo llorar, y sentía que mi piel había desaparecido, solo había un camino que atravesaba mi sangre por completo.

Mi esqueleto era madera carbonizada.

—Pues no lo soportes —dijo Ted—. No lo hagas, ya lo hago yo.

—Pero tengo que soportarlo —dije—. ¡Tengo que soportarlo!

—Puedes soportar lo que puedes soportar, ¿no?

Lo estaba preparando para una pelea: saqué el tema de que es una equiparación imposible cuando él se va a Londres todo el tiempo y soy yo la que tiene que entretener a Frieda con cuentos de cómo suenan las vacas en la granja, y alimentar alimentar alimentar a Nick con mi propia carne. Soy yo la que necesita una botella de nutrientes, de esos que echas a tus plantas, ¡pero nadie me los da! ¿No lo entiendes?

Ted mordisqueó el pollo y permaneció en silencio: así que déjame pensar, parecía comunicar su cuerpo, estoy pensando, así que quédate en silencio, ¿vale?

Acres y tierra que cultivar y muchas reparaciones en la casa y dos miniaturas de ser humano, Dios mío, Ted, estuve a punto de exclamar, ¡rindámonos a todo esto antes de que sea demasiado tarde!

Pero no me salió la voz, fue como si todo lo que tuviera fuese tierra negra, tierra negra y silenciosa.

Masticamos y tragamos, sin poder reunir la energía para pelearnos.

—¿Puedes tener cuidado con mis pechos?

Ted estaba tumbado con la mano en mi pecho bajo la luz de la luna. No quería perderlo, pero, aun así, era algo que necesitaba decirle, que ahora mis pechos eran de Nick, que ya no eran una zona erógena. Había trepado encima de mí justo cuando estaba a punto de quedarme dormida. Sus besos eran rápidos e intensos e hice un esfuerzo por sentirme cautivada, intenté recordar nuestros encuentros anteriores, cuando hacíamos el amor a menudo, de todas las formas posibles, en diferentes posiciones. Moví a Nick. «Quédate en la cuna», le susurré y le acaricié su aterciopelada frente. Después decidí entregarme, yo también necesitaba querer hacer el amor.

Afuera la luna estaba reluciente y su torrente de luz llegaba hasta aquí. ¿Acaso no éramos simples animales, acaso Ted no tenía razón después de todo, apuntando a un mismo signo entre humanos y animales? ¿Acaso no éramos solo carne y hambre?

Era la primera vez desde que mi hijo había salido de mi cuerpo hacia la vida, la primera vez que abría las piernas para otra persona. Esta primera vez parecía ser de lo más placentera para Ted, mientras que para mí era difícil e incierta. Mi sexo se dilató y tensé las piernas para obligar a la zona que lo sujetaba a tensarse, a ser placentera. Pero aún estaba demasiado distendida, todavía era demasiado grande y sensible: a él lo acometió un intenso deseo que no estaba alineado con el mío y noté el peso de sus extremidades cuando se corrió, un espasmo que lo liberaba de su dominio, y se entregó en un crudo bramido. Se vació en mi interior, rugió hacia el techo, y yo miré a Nick, que se había estremecido pero no se había despertado. Bien, se había corrido dentro de mí, sin esperarme, sin mis sonidos, sin mi mirada.

Me besó desesperadamente en la boca.

—Estás jodidamente bien, Sylvia —dijo—. Dios, necesitaba esto. Es lo mejor que me ha pasado en mucho tiempo. Joder, gatita. Has vuelto.

Me reí, me puse el camisón. Aún estaba bien, solo tenía un poco blando el abdomen, y el sexo también, pero se contraería de nuevo, sabía que lo haría y que en breve estaría totalmente restaurado.

Nick se despertó, le di de mamar, y mientras salía la leche y los ronquidos de Ted vibraban por toda la casa, permanecí tumbada y consideré el hecho de que yo había sido Siv Arb o la vecinita Nicola; eran ellas a las que se había follado esta noche, las que habían encendido el deseo de mi marido. La nariz torcida de una periodista de Suecia y las medias vulgares de Lolita debajo de una falda corta. El instinto provocó un impulso entre mis piernas, una necesidad que se distinguía por una mezcla de profundas sensaciones eróticas y el asco más absoluto.

Mayo, en Inglaterra, era todo lo que me habían dicho que sería: bullía de erotismo y creatividad. Ted cortaba la hierba, Frieda lo seguía con su cortacésped de juguete de plástico. El aire rebosaba del perfume de las pequeñas flores que se abrirían y florecerían pronto en nuestro jardín. Me senté un rato en el sillón junto a la ventana y le ofrecí mi pecho a Nicholas hasta que se puso cómodo; vi a Ted caminar inclinado sobre su máquina totalmente absorto, como siempre, en sus pensamientos. Yo seguí mi propio pensamiento hasta la línea de meta: ¡los hombres y sus máquinas! Si supiera lo enferma que me ponía sentarme aquí y cuidar y amamantar y hacer callar y planear comidas... ¿No sería mucho más fácil ir detrás de una máquina? Pero cuando lo hice en otoño, me pareció una gran idea el intercambio de responsabilidades y vi que era mi oportunidad para brillar, para ser una «mujer moderna», caminar con el cortacésped y sacrificar sin más la hierba alta del otoño, pero, de repente, el trabajo se volvió muy pesado, demasiado pesado para mis brazos, mi cuerpo de embarazada, y no podía manejarlo. «No puedo», tuve que confesarle a Ted, y él suspiró y murmuró: «Te lo dije», y salió a la humedad creciente del crepúsculo para terminar lo que había dejado atrás. Ted despreciaba los proyectos inacabados, lo aterrorizaban. Los proyectos inacabados le hacían pensar que él era el único responsable de cada grieta de la existencia que necesitaba ser reparada.

Los hombres y sus máquinas. Y después querían comida, y Ted no era mejor que los demás. Me senté allí y sus mejillas sin afeitar me pusieron nerviosa. Por el modo en que continuaba cortando el césped y manteniéndolo suave, debería emplearse un poco más a fondo en afeitarse. Quería pedirle que lo hiciera, pero eso ocasionaría todo tipo de problemas: Ted aborrecía profundamente que lo molestase respecto a sus hábitos. Y después me asustaba su indignación, a mí, que solo pretendía regar con amor sus suaves y afeitadas mejillas... La barba de tres días era desagradable, como la hiedra venenosa y la maleza; además, ¡me encantaba lo bueno que era Ted en el jardín! ¿Acaso no era fantástico tener un hombre que se preocupaba tanto por los asuntos delicados, como la vegetación, la naturaleza y los animales?

Nick me escupió en el hombro.

Ted entró pisando fuerte el suelo de linóleo que por fin habíamos conseguido que los rudos carpinteros nos colocasen encima de la madera podrida del suelo del vestíbulo. Se secó el sudor de la frente con un pañuelo.

—Quiero escribir —dijo con la respiración entrecortada—. Estoy seco, no puedo respirar.

—Tómate un vaso de agua.

—Necesito escribir.

Ted se bebió en tres tragos rápidos el vaso de agua que le di y lo puso sobre la mesa de un golpe. Le caían del labio unas cuantas gotas.

—Terminaré de cortar la hierba más tarde.

Fui hasta la ventana, Nick estaba dormido en mi brazo. Empezaba a pesar: lo acostaría en un minuto.

—¿No has terminado con la hierba?

Mi corazón empezó a palpitar más rápido.

Ted negó con la cabeza.

—Voy a escribir.

—Pero la hierba... No sueles dejar la hierba sin cortar. Puedo ir a dar un paseo con Nick mientras terminas. Acaba de quedarse dormido. ¿Comemos después?

Ted volvió a decir que no con la cabeza, parecía vacío, su mirada estaba hueca.

—Voy a lavarme en el fregadero, después daré un paseo y luego me quedaré un rato en el estudio. Necesito... Sylvia. No lo sé. Necesito algo.

—¿No te encuentras bien?

Frieda aún estaba fuera, entre los arbustos de bayas, excavando la tierra con una cuchara.

—Sylvia, soy un hombre con ideas. Ahora necesito pensar. Eso es todo. Necesito un poco de soledad. No hay más.

Volví a mirar hacia el jardín: Frieda se dio la vuelta buscando la mirada de alguien. Tenía la boca negra, como si se hubiese atiborrado de tierra.

—¡Está comiendo tierra! —grité, doblé la esquina corriendo en calcetines y la agarré del brazo.

Cuando Ted regresó, llamé a Winifred Davies, la matrona. Era la única a la que podía recurrir en ese momento, la única persona que podía ofrecerme una salida y una salvación. El teléfono, lleno de promesas, colgaba de mi mano. Ted estaba arriba, en la buhardilla, como una sombra escurridiza. Había dormido a los niños, ¿acaso no era mágico? La matrona contestó después de diez timbrazos: su voz sonaba confusa. Se aclaró cuando me escuchó al otro lado.

—Sylvia... ¡Ah, Sylvia! ¿Cómo estás? ¿Cómo está nuestro pequeño Nick?

—Nuestro...

Me sentí abatida por la calidez con la que lo dijo; de modo que así es como vive un ser humano con buen corazón, un ser humano práctico, volcado en la vida y que vive, ¡SÍ! Nuestro Nick, y recordé esa loca noche de enero en la que nació y en la que me cabreé con Winifred Davies por no recordar que era de esa clase de personas que necesitan MUCHO óxido nitroso. Pero ya la había perdonado por aquello.

—Es maravilloso, Winifred, totalmente maravilloso. Es tranquilo y poético, como su padre, colosal aún, me vacía todas las reservas.

—Asegúrate de comer bien, que Ted cocine para ti, que ingieras todos los minerales y vitaminas, porque los vas a necesitar cuando empieces a tener la regla de nuevo...

—Bueno...

—¿Has empezado ya?

—No, aún no he tenido la regla, menos mal.

—¿Y relaciones conyugales?

Enrollé el cable del teléfono en mi dedo y miré escaleras arriba hacia el estudio donde estaba sentado Ted.

—Ha tenido que esperar. Ted está liado con muchas cosas. Tenemos que fertilizar y plantar todo un jardín... —Me reí, y cuando lo hice Frieda sintió que algo pasaba, que algo divertido y alegre estaba en marcha, había oído la risa de su madre. Se despertó y me llamó.

—¡Mami, mami!

—Tengo que ir con Frieda... Pero hay una cosa con eso, con el jardín —dije.

—¿Sí? ¿Qué?

—Tenemos una idea, nos encantaría criar abejas. Es un riesgo, naturalmente...

—¡Qué idea tan tremendamente maravillosa! —exclamó mi matrona, como si tuviese los dedos dentro de mí; una sensación pesada y extraña brotó de mi sexo, un calor, como de hermandad. ¿Podría ser ella la hermana, la cálida madre que nunca tuve?

Noté mi sonrisa.

—Sí, ese es el plan... Abejas. Quiero hacer algo especial para nosotros. También siento que es una especie de obligación para con la naturaleza. No lo sé. Creo que a Ted le hará feliz.

—Vas por el buen camino. No hay nada más emocionante que criar abejas. ¿Tenéis una colmena?

—No hemos llegado tan lejos.

Frieda se había levantado y tiraba de mí.

¿No podía terminar de escribir pronto? ¿No podía volver a la vida ya?

—Quedemos en la reunión de junio del club de apicultura local. ¡Es más pronto de lo que crees! Ah, ¿y cómo va el jardín?

—Tengo que irme... El deber manda.

—Entonces nos veremos en junio, en la reunión de apicultura. Ah, por cierto...

Winifred Davies quería decirme algo, no quería dejar de hablar, no veía que Frieda estaba tirando de mí.

—Tengo que irme ya —grité, porque ya no tenía el auricular pegado a la oreja.

Fuera, en el aire primaveral, el calor hervía a fuego lento y Frieda me enseñó a plantar ruibarbo: todo lo que tenías que hacer era hundir tu cuchara de plata en la tierra lo más profundamente posible, después ponías la planta allí, y ya estaba, eso era lo que hacía papá.

Todo lo que veía eran sartenes grasientas en la mesa del jardín. Nick dormía tranquilamente debajo del árbol indio, pero se despertaría pronto, en un minuto, y después volvería Ted, pero tendría que terminar de cortar el césped, claro, por lo que de todas formas seré yo la que tenga que coger a Nick. Podía sentir cómo el imperioso alarido del bebé se apoderaba de mí, casi como si nuestros cuerpos fuesen simbióticos: cuando el bebé sentía mi cuerpo rondándole cerca, quería evaporarse de lo que fuera que lo estaba reteniendo en ese momento —el sueño, su propio sueño— y convertirse en mí, convertirse en un colgante en mi pecho, quería fundirse conmigo. Le susurré a Frieda: «Qué maravilloso, cariño mío. Precioso».

Frieda tenía dos años y no entendía lo que era susurrar.

—¡Hazlo TÚ, mami!

La cabeza me zumbaba con abejas, con labores, con colocar enjambres de abejas para producir miel, con los libros que Ted tendría que leer al respecto y que algún día terminaría por lanzarle a la cabeza. (¡VUELVE A LA TIERRA! ¿NO NOS HABÍAMOS MUDADO AQUÍ PARA ESO? ¿POR QUÉ LEES TANTO? ¡HAZ ALGO ENTONCES! ¡MI MADRE LLEGARÁ

PRONTO! Y me diría: «Ajá, ahí está el problema. Quieres tenerlo todo preparado para tu madre. Así que en realidad no quieres cortar el césped; como tu madre viene en junio, necesitas decorar y tener todo en orden, que quede perfecto. ¿Sabes qué, Sylvia? Bésame el culo»).

Todo esto y mucho más arraigó y creció en mi cabeza mientras Frieda gritaba y arrojaba tierra en el ruibarbo. Sacudí un par de tijeretas del mantel que se había levantado con el viento: lo mío eran las tijeretas, las piernas largas de papá y las sartenes grasientas. Y la explosión, el alarido del bebé, y de repente mi conversación con Winifred se había terminado, el delicioso plan de criar abejas, mi idea de dar quizás un paseo: fue como si todo hubiese saltado por los aires. Nick estaba despierto y, como el rezagado en nuestras vidas, Ted salió al porche y se frotó los ojos como si acabase de despertar de un profundo sueño.

—¡Bienvenido de vuelta a la realidad! —dije con mordacidad. Ahora me daba igual que nos escuchasen los vecinos.

Ted puso en marcha el cortacésped, sin contestarme, y empezó a dirigirlo por la hierba a gran velocidad, con gestos obstinados. ¡Y eso que habíamos hecho el amor el día anterior! Bah. «Jodida zorra, estúpida mujer, grano en el culo». Sabía que eso era lo que estaba pensando. Lo sabía.

—¡Me voy arriba a escribir! —grité.

Me senté con el manuscrito, que estaba esparcido por la colcha y por mi cuerpo.

Ted tenía razón: podía sentir la respiración de mi madre en todos y cada uno de los capullos que florecieron a principios de verano en nuestro jardín. Había estado allí en todos y cada uno de los austeros ramos de narcisos amarillos que había cortado y cuyos tallos había podado para que quedasen bonitos. Había estado allí en todos y cada uno de los ramos que había enrollado y cubierto con un envoltorio de papel blanco de sándwich. Había estado allí en todos y cada uno de los montones de diez, apartados para venderlos en la plaza; había estado allí en todas y cada una de las preparaciones hechas en la tierra para alardear junto al sol. Aurelia. Pensaba en ella con cada paso que daba.

Pero, en realidad, ¿por qué debería preocuparme? No había nada que pudiera molestarnos ahora. Teníamos una vida de ensueño, tenía toda una familia entre mi madre y yo, mi propia familia, de mi misma carne y sangre, y de mi capacidad, intelecto y voluntad. Todo esto nos había bendecido con la alegría, todo ello, todo lo que yo había defendido y creado, no ella. Me había liberado de ella, no era el lacayo de mi madre, ni tampoco su dolor de cabeza, ni su solución. No sabía nada de mí.

Ahora tenía mi propio jardín, un marido alto y lujurioso que por la noche yacía en mi lecho conyugal como una tabla cortada de la losa de nogal más bella. Tenía un marido habilidoso, interesado por la música, un marido cosmopolita, un poeta, un marido guapo, el mejor padre del mundo, daba igual lo que pensase Aurelia Plath aquel junio de 1956 cuando nos casamos y desafortunadamente ella fue nuestro único testigo. Nada de lo que pensase de su yerno, su primer yerno, ninguno de los reproches que pudiese ver en su mirada, ninguno de los comentarios ácidos que palpitaban detrás de su santurrona indiferencia, ninguna de las estúpidas actitudes de mártir que detecté en ella cuando nos fuimos de luna de miel, nada de eso me retenía ya, nada de eso podía reclamar ninguna posición.

Y si solo respiraba hondo y le mostraba a mi madre de verdad lo deliciosa que era la vida en North Tawton, entonces nunca nos acercaríamos a ningún peligro. Vería que el sueño era real, no era un poema improvisado, no estaba escrito en una carta feliz enviada a Estados Unidos.

El exterior empezó a iluminarse: una luz fluorescente amarilla del Atlántico. Me senté apoyada en el borde de la cama y fue como si todo mi ser estuviese iluminado, irradiando directamente al corazón. En el brazo, un bulto de masa brillante, muy caliente, que crecía. Era el sol de mayo, diría Ted, pero yo ya sabía lo que era el sol de mayo y cuál era la diferencia en mi vida. Ted había ido al buzón esta mañana y había encontrado lo que marcaría un antes y un después en mi vida.

Necesitaba sentarme aquí y calmarme, necesitaba sentarme aquí y no montar una escena, necesitaba sentarme aquí, humedecerme los labios y mantener el equilibrio; también necesitaba sentarme aquí y amamantar, hacer que la masa siguiese creciendo.

DECÍA QUE QUERÍAN PUBLICARLA EN ENERO, por fin decía que querían publicarla en enero, y yo había salido y me había recibido la cosecha del buzón de Ted, cogí el sobre, leí el telegrama sentada en los escalones con las rodillas contra el pecho, y después se me cayeron las lágrimas del modo en que lo hacen las lágrimas de aceptación, lágrimas de autor, cuando todo el trabajo fatigoso de lo que habías querido retratar y con el que habías querido hacer las paces sale al mundo y declara: Reconciliémonos, la guerra ha terminado.

(Del libro de Ted sobre el budismo: *El que sufre debe ser escuchado*). Ahora estaba claro: me escucharían. En Heinemann habían terminado de leer mi basura americana y le habían dado el visto bueno. ¡Esas arrogantes chicas inglesas de las editoriales que se sentaban con cientos de manuscritos en el regazo y emitían veredictos contra infelices anónimas como yo! Habían apresado mi texto como a una medusa hinchada del océano, le habían quitado la arena y habían dicho: ¡Aquí hay potencial! ¡Aquí tenemos algo por lo que pelearnos! Por fin. Era imposible colocar poemas, pero el arte de la novela, de la prosa, lo más de lo más, ¡ahí es donde había movimiento!

Y, además, había metido una buena cantidad de poesía lírica en el libro.

Oh... Esther G... La amaba... La vi delante de mí... Si supiera... Yo también me amaba a mí misma... Después de todo, la había creado yo...

Nick interrumpió mis pensamientos con un eructo que sonó a vómito; esperaba un océano en mi hombro, pero no hubo nada, solo mi miedo paralizante a todo lo que fuera blanco y amargo: excremento.

Ted me levantó de las escaleras y me dio un abrazo huesudo: quería arrastrarme por el suelo, dar vueltas.

—¡Eres un genio! ¡Lo sabía! —En sus ojos había fuego de león. (No estaba preparada para eso). Y ahí estaba yo de nuevo, sentada en la cama, sudando y mordiéndome los dedos, y preguntándome cómo podría minimizar el daño, el dolor.

¿Cómo iba a publicar de verdad una novela como *La campana de cristal*? ¿Cómo iba a conseguir enmascararla? Lanzarla al mundo sin que me considerasen responsable de su contenido. Iba a hacerse realidad, ¡y yo había estado sentada tranquilamente detrás de mi máquina de escribir!

Bajé la mirada hacia Nicholas, a quien tenía en las palmas, en los muslos. Justo como a un niño... La sensación de publicar un libro era la misma que la de traer una criatura al mundo, y esperas que esa criatura no provoque ningún daño, que se aleje en el mundo sin preocuparse por mí o por mis imperfecciones, yo, tan discrepante y que cometo tantos errores. ¡Que Dios ayude a mi hijo a arreglárselas sin mí! ¡Que no vean en él mi oscuridad, que posee mi alma!

Dejad que sea puro...

La campana de cristal...

¿Cómo iba a evitar que Ted se enfadara a causa de mi éxito? ¿Cómo iba a arreglárselas Ted? Que el mundo contenga la respiración... Un mosquito se me aposentó en la piel. Como no quería despertar a Nick, me quedé observando cómo el cuerpecito del mosquito se llenaba de sangre, antes de colocar diestramente la palma de mi mano sobre el animal y dejar que la sangre se me esparciese por el muslo. Mi sangre, mía. Por supuesto, Nick se despertó por el movimiento, pero la necesidad de dormirlo de nuevo, amamantarlo y tenerlo en brazos excusaba el hecho de quedarme allí sentada para ordenar los pensamientos.

El salmón escalfado de Ted estaba en la fuente de servir entre rábanos y cebollas tiernas. Clavó un tenedor en el filete rosado. Se hundió como en el barro. Cieno rosa embadurnaba el tenedor. Estudié la preocupación y la vergüenza de su rostro.

—¿Qué es esto?

Como si el salmón lo hubiese ofendido.

Aplasté una hormiga que me subía por la pierna.

Desdoblé la servilleta y me la puse en el regazo.

—Venga, ahí tienes. Estoy segura de que está bien. —Cogí el plato de Frieda—. Frieda, ¿quieres un poco?

—¡Puaj! —gritó—. ¡No!

Nos servimos el salmón en silencio, Ted de su lado y yo del mío. La expectación se palpaba en el aire: había un silencio extraño. No me atreví a decir que olía a rancio y a agrio. Ahora tenía la ventaja competitiva, Ted estaba un escalón por debajo en la casa de los escritores.

—Ahora celebremos el éxito de mamá —había dicho.

Salmón escalfado o no, ¿qué había en mi interior que no me permitía celebrarlo? Me jacté y al mismo tiempo me atormentó la ansiedad por jactarme y por anhelar el día de ayer, ese día en que todavía no había llegado ninguna carta que me lanzara a mis días de escritora reina que se abría paso, que lo intentaba diligentemente, que se esforzaba, la reina luchadora, hasta llegar al otro lado, hasta estar entre los que dentro de poco serían respetados.

Ahí es donde estaría a partir de ahora.

Entre los respetados.

Me eché atrás el pelo y pensé que estaba bien que el salmón escalfado hubiese quedado así, que Ted estuviese sentado allí, taciturno y feo, en la silla de madera en nuestra sucia cocina, nuestra vieja cocina de granja que estábamos en proceso de transportar al futuro, a la modernidad de los años sesenta, picoteando su asqueroso trozo de pescado.

—Debería haber estado más tiempo en el horno —se quejó—. Maldita receta. Qué pescado más asqueroso. ¡Salmón noruego! —gruñó—. No puedes fiarte de los noruegos. Debería haberlo pescado yo mismo. Es el producto el que está mal: el salmón escalfado no debería quedar así. Resulta irritante cuando pones tanto trabajo en algo. —Ted describió la salmuera en la que el pescado debía marinar durante un buen rato: tiras de zanahoria, semillas de hinojo, pimienta blanca y eneldo.

¿Cómo podía no salir bien?

No tenía ni pizca de hambre: estaba llena de enormes nubes blancas y tenía las entrañas muy suaves. Frieda picoteó su patata, cogió un trozo de mantequilla con el dedo índice y se lo chupó.

—Escribiré a Al Alvarez ahora mismo para contárselo.

Me limpié la boca con la servilleta, la golpeé contra la mesa y después me fui. Esto era demasiado, era demasiado importante como para dejarme arrastrar por un infame trozo de salmón escalfado. Él, mi marido, podía quedarse ahí sentado, dejar que su boca se agriase y masticase las cebollas tiernas. Al abandonar la mesa, lo sentí casi como un triunfo y, al mismo tiempo, como un ataque a mi familia.

—¡Lo invitaré a que venga! —grité desde donde estaba sentada, inclinada sobre mi imprevista carta en la mesa de centro—. Invitaré a nuestro querido crítico, en algún momento de junio. Será divertido, ¿verdad, Ted? Te parece bien, ¿no?

Esa noche no dormí. Los pensamientos me retumbaban en la cabeza como la grava: dondequiera que mis pensamientos se dirigiesen, se producía un crujido y no tenía paz. Era como si alguien hubiese encendido una de las tiras de luz recién compradas que estaban en la cocina esperando a ser montadas debajo de la lámpara de la cocina; alguien las había introducido quirúrgicamente en mi cerebro y ahí estaba yo, un cefalópodo sin cuerpo, sintiendo que alguien me había partido en dos.

Mi cuerpo y yo.

¿No era yo la que voluntariamente me había liberado de él para no tener que soportarlo más tiempo, para que lo único que me atase a este mundo y a este tiempo y a este presente y a estas horas fuese este magnífico cerebro, la inmensa luz que desde ahora ocupaba mi interior? En mi mente había una sinfonía: todo lo demás se había extinguido. *La campana de cristal*, y dentro de mí albergaba las palabras de la página preliminar: la editaba por turnos en mi cabeza, y a mí misma me cegaba la magnificencia de esas palabras. Así que... Maravilloso. Era... yo. ¡Había escrito eso! Mi madre no daría crédito.

Y en el siguiente pensamiento malherido quise acurrucarme en posición fetal y así lo hice: doblé las rodillas desde donde yacían planas contra la sábana en la áspera cama, me las llevé hasta el estómago, me mecí hacia un lado y me mantuve así. (Nick seguía como un cerdo en su cuna). Madre, sostenme, voy a publicar un libro, pensé. Madre, vuelve a parirme, voy a publicar un libro, pensé. Madre, libérame, libérame de esta extraña adversidad que es la vida y que nunca podré entender, ayúdame, haz que descanse, duérmeme.

En medio de ese pensamiento llegó la lluvia, un golpeteo contra nuestros cristales, y, en mi montaña de piernas y miembros y carne y piel, fui la única que la escuchó, que la registró y que tuvo el pensamiento, la palabra: *lluvia*.

¿Cómo podía ser tan genial para, en una sola frase, en una sola, solamente en una, en el mismo aliento, evocar una conciencia, un lugar, un momento, una estación del año, un yo, un sentimiento y un dilema político, además de una intriga? Fue increíble, un ardid grandioso.

Extraordinario.

Me quedé pasmada y con ese pensamiento me iluminé, la grava ya no crujía, creí oír la lluvia, la simple lluvia estrellándose contra el techo de paja y los cristales de nuestra casa, oí las alas de los pájaros bajo las tejas en el borde del tejado, cómo se protegían de la lluvia mientras yo me protegía del tiempo y del universo que habitaba, liberada, meciéndome hasta quedarme dormida a través de mis propias palabras, mi propia perfección que había creado gracias a una coincidencia y una casualidad misteriosas, como una rosa que florece en verano: llega, simplemente, cuando ha alcanzado la temperatura adecuada, cuando la tierra ha recibido lluvia, cuando el sol se ha abierto paso y la gente está de vacaciones, preparada para meter la nariz en las rosas florecientes e inhalar su aroma. Mi genio había llegado del mismo modo. Había trabajado intensamente para refinar mis cualidades: las había injertado, cruzado, cultivado, regado, podado y luchado con ellas, y entonces, un día, mientras el sol nacía sobre un verano interior caluroso como aquel en el que los Rosenberg fueron ejecutados, se me ocurrió la idea de escribir toda la historia y ahora, pronto, pertenecería al mundo. Lo sabía, sabía que sería del mundo. Emocionaría al mundo. Me quedé dormida, dormí...

Hicimos el amor como animales en celo, sin mirarnos siquiera, encima de la colcha de la cama de Frieda. Ted remarcó la importancia de tener una actitud despiadada: necesitas tener una actitud despiadada, Sylvia, vas a necesitarla cuando salga el libro, porque yo no podía dejar de lamentar que la totalidad de la novela estuviese basada en experiencias personales. ¿Qué pasaría con mi madre? ¿Y con Prouty? ¿Y con Buddy Willard? ¿Y con mi reputación?

Ted estaba tumbado sobre mi brazo.

—Los de Heinemann hacen que me dé vueltas la cabeza —me quejé, pero lo que dije era totalmente cierto—. Un día escriben que la costa está despejada, al día siguiente recibo una llamada de un editor ansioso que me dice una vez más que necesitan «clarificar con un abogado» si soy responsable de todos los contenidos o si el editor asume cierta responsabilidad.

—Usa un seudónimo entonces.

—¿Victoria Lucas?

—El primer nombre de tu último personaje principal.

—Por supuesto, podría hacerlo. Pero tengo la sensación de que deseo seguir siendo Sylvia.

—Lo serás de todas formas. —Se levantó y me besó en la frente—. Siempre serás Sylvia Plath; una autoría lleva tiempo, no puedes controlarla siempre.

Metió un pie en los pantalones y después el otro; el sonido tintineante del cinturón mientras se lo abrochaba me resultó familiar. Me levanté lentamente para sentarme y fui al baño a lavarme después de que él se corriera dentro de mí.

—También he invitado a Assia y David Wevill —dije y me detuve en el escalón—. La pareja.

Llevaba en las manos una bandeja con vajilla sucia. Ted estaba tumbado en el sofá leyendo un libro.

—¿Qué has dicho que has hecho?

—Me tomé la libertad. Les pregunté si querían venir a visitarnos.

Ted dejó con cuidado el libro en la mesita de centro, abierto por la mitad, y trató de incorporarse.

Dijo:

—Pero tú no querías más intrusos.

Me miró durante un largo y desolado rato.

Sentía un picor en todo el cuerpo: eran las picaduras de los mosquitos; sostenía la bandeja en las manos, así que no podía remediar la situación.

Me encogí de hombros.

—La idea se me había ocurrido antes y ahora les he invitado.

Se echó hacia atrás en el sofá.

—No te entiendo —dijo Ted. Levantó los dedos de una mano en el aire y empezó a contar—. En junio vienen Olwyn, Edith y el grupo, que Dios se apiade de mí, y tu madre, tu MADRE, Sylvia, y Al Alvarez, a quien «te tomaste la libertad» de invitar ayer mismo.

Trasladé el peso al otro pie y sentí cómo me expandía por dentro.

—Y ahora vamos a tener otros dos invitados.

Mi voz contenía una presión nueva: sonó convincente mientras hablaba.

Me acerqué a la mesita y dejé la bandeja; los vasos estaban grasientos y resbalaron los unos con los otros.

—Assia y David son escritores —dije, con los brazos cruzados—. Llevan un tiempo queriendo venir. Habíamos hablado de que queríamos enseñarles nuestra casa. Así que ¿cuál es el problema?

Ted suspiró de modo audible.

—No, supongo que no hay ningún problema en absoluto. —Se detuvo, miró la pared y pasó un dedo por el papel pintado—. Es solo que después no vengas pidiendo clemencia. No vengas arrastrándote hasta mí cuando los invitados se hayan ido a casa, no te quejes, no te agotes con la comida, no montes una escena con las galletas y, por el amor de Dios, no lo compliques todo. ¿Vale?

No podía dejar de mover los ojos, ya estaba hipnotizada, era el sentimiento de querer invitar a todo el mundo lo que me impulsaba a hablar. Dije:

—Estoy segura de que nos podrán ayudar a quitar la maleza. En cuanto al andamio que quieres construir, quizás David pueda hacerse cargo. Les pediremos ayuda. Eso es lo que haces en la vida: pides ayuda con aquellas cosas que no puedes hacer tú mismo.

Cogí la bandeja y me fui.

Él estaba en Londres y pude llenar el congelador. No notaría que lo había organizado todo de antemano. No podría echarme el lazo y ser capaz de rastrear mi ansiedad. Me encantaba cocinar y hornear por eso, y como alguien debería escribir esta cita algún día en una etiqueta, la tengo guardada para un futuro libro de recetas del que sería la autora:

«COMIDA: porque los preparativos son poesía, cocinar es meditación y comer es como el sexo».

Tenía las cutículas manchadas de rojo por las cerezas.

Frieda ya se había acostado y Nick estaba tumbado, dulce y suave, en el capazo frente a mí en el suelo de la cocina, por lo que ¿acaso no era fantástico que pudiese improvisar una tarta de queso, hacer una masa para una hogaza de pan blanco de cocción lenta que tener en el frigo toda la noche, y como guinda del pastel y en absoluto secreto, en mi círculo de soledad más íntimo, deshuesar un kilo de cerezas que había comprado en el mercado de Crediton para verter un puñado en un molde ancho de tarta?

Y todo esto mientras Nick estaba tumbado mirando al techo.

Me chupé un dedo con masa de tarta, cogí el rodillo e incliné el cuerpo en movimientos rítmicos sobre la masa del pastel, que se esparció sobre la encimera y creció redonda y maravillosa, y después cogí la lupa de Ted, que estaba en el alféizar de la ventana, también redonda y preciosa pero a menor escala, la puse contra la masa y corté pequeños círculos.

Tendría todo preparado en el congelador. Assia y David no darían crédito —cerezos en flor ¿y ya había tarta de cereza?—, pensarían que estaban en el cielo, y yo me reiría, generosamente divertida y turbulenta.

En la cabeza tenía muchas recetas para todo.

Así es como sortearía el deseo de Ted de improvisar, su insistencia en hacer lo que fuera con lo que hubiese en el frigorífico.

Sería un fin de semana perfecto.

La lupa de Ted, que de vez en cuando se colocaba contra una mariposa protegida o contra el pie de Frieda cuando había que quitarle una astilla, se había quedado pegajosa por la masa y había algo delicioso en ello. Cuidadosamente, sin echar nada a perder, puse la cubierta de la tarta sobre las cerezas. Y mientras la tarta se horneaba, las pequeñas y dulces cerezas rezumaban en sus círculos de un rojo de lo más brillante; me senté un rato frente al horno y observé cómo la tarta tomaba forma.

Me sentía de lo más sola estando en casa sin él y daba igual en qué ángulo del espejo me mirase: ninguno reflejaba con precisión quién era yo. Sería una autora, pronto sería la novelista Sylvia Plath con quien la gente hablaría. Era posible crecer, expandir el repertorio, ser poeta y novelista al mismo tiempo, no tenía por qué ponerme límites. Coloqué a Nick en el portabebés y a Frieda en el cochecito y cogimos un autobús hacia

Crediton; allí, en la pequeña tienda de señoras, encontré un par de sandalias blancas con cadenas de oro. Dudé un momento y miré la etiqueta del precio varias veces mientras sujetaba con fuerza las muñecas de Frieda para evitar que destrozase toda la tienda. ¿El resto de los seres humanos eran tan susceptibles como yo a los cambios de temperatura? Fuera me moría de frío, pero empecé a sudar en cuanto entré en la tienda. Cuarenta libras, eran unas sandalias caras, pero las compraría para celebrarlo: pronto sería una escritora publicada. Había un libro en camino. Y quizás asistiría esta primavera a una fiesta de lanzamiento no muy lejos del centro de Londres, y brindaría con champán y me besarían en el cuello. Está claro que una escritora debe usar sandalias con cadenas de oro.

A veces desearía que las dependientas viesen que eres una clase particular de persona elevada, pero mientras pagaba no pude explicárselo muy bien: este invierno me van a publicar una novela.

Acarreé los zapatos durante el largo camino de vuelta y no pude mirar a Frieda a los ojos, pese a que ella hizo todo lo que pudo por llamar mi atención.

Sudorosa como un animal, lancé la caja de zapatos en la entrada de casa y cogí aire. Llevar niños en el autobús y de compras no era para mí. Entonces, ¿por qué lo hice? ¡Bueno! Porque era escritora, y una escritora debe tener sandalias con cadenas de oro. Frieda me pellizcó la mano, quería guisantes verdes del frigorífico, ¿y ahora qué, ahora qué? Se lo pregunté al espejo, ¿no podía el espejo reflejar mi verdadero ser?

Metí los zapatos en el armario de una patada cuando Ted

llegó a casa y le di una respuesta honesta cuando me preguntó: «¿Qué has estado haciendo, entonces, mientras papi estaba en Londres?», pero no mencioné las sandalias, no quería contárselo. Permanecieron en la oscuridad del armario esperando el día idóneo.

He escrito sobre ella, pensé. Lo vi en el preciso instante en el que se detuvo en mi porche: pero si es ella, la de mi poema «Tres mujeres», la del útero de mármol. Había olvidado la naturaleza de su belleza. Ahora estaba aquí. Y era yo la que la había invitado. Su marido, David, estaba detrás de ella, amargado y gris. Cuando le di la mano advertí que la suya estaba fría, justo como me había imaginado. Nos habíamos visto antes, pero en aquel entonces la campana no había doblado por nuestra unión. Nos conocimos en Londres, en mi querido apartamento, en Primrose Hill: ella y David, su marido, el escritor, iban a alquilarlo y habíamos hablado de pequeños detalles, cosas insignificantes. Ahora volvía a estar aquí, en nuestra nueva casa, en nuestra nueva vida, en nuestra existencia reformulada desde la última vez que nos vimos. El nudo corredizo estaba más tenso, sobre todo alrededor de Ted. Lo pude ver en su rostro cuando la miró, mientras se quitaba el pañuelo. Fue como si le hubiese gustado hundir el hocico en la seda e inhalar su perfume. Pero lo miré. Y se quemó.

Vi cómo se liberaba de nuestras miradas en el neblinoso verano. Entró en nuestra casa y se convirtió en el personaje principal, se lanzó sobre un libro que estaba en la mesa del comedor, movió las caderas. Envió una flecha de amor a lo que era nuestro y había permanecido preservado del mundo hasta ese momento.

Y después, en una ráfaga de aire, también me vi a mí misma: había pensado que estaba batallando contra el invierno y la maternidad, y que aborrecía el subsecuente aislamiento. Pero en realidad era cómplice, lo busqué y me encantó estar ahí, en el aire glacial lleno de amargura y lágrimas, abandonada. Me encantaba reprochar cualquier cosa, reprocharlo todo. Me encantaban las cortinas de humo, verlo todo borroso, ser incapaz de verlo con claridad, utilizar mi escritura como única forma de redención.

Mal, ¡lo había hecho todo jodidamente mal!

Estábamos en mayo, el comienzo del verano que tanto tiempo llevaba deseando. Visto desde el exterior, todo era como debía ser, como siempre. Pero ahora había llegado ella. Ella, la morena, la que no tenía hijos. Ella, con un útero como un vestíbulo de mármol. Ella, la que no podía dar a luz a ninguna criatura. Y era bonita como una francesa desagradable. Como todas las morenas del continente con las que no había sido capaz de compararme.

Assia Wevill.

¡Oh, cómo se me pudo escapar que ella era la bruja! ¡La fatídica! Debería haber tenido cuidado de no dejarla entrar en nuestra casa. ¿Cómo pude estar tan ciega la primera vez que la vi, el año pasado, cuando estábamos alquilando nuestro piso de Londres? Ahora que ella pululaba por nuestra casa, mis celos no conocían límites. Ella estaba liberada, ella era la llama feroz. Ted la siguió, quería enseñarle la casa a Assia.

Ella se rio, tenía una voz rota, sexy, etérea. Yo tenía niños en los brazos y al alcance de la mano. Los seguí con lágrimas en la garganta, que contuve con todos los músculos de mi cuerpo.

Assia tenía la luz del verano en las piernas, en las venas, se movía con una especie de levedad.

Miraba a Ted. No a mí.

Era venenoso.

Ted le enseñó a Assia mi estudio. Se paseó por la estancia despreocupadamente, toqueteando mis cosas con los dedos, alargando sus tentáculos sobre ellas, y perdí el control sobre la forma en la que solía presentarme. Tenía las uñas pintadas con rayas de tigre, y metió sus zarpas en mi cuaderno.

—Sí, ese es mi libro —pié—. Sí, ese es mi nuevo manuscrito.

—L-a-c-a-m-p-a-n-a-d-e-c-r-i-s-t-a-l —deletreó lentamente. Levantó la vista hacia Ted—. ¿Qué significa?

En ese momento me aparté de mi sitio junto a Frieda, me puse justo a su lado y cerré de golpe la pila de papeles justo cuando ella estaba a punto de hojearlos.

—¡Ojito! —dije entre dientes—. ¡Cuidado!

Mi grosería retumbó en la habitación, irrumpió con su claridad y su hedor. Maldita sea yo, jodida criatura inferior para estas ardillas, estos tortolitos, cuyas actividades tenían como objetivo acercarlos más y dejarme a mí fuera de la ecuación.

—Vaya, perdón —soltó Assia—. Perdón. No husmearé en tus papeles.

—Discúlpame —dije, porque había interpretado la mirada de Ted como que tenía que explicarme para que mi comportamiento fuera de control pudiese ser justificado—. Discúlpame, supongo que soy un pelín quisquillosa con mis manuscritos.

Ted continuó. Salió encorvado de la habitación porque el marco de la puerta era bajo; tenía un agujero en la espalda, un agujero negro y oblongo que atraía a Assia, como si ella encajara en ese agujero, como si él estuviese embarazado de ella. Una nueva pareja. Había surgido un nuevo amor.

Me quedé allí de pie con mis bolígrafos y mi papel, y con Nick en mi brazo, por supuesto, y pensé: Sylvia. Me aferré a mi nombre. Sylvia, que significa el espíritu del bosque. Bosque, aire fresco, hojas húmedas y frágiles, y árboles, árboles, árboles. Esa era yo. Sería alguien a quien aferrarse. Sería el bosque de Ted y él sería todos los animales. Tal era nuestro vínculo. Mi crecimiento, su vida. Mi tierra, su capricho. Mis pilares, su deseo e impulsividad.

Ted, que significaba regalo de Dios. Yo no creía en Dios, pero creía en Ted. Así era.

Y así había sido siempre.

Y ahora ahí estaba ella: ella ya lo custodiaba.

Él ya le pertenecía.

Lo vi.

Y yo había escrito sobre ella.

¡Assia!

Esta veleidosa seductora que ya lo tenía agarrado como una llama, la llama que a mí me faltaba, y que le permitía inspirarse, abrirse camino hasta sus deseos, decir que sí, sí, llegar al orgasmo con cualquier movimiento que hiciera, ver cómo las noches se iluminaban y relucían y que en absoluto eran oscuras y silenciosas como en el bosque. ¡Assia, la mujer moderna! ¡Londres y la vida que habíamos abandonado! Assia, rascacielos y mejillas de mármol blanco. Assia, él ya estaba completamente entregado a su mirada. Ya se había rendido, podía verlo en Ted. Habían subido a la buhardilla, a su estudio, agitaba los brazos mientras se explicaba. Él le regaló su tiempo, su voz y su mirada, todo lo que yo había querido, pero que había fracasado estrepitosamente en conseguir.

Oh, locura, ¡fracaso! El fracaso era mi suerte y el aire que respiraba. ¡Aquí había tristeza, fracaso, pena! Aquí estábamos. Y yo tuve a sus hijos.

En los bajos de la enorme casa que era nuestro paraíso, nuestro Court Green, intenté recomponerme: saqué la vajilla, dispuse el café y el té. Estaba desorientada, como si alguien me hubiese inyectado un sedante. David ya había leído la mitad de mi *New American Poets*, fue de lo más amable, le interesó mucho.

Sylvia, pensé, recuerda que eres Sylvia has parido a sus hijos esto solo es una visita ordinaria.

Ted se encabritó como un animal cuando Assia bajaba las escaleras y tropezó con sus tacones. Tuvo que cogerle la mano en el último escalón; era vanidoso y se pasó una mano por el cabello al mismo tiempo. Oh, déjame tenerlo en otra vida, pensé, déjame vivir con él al menos una más de mis nueve vidas.

Luna llena en Escorpio. Mi signo. Pero la conversación les pertenecía completamente a ellos. Aunque éramos cuatro sentados alrededor de la mesa, Ted solo se volvía hacia ella y le dijo, directamente a la clara noche de luna, mientras ella dejaba que una columna de humo se elevara de sus dedos:

—Si hay algo que echo de menos es la gente de Londres, mirar sin más en cualquier dirección y dejarte llevar por cualquier persona, sin tener que buscar lo que quieres obtener de la gente, como ocurre aquí, que aparecen por todas partes y te sorprenden de todas formas. En Londres, con lo ecléctico y lo impredecible, me sentía como en casa, no me di cuenta hasta que me mudé aquí. Me consideraba una persona diferente de la que ahora he descubierto que soy.

Ella se rio.

—Entonces, ¿te gusta realmente el campo?

—Más o menos, si te soy sincero. En realidad —me miró con una expresión extraña y lúgubre—, me aburre bastante. Creo que las personas que viven aquí son raras de un modo soporífero, no me divierten, y me parece que todo el pueblo es bastante estúpido. Mueres un poco por dentro, no es un desafío.

Assia volvió a reírse.

—Tendréis que volver a Londres y ser nuestros vecinos —dijo con su voz fina, quebradiza y ronca, como de bruja.

Recogí los platos y entré en la cocina. Estábamos en mayo, mi madre llegaría en unas semanas. Mi hermano iba a casarse al otro lado del Atlántico, y en mi cabeza todo había salido bien, nuestros hijos tendrían primos, y la abuela estaba en camino. Todo sería, por fin, como una postal, una imagen fija. Y después se fastidió de un solo golpe, tan repentino como una llamarada. Tenía su saliva en nuestras cucharas, en nuestros platos. Les quité la grasa y volví a lavarlos con agua tibia. Manchas de cereza, boca de cereza, la luna eterna y conversaciones sobre la guerra. Las cosas sobre las que escribía, ella también era «poeta». Oh, por Dios bendito, que la noche le haga un esguince en la pierna, sácala de mi casa y, de paso, que se lleve con ella a ese animal de David. ¡Fuera de mi casa!

Sábado por la mañana. A través de la ventana de la cocina vi a Ted y a Assia hablando, sentados al sol entre el árbol indio y las lilas. Tenían pequeñas tazas de café de las que se habían olvidado de beber. Él sostenía su taza en una posición ridículamente elevada, se reía, ella le hacía reír. Me sorprendió que no hubiese visto sus dientes en tanto tiempo. Había encontrado placer en su fealdad y había pasado por alto todo aquello de lo que era capaz. Permanecí donde estaba, en nuestro reino helado, y me quejé. Y ahora, cerca ya de la línea de meta y con el verano a la vuelta de la esquina, él estaba preparado para traicionarme. Y los niños, claro, se sentían atraídos hacia mí como imanes. Me liberaría de ellos, atravesaría directamente el jardín y los pondría en el regazo de Ted. Que Assia pensase lo que le diese la gana.

David: era incapaz de percatarse del drama del que estábamos siendo testigos; se quedó como un pasmarote, leyendo los lomos de los libros en las estanterías, y alabó nuestro exquisito papel pintado y la mesa de madera de olmo que mi hermano y Ted habían construido. Oh, tonterías, dije: eso no es nada.

—¡Ted!

Quería dejarle los niños, la gorda y pesada Frieda y el gorrioncito Nick. Se desligó de la conversación y miró con preocupación hacia donde yo estaba. Ocupado, estaba ocupado.

—¿Qué? —preguntó.

Pude ver que a Assia, maliciosamente, le interesaba mi respuesta. De un modo que me haría desear que me alejaran. No pretendía detenerme frente a Ted y la bella Assia y explicarme. Cómo los niños eran imanes para mí del mismo modo en que ellos dos se habían convertido en imanes el uno para el otro. En esta cálida tarde de mayo, a las puertas del verano, en nuestro jardín. Huelga decir que la atracción se les estaba echando encima: no era tanto por ella como por la absoluta ausencia de amor de Ted hacia mí.

—¿Es que tengo que explicarlo? —pregunté—. Es solo que en cuanto hago algo, incluso meter una tarta en el horno, la tengo encima de mí. —Empujé ligeramente el zapatito de Frieda con el pie—. Y este colega, este cangrejito, se despierta en el cochecito en cuanto creo que tengo un minuto libre. ¿Y acaso estás ahí para cogerle? No.

Tuve que defenderme de todas formas.

Puaj, suspiré.

Assia inclinó la cabeza.

—¿Cómo es tener dos niños pequeños? —preguntó, presionando con suavidad los labios para humedecerlos.

—Creía que acababa de decírtelo.

Ted me miró, incómodo.

—Dios mío, Sylvia. Ya la cojo. —Ted alcanzó a nuestra niñita. Y de repente pareció que ella soportaba el peso de ser un peón en un juego—. Ven, Frieda. —Se hundió en los brazos de papi. Ted se dio la vuelta y retomó la conversación con Assia donde la había dejado.

Me alejé corriendo y sentí los vientos del destino en las piernas, que me llevaban a través del jardín, ese césped que le había urgido a cortar, esas rosas que me produjeron ansiedad cuando vi los pulgones negros y cómo la maleza las estaba comiendo. Y Ted se había quedado allí de pie, delante de sus rosas, e inspiró su perfume y dijo: «Para, Sylvia. Son rosas. Las rosas siempre son resistentes. ¿No lo ves? Las rosas han sobrevivido a la guerra, las rosas florecen incluso con sequía, frío y lluvia. Tendremos rosas hasta bien entrado el otoño, amiga mía. No te preocupes por ellas. ¡Reserva tu preocupación para otra cosa, mi amor!».

Volvió a darse la vuelta y elevó la voz a través del árbol indio que tenía detrás de mí.

—¡Sylvia, Sylvia!

Me detuve en una nube de blanco, la casa blanca, mi ropa blanca, las gélidas flores blancas de los manzanos en las copas de los árboles.

Todo había sido un fracaso: ojalá hubiese sido mi madre la que nos visitase durante la floración de los manzanos. Que hubiese podido ver lo precioso que era todo. Tragué el sabor a sangre.

—¿Qué?

Ted se acercó a mí con Frieda entre los brazos. Assia se puso de pie, caminó detrás de él y entró en nuestro círculo.

Estaba harta de intrusos, harta de visitas; todo el mundo tenía que visitarnos solo porque era verano y el sol brillaba con fuerza. ¿Debían venir solo porque habíamos tenido un bebé? Nada necesitaba más que paz y tranquilidad, y me preguntaba si estos pensamientos serían evidentes en mi cara.

Ted me soltó:

—Estábamos pensando que quizás David y yo deberíamos ir al páramo, así Assia y tú os quedaréis solas y podréis conoceros un poco.

La miré y vi cómo se inclinaba prácticamente detrás de él, mientras me sonreía.

—¿Te llevarás a Nicholas entonces?

Ted miró el cochecito y dijo:

—Tiene que dormir de todas formas, es mejor que te quedes tú con él para que Frieda pueda salir y correr.

Volví a mirar a Assia. Sus labios gruesos y carnosos.

—Podemos quitar un poco de maleza —dije con firmeza.

—Buena idea —dijo Ted.

Assia se rio.

—¿Estás de broma?

Me siguió hasta el cobertizo donde teníamos las herramientas. Era mayor que yo, aunque singularmente hermosa. Era hermosa de un modo desasosegante, porque solía desestimar a las personas diciendo que eran talentosas, por supuesto, pero terriblemente aburridas desde el punto de vista estético: la belleza y el genio rara vez iban de la mano. Pero la brutalidad de Assia Wevill residía en que era inteligente y atractiva, todo a la vez. Y lo que era aún peor, era guapa de un modo diferente al mío. Ella no era madre, nunca había traído una criatura al mundo, lo que hacía que los hombres la deseasen y quisiesen montarla. Mujeres como ella no podían andar por el mundo sin haber sido fertilizadas: alguien tenía que vaciar su semen en ella y fecundarla. Para eso estaban diseñados el hombre y la mujer, y yo no tenía nada que decir al respecto.

Se quedó detrás de mí respirando de un modo estúpido, se puso unos guantes y le di una pala y un rastrillo, lo que la hacía completamente asimétrica e incompatible con esos objetos. Me reí.

—No estás acostumbrada a quitar maleza, ¿verdad?

—Puede que viva en la ciudad, pero no me asusta tener que remangarme —contestó.

Caminé por delante de ella y señalé las hileras donde los montículos de piel de cebolla yacían empapados en la tierra y debajo irradiaba una mezcla de hojas de narciso, pamplina y cardo.

—Hay que quitar todo esto —dije—. También hay ortigas, así que ten cuidado.

Assia se señaló el vestido y las rodillas.

—Me voy a ensuciar —dijo.

—Bienvenida al campo.

Assia se sentó, con las piernas desnudas en la tierra, y me di cuenta de que no podía someterla a ese tormento, tenía que mostrar piedad. Así que dije con dulzura:

—¿Preferirías utilizar el peto de Ted? Está colgado de un gancho, en el cobertizo. Puedes ponértelo por encima de la falda.

Se fue y aproveché para mirarla, para ver cómo movía las caderas de un lado a otro, creando un balanceo en ellas mientras caminaba. Volvió con los enormes pantalones de Ted puestos: ahora sus extremidades y las de él habían triunfado, pensé. Ahora ella tenía su imaginaria entrepierna contra la suya.

Jodidamente horrible.

Nos tumbamos en las hileras y arrancamos raíces de cardos y de narcisos; Assia era espectacularmente mala quitando maleza y me sentí ofendida y enfadada al mismo tiempo por el aburrido protocolo que dictaba que los hombres fuesen al páramo y volasen una cometa con la hija mayor, y nosotras dos tuviésemos que estar aquí sentadas y hacer cosas de chicas porque era lo único que teníamos en común.

—¿Quién es David? ¿Cómo os conocisteis? —pregunté.

—Oh, nos conocimos en un barco. —Assia se detuvo y levantó la vista al cielo—. No es ni remotamente tan romántico como lo fue para Ted y para ti.

—Los barcos son románticos.

—No lo creo. Estaba atrapada allí, en un barco que cruzaba el Atlántico y me llevaba a Canadá, así que supongo que, en cierto modo, estaba aburrida cuando conocí a este maravilloso europeo. Eso es lo que pensé en su momento.

—¿Ya no lo piensas?

—David... —dijo Assia, sonriendo, y arrancó del suelo una larga raíz blanca que arrojó a un lado, sin más—. Los mejores años de David ya son historia, pobrecito —añadió—. Incluso los hombres tienen fecha de caducidad, créeme.

Me quedé callada un rato. Tenía tierra en el delantal: lo reemplazaría por uno limpio antes de comer. Y había en el aire un punzante olor a cebolla porque estábamos sentadas en medio del jardín de cebollas, entre las pequeñas cebollas que habían caído de las manos de Ted, de Frieda y de las mías a principios de primavera, cuando Nick apenas tenía un mes, y que ahora se habían convertido en grandes bolas blancas con tallos verdes. Pequeñas bolitas marrones y blancas en la tierra fría. Recordé el momento: algo podía existir en la tierra aunque solo fuese durante un breve instante; después crecieron, lucharon contra los montículos de cardos y ortigas, lucharon por abrirse paso entre el infierno de espinas. ¿Cuánto tiempo sobrevivía algo hermoso? ¿Por qué había maleza? ¿Por qué la tierra nunca podía ser pura?

—Quitar maleza siempre te deja sin aliento —dije.

—Yo no me he quedado sin aliento en absoluto —replicó Assia.

Esto es lo que le diría más tarde a Ted: era imposible ser amiga de ella, y le presentaría mi argumento tan directa y educadamente como me fuese posible para que no le quedase más remedio que entenderme. Rodearíamos nuestra cama, nos pondríamos el pijama y el camisón, y él me contestaría: «Dios mío. Qué dolor». Y sería agua para mi molino y yo continuaría, seguiría afirmando lo horrible que era esa mujer, tan aburrida y seca, nada espiritual. Y Ted me entendería, siempre me entendía, era su cualidad estelar, siempre tan comprensivo, y lo bien que escuchaba.

Por un momento volví a estar alegre.

Entonces Nicholas se despertó y, mientras corría hacia él y lo sacaba del cochecito, Assia también dejó caer la pala y el rastrillo al suelo y tiró los guantes encima. Se sentó conmigo junto a las lilas y el árbol indio, y fue embarazoso que me viese el pezón mientras amamantaba a Nicholas. Pero Nick chupaba y cloqueaba, y sentí paz en mi interior: la paz.

¡Invencible!

Levanté la mirada hacia ella, la vi como si fuese nueva, porque todo lo que ocurría mientras amamantaba tenía su propio brillo inmaculado, y lo perdonaba todo, como si fuese la primera vez.

—¿De qué estábamos hablando? —pregunté.

Y Assia aprovechó la oportunidad para hablar, porque vio que estaba escuchando. Me habló de las guerras de Europa de las que yo, un monstruo, no había formado parte, puesto que estaba a salvo, protegida por el océano.

Nick cloqueaba y chupaba, chupaba y cloqueaba, y no quedaba leche, y cuanto más se vaciaba la teta, más alerta estaba y volvía a ver la vida con claridad.

Emergió un surco en su frente mientras hablaba de lo herida que se había sentido durante su infancia, lo perdida que estaba. Judía... pero no. Assia, era árabe, dijo, ¿sabías que significa «la que protege»?

—¿Y qué es lo que proteges, entonces? —pregunté.

—Quizás mi identidad —dijo—. No tengo integridad, así que me protejo a mí misma, construyo un muro para que nadie pueda hacerme daño y atravesar mis defensas...

Eso no tiene sentido, pensé. Toda ella es un sinsentido.

—Parece que has necesitado a muchos hombres para aprender por las malas —contesté—. ¿Quién es él, en ese orden?

—David es mi tercer marido —contestó Assia.

—¡Señor! —dije.

—No es tan dramático como crees, y supongo que pensarás que soy una devoradora de hombres. Bueno, he querido hacer lo correcto y, por lo tanto, también me he casado.

Vio a través de mí, su mirada viajó hasta el cementerio. Se rio entre dientes, como si estuviese pensando en algo, y sacó un cigarrillo de una pitillera.

—¿Te importa si...?

—Adelante.

Assia fumaba y yo observé sus labios gruesos y rosados que sostenían la elegante boquilla entre ellos y dejaban que la llama sisease, y después llegó el humo a mis pulmones y, mientras expulsaba el humo en mi dirección, fue como si se la acabasen de follar, como si la acabasen de besar.

Y después los caballeros volvieron. Llegaron caminando por la hierba con las mejillas rosadas y en sus rostros tenían la alegría del mundo entero. Frieda les pisaba los talones corriendo para seguir su ritmo rápido.

—¿Estáis aquí sentadas fumando? —preguntó Ted—. ¿No ibais a quitar maleza?

—Estamos hablando de ti —dijo Assia y dejó caer la ceniza en la hierba—. Además, justo iba a contarle a Sylvia cuando casi asesino a mi primer marido —continuó y me sorprendí y me esfumé al percatarme de mi soledad física, puesto que Ted había cogido a Nick de mis brazos.

Los ojos de Ted se ensancharon al sonreír a Assia, ¿no era maravillosa? Había algo salvaje y misterioso en ella, algo totalmente diferente de lo que yo podía ofrecerle; vi que él se sentía de ese modo, porque conocía a mi Ted.

David se rio secamente.

—Eso... Eso... —dijo.

—Pero continúa —dijo Ted—. Cuéntanoslo.

—¿Qué harías tú, Sylvia, si sospechases que tu marido te está siendo infiel?

Ted me miró. Nuestros ojos eran como las puntas de dos espadas que se unen en un golpe.

—Desde luego no intentaría asesinarlo —contesté.

Ted volvió a mirar a Assia.

—No querías matarlo, ¿verdad? —preguntó.

—Quería amenazarlo —dijo Assia—. Quería coger el toro por los cuernos. Quería demostrarle quién tenía el poder sobre su vida.

—No creo que sea particularmente independiente amenazar la vida de alguien con un cuchillo, soy pacifista —dije.

—Por supuesto que sí, Sylvia, por supuesto —dijo Ted—. No sé...

—¿Qué es lo que no sabes?

—No eres un ángel precisamente —dijo Ted.

Assia soltó una risita y bajó la mirada hacia su vaso.

¿Cómo podía traicionarme de ese modo?

¿Cómo podía aflorar esa traición justo delante de mis narices, en mitad de un día de principios de verano? Lo teníamos todo. El paraíso se extendía frente a nosotros. ¡Y ahora esta serpiente! Sabía que no debería haber aceptado vender nuestro paraíso a los antojos de las almas de los demás. ¿Por qué demonios los había invitado?

—Bueno, por lo menos no soy ninguna asesina —dije.

Ted sacó el labio inferior, se burló de mí e insinuó que era una mártir.

Así que me fui. Me marché con las manos vacías, sin niños, y me metí corriendo en la cocina para preparar la cena.

Aturdida, saqué el pastel del frigorífico, rompí el papel de plata y metí el termómetro para carne en un enorme trozo asado y frío que alguien debería haber puesto en el horno horas antes. Todo lo que podía hacer en ese momento era quedarme en la cocina y consumirme por esas partes de mí que me estaban asfixiando. Me quedaría aquí, en la cocina, y los observaría a través de nuestra ventana, me quedaría aquí de pie y me derretiría, y sentiría lo que era ser traicionada en tiempo real.

Cuando se sentaron allí y empezaron a amarse, ¿acaso no veían que yo también quería ser amada?

¿No hay amor verdadero, solo ternura? El tiempo se detuvo cuando mi hijo —tan perfecto ahora, sentado como Buda en su charquito de sol en el suelo— y mi hija se miraron el uno al otro y ella bailó alrededor de donde él estaba, y yo era la espectadora entusiasta, su única audiencia.

La mirada de Ted era evasiva, yo era indispensable.

Era como si mi núcleo estuviese en el centro de la habitación; si me alejaba de ellos, se volvían locos. Mi carne por su carne, mi presencia por su cordura. Así que día tras día de aquel verano precoz traicioné mi propia carne, traicioné mi propia cordura.

Los rábanos estaban tirados en la mesa de la cocina y la montaña de espinacas se marchitaba a su lado. Ted estaba arriba, en la habitación; yo, sentada en el suelo, como detenida por el tiempo. Mi ropa blanca, mi pelo sucio, la obra que le ofrecí; yo era el tema mientras estaba ahí sentada, yo era sobre lo que escribía. Ted y el tiempo que se había detenido: mis hijos y yo.

Pero no amaba la eternidad. Quería ponerme en pie, quería permanecer de pie; en esta extraña calma antes de la tormenta, quería levantarme y doblar las sábanas que habían terminado de secarse en la buhardilla, reservar un curso de equitación, quería llamar a la matrona y asegurarme de que me acompañaría a la reunión de apicultura.

Tenía una hinchazón enorme en la cara, como un bulto de arcilla sin cocer: alguien había entrado en nuestra habitación por la noche y me había vuelto a esculpir.

No me gustaba.

No amaba la eternidad. No tenía ningún deseo de ser parte del capítulo de Ted sobre mí. Su forma de llegar a la esencia de lo que yo era, extrayendo la eternidad de mí. Yo solo quería vivir. Eso era todo: quería vivir y compartir con él la vida que me habían regalado. Había sufrido para vivir, era cierto. ¿Acaso él no podía ver esa dificultad, no podía dármela? Evité subir las escaleras para no molestarle, no quería pedirle que se centrase en mí, ser un incordio. No quería robarle el tiempo y mirar su cara muerta; estaba muerta para mí, muerta para Ted y Sylvia, muerta para nuestra familia.

¿No podía ver Ted la alegría en el rostro de nuestro hijo? ¿Cómo sus dientes invadían sus encías? ¿Cómo su hermana se arrancaba la ropa y quería bailar y coger la mano de su hermano, desnuda bajo la luz del sol?

Eran mis hijos y los suyos. Eran la eternidad, nos sobrevivirían. Eran nuestra deuda, nuestra responsabilidad. Así que vive con ello, pensé.

Pensé: Ted, hablas de convertirte en la persona en la que estás destinado a convertirte. Siempre hablas de lo mismo. Pero no lo ves: aquí está la concentración. ¡Aquí está el enfoque! Aquí está nuestro día a día, aquí es donde las ramas de los árboles echan sus hojas. No puedo permitirme el lujo de esforzarme para «encontrarme a mí misma» y convertirme en el «todo»; debo ser de ellos. Debo pertenecer a mis hijos, ser la pared verde de clorofila que los rodea, su sol.

Podría sentarse ahí, a la sombra, y ser escritor a tiempo completo, por encima de todo.

Yo pertenecería a los niños, no tenía otra opción.

Estaba cansada. Me tumbé con él en el suelo, en el rayo de sol. Agarré el dedo índice de Nick. Estábamos en junio, habían publicado mi primer libro en Estados Unidos.

Y no podía encontrar la paz en otro sitio que no fuese el círculo del dedito de Nick.

Él era mi eternidad.

Y tenía que amar a Ted por ello.

Tenía que hacerlo, no había otra opción.

Al pensarlo, se me cayó una cálida y escalofriante lágrima.

Frieda dispuso sus muñecas en el suelo, quería que se sentasen en el regazo de las otras. Bostecé, me quedé dormida rápidamente... Con su dedo meñique en el mío.

Una suave luz de junio caía sobre North Tawton, el aire era húmedo y emanaba el dulce aroma de las flores. Ted estaba junto a la puerta del coche esperándome para recogernos a todos, a los niños y a mí, y salir un rato de casa. Mi marido. Mi vestido corto.

Tenía a los dos niños en brazos, dejé a Frieda en el asiento de atrás y me gustó cómo me miró Ted cuando puse el culo en pompa.

Quizás podía verlo, quizás no. No era asunto mío decidirlo, pero, como hacía unos días que había abandonado mi fuego, mi tormento, y me había vuelto tranquila y receptiva, él debía de haberse dado cuenta.

Había dejado de atacar, ahora todo era puntualidad, estar alerta y ser pura. Desnudar lo más recóndito de mi ser, abandonarme a lo que quedaba.

Las mujeres y los niños primero, y aquí había una emergencia, no quedaba nada más que perforar, el aire había huido de lo que se había inflado, había desaparecido de nuestro castillo en el cielo; el aire se había esfumado.

Con los hombros descubiertos, me senté con el bulto que era Nicholas, nuestro hijo, en el asiento delantero, al lado de Ted, y él asintió, la larga nariz y la barbilla firme de mi marido, y después Ted metió la marcha atrás, puso las manos sobre el volante y salió a toda velocidad por la calle de atrás, fuera y lejos, en nuestro coche negro.

Estaba callada y feliz. Me había acordado de enjuagar la boca de los niños y me envolvía la presión del pequeño sobre mi cuerpo; su peso, en mi regazo, alejaba mis preocupaciones. Olí su pelo, el aroma a leche y a frente.

Ted no sabía mentir, había planeado varios viajes a Londres este verano, más de los habituales, y era malísimo mintiendo, así que supuse que yo también tenía que mentir.

Siéntate aquí tranquilízate y sé fuerte.

Ted redujo la velocidad y yo llevé a los niños al pequeño terreno de Elizabeth Compton, donde se extendía su casa de un solo piso, desde un matorral de espino blanco en flor hasta otro matorral de lilas blancas. El olor era embriagador, y en el centro del jardín crecía un pequeño estanque.

—Mantén a Frieda lejos del estanque, y sobre todo al pequeño —le pedí a Elizabeth, que abrió los brazos para mostrar lo feliz que se sentía por cuidar a los niños.

—Por supuesto, Sylvia —dijo con su adorable voz aguda—. No te preocupes, querida.

Su dulzura, su amistad; ella, entre toda esta gente, me

gustaba. De repente, después de darle un beso de despedida a Frieda y al pequeño, me golpeó suavemente la mejilla.

—¿Qué? —pregunté.

—¿Va todo bien? —preguntó a modo de respuesta.

Le ofrecí una sonrisa oxidada.

—Por supuesto. Es un poco estresante que venga mi madre, pero, por lo demás, estamos bien.

—¿Te encuentras bien?

—Toco madera, no he tenido más infecciones urinarias, ¡y lo más importante es que el pequeño está sano! Ahora voy a ver a Winifred, la matrona.

Ella sonrió. Yo sonreí. Yo con mi bonito vestido blanco. Feliz de tener amigas aquí, feliz de ser una mujer con amigas, amigas rubias decentes; un día invitaría a Elizabeth a casa y comeríamos pastel de cerezas glaseadas, y le enseñaría a mi madre quiénes eran mis amigas. Atravesé la entrada y abrí la puerta del coche; sabía que Ted me había estado observando.

Intenté poner algo de música, pero la radio no cogía ninguna emisora.

Fuimos con el coche a la reunión de apicultores en silencio. No había nada que decir, solo una melodía que tararear, y la tarareé. No sabría decir si molesté a Ted: lo único que hizo fue aclararse la garganta y permanecer en silencio. Quería saber qué asuntos le llevaban a Londres, pero no se lo pregunté porque conocía la respuesta: necesito salir, diría, necesito ir a lecturas, necesito acudir al teatro de nuevo, necesito esas cosas y vivencias en mi vida, Sylvia, necesito relacionarme con las personas adecuadas.

Y ahí estaba yo, la persona adecuada, de hecho.

—¡Oh! ¡Tengo leche en el vestido!

Vi cómo me salía del pecho: una mancha grande, circular, que crecía mientras la observábamos. Ahí estaba, la leche, la leche de Nicholas, que habría querido tomar justo ahora, ¿o acaso lo que hizo que se me saliera la leche era un sentimiento que tenía dentro de mí, una extraña sensación de encontrarme atemorizada en compañía de Ted, mi marido, que de repente estaba muy callado?

Saqué una compresa, me la puse en el pecho y presioné.

—¿Por qué estás tan callado? —pregunté—. ¿Por qué no dices nada?

—Querida, estoy conduciendo —contestó Ted—. Estoy conduciendo y creo que me estoy resfriando.

—Oh, pobrecito —fue todo lo que contesté.

Y después nos bajamos a la vez y ascendimos la colina hasta el círculo de apicultores, que se reunían esa tarde del 7 de junio, antes de Pentecostés.

Busqué a la matrona, pero mi leal caballero, la que me había ayudado a dar a luz a Nicholas, mi príncipe, como si fuese de la realeza, aún no había llegado.

En algún lugar había una enredadera de guisantes dulces que emanaba un olor dulce y pesado, y un seto de perejil de vaca blanco y un espino en flor que olían divinamente. El cielo me pareció demasiado azul.

Subí la colina sin ayuda, Ted no quería tocarme. Así que allí estaban los apicultores... Esa era mi vía de escape. La brisa me acarició los hombros y me di cuenta de cómo enseñaba la piel. Aquí, en Inglaterra. Todos los apicultores, vestidos de blanco, se dieron la vuelta y me miraron al mismo tiempo. Ted, ensimismado, se metió las manos en los bolsillos y se mantuvo a cierta distancia. Alguien descendió de la colmena y noté la presencia de unos animales que daban vueltas en el aire y tenían el poder de atacarme.

Cuando el sol se ocultó detrás de las nubes, ¿no refrescó de repente? ¿No era extraño que de pronto me sintiese tan desnuda? No sabía que los apicultores utilizasen tanto equipamiento de protección, o quizás, como de costumbre, había sido demasiado inocente y banal, y había fantaseado con la idea de que la apicultura podía ser como cualquier aventura de verano, cualquier aventura en sí.

Oh, para transportarte al mundo, sin niños, había un vacío que se esparcía como una infección por el cuerpo: ¡estar vacía! ¡Sin contenido! Sentir un eco en tus hombros desnudos. Su piel solía cubrir mi cuerpo como si fuera algún tipo de ropaje religioso, y aquí estaba yo, con los hombros al descubierto, mientras los demás llevaban equipos de protección.

¡Equipos de protección!

Intenté reírme de Ted, allí de pie, guapo y sexy como James Dean, pero tampoco podía hacerlo. Maldita sea, pensé, deberíamos habernos ido al océano.

La apicultura había sido idea mía y había incomodado a Ted, lo había engatusado, porque había sido un adolescente enamorado que prefería pensar en otra cosa: oh, pero, por favor, hagámoslo, por mí. Quería que se apasionara conmigo y con mis ideas del mismo modo que lo hacía con sus ideas, las fresas y todos los animales. Pero entonces una intuición mortal se abalanzó sobre mí: cuanto más lo imito, menos me ama.

Cuanto más intentaba mostrar interés por los animales y la naturaleza, ¡más apartaba la mirada!

Cuanto más trataba de escribir poesía naturalista y poemas rebosantes de animales como él hacía, menor era el interés que mostraba hacia mí. ¿Por qué no era capaz de ver lo mucho que lo intentaba? ¿En quién quería entonces que me convirtiera?

De repente, deseé irme a casa; quería irme a casa y escuchar a Beethoven y escribir poesía y amamantar a Nicholas. Pero ya ves, aquí estaba. Ahora tenía que aguantar.

Caminé hasta Ted, quería preguntarle si podía dejarme su chaqueta.

—¿Me dejas tu chaqueta? —pregunté—. Tengo frío.

Nunca había estado tan guapo. Se encogió de hombros, parecía que quería escuchar a la persona que estaba hablando.

—Ve a por ella, entonces. Está en el asiento de atrás.

Me dio la llave del coche, pronunció las palabras sin siquiera mirarme. Así que decidí no hacerlo.

Miré con fascinación el enjambre de abejas. Debería haber una reina, una reina solitaria a la que cientos de abejas obreras ofrecieran su vida, pero la reina no estaba esa noche, y todos los apicultores locales se rieron.

—Señora, usted, que no lleva puesta mucha ropa, quizás debería procurar que no la piquen —dijo un señor mayor con una penetrante mirada azul que atravesaba su capucha negra. Me miró con verdadera preocupación.

Oh, papi, pensé. Oh, papi, y de repente el pensamiento me consumió como el fuego; oh, papi, ayúdame.

Papi, ayúdame a perseverar en un mar de integridad, alma de papá, ayúdame a perseverar en el mundo. Estoy aquí, con los hombros descubiertos porque pensé que criar abejas sería como una aventura estival, algo festivo y divertido, algo que también me acercaría más a Ted. Y, como siempre, fue aburrido y estúpido, no elegante y sutil como cuando tú te dedicabas a ello. Esto no te conquistaría. Maldita sea, espíritu de papá. Maldita sea, papi. El aire que sopla aquí viene del océano. Maldita sea, papi, llévame lejos con él. Déjame elevarme en el aire. ¿No soy suficiente para ellos? Y si ahora estoy tan llena de fuerza, ¿por qué la vida no asciende nunca? ¿Por qué sigo encadenada a este lugar? Estoy aquí, aburrida hasta la médula, bostezando, y quiero irme a casa.

Los únicos que dan sentido a mi vida, los únicos que me dan placer en este momento, son Nick y Frieda. Hacen algo conmigo, me crean. También consiguen que sea creativa. No me amputan, como hacen todos aquellos que me son queridos. Si supieras, papi... Si supieras quién es Ted... Su sombra oscura, la basura podrida que tiene por núcleo. Ahora sale a la luz. Ahora tengo que lidiar con ella, ahora. Ahora veo claramente que todo aquello sobre lo que construí nuestro amor era aire. Nunca fue perdurable. Yo, que pensaba que lo había edificado sobre pulpa de fruta y fresas dulces, y cerezos en flor y caminatas carnales bajo la fortificante luz del sol. Era aire todo el tiempo, papi, aire. Y ahora he de soportarlo y respirar este aire exhausto, el aire que derrama para mí, mientras nuestro castillo en el cielo se desmorona. Me estoy ahogando.

Estoy muy triste, papi. ¡Ayúdame!

Vi el pequeño coche azul que pertenecía a nuestra matrona subir la colina, encogí los hombros y exhalé. Así quería ser: aunque solo una sonrisa me mantuviera de una pieza, un alma bondadosa a la que hubiera querido y que hubiera sentido sus dedos dentro de mí. ¡Ella me había visto luchar! Sabía que era una luchadora.

—Hola, Sylvia —me dijo—, vamos a ver las abejas.

En cuanto estuvo allí de pie, en toda su gloria maternal, pude respirar aliviada. Había algo en la reina que me fascinaba por completo: que hubiera desaparecido. La abeja principal de la sociedad de abejas. Me reí de la matrona: «¡Se ha debido de cansar de tener bebés!».

Pero la matrona estaba concentrada en la colmena.

—¿No sois expertos en estas cosas? —pregunté a la nada—. Pensaba que los apicultores sabíais de lo que estabais hablando. —Pretendía que alguien se riera conmigo, pero nadie lo hizo.

Un señor mayor se me acercó con un sombrero y una red de protección, me colocó una tela blanca y de repente estaba tapada, de repente era una de ellos. A través de la red negra del equipamiento de protección, vi al fondo, a lo lejos, a Ted, a quien por supuesto nunca se le pasaría por la cabeza unirse.

—¡Vamos! —le dije—. ¡Ven a ver a una reina!

Los únicos que fueron picados esa tarde de junio fueron el cura y Ted, y me reí de eso, pero no encontramos a la reina por ninguna parte, se había esfumado, qué diva, pensé, qué jodida diva.

Quise decir algo mientras volvíamos a casa en silencio y Ted se rascaba la picadura de abeja.

Le prometí que le pondría pomada sobre ella en cuanto llegásemos a casa.

Al observar su perfil con el paisaje inglés pasando detrás de él, quise decirle que lo amaba. Tenía la sensación de que ya no me veía, que cualquier cosa que le dijera lo atravesaría directamente y saldría por la ventanilla, de bruces a la nada. La verdad era que las abejas me daban igual. Me preocupaban más los asuntos adultos y los planes gloriosos, como a él. Yo también quería follar en la cama de un hotel de Londres, o lo que fuera que viese frente a él cuando se imaginaba el verano. Tampoco me importaban los niños y los posibles invernaderos, yo también quería chupar palitos brillantes y ser ante todo un espíritu salvaje y soñador, amada y deseada en sus brazos, con el cuello lleno de marcas de sus besos.

—¿Te han gustado las abejas? —fue todo lo que dije.

Durante un breve instante, apartó la mirada de la carretera y me miró.

—Quizás sea mucho trabajo. Este verano también tenemos que disponer de tiempo para algo más.

Por supuesto. Era mi proyecto. Absolutamente.

—¿Por qué no puedes interesarte por mis proyectos tanto como yo me interesé por los tuyos en primavera?

Ted se aclaró la garganta.

—¿Qué ha sido eso?

—Oh, nada.

Me puso una mano en el muslo y la deslizó hacia arriba por debajo de la falda. Cada una de sus caricias me hacía temblar como si fuese la primera vez que me tocaba. Estaba enamorada. Desesperada y locamente enamorada, pese a que ya era demasiado tarde.

Lo siento por los niños, quise decir, lo siento por todas y cada una de las cosas, lo siento por lo que soy.

Interrumpió mis pensamientos. Me acarició hasta llegar a la entrepierna, casi como si estuviese yendo demasiado lejos.

—Mi pequeña soñadora —dijo—. La niñita de papá, Sylvia Plath. ¡La apicultora!

Entramos en el jardín de Elizabeth Compton, donde ya estaba esperándonos con los niños.

—Estoy orgulloso de ti —dijo Ted, salí y los traje de vuelta.

Deambulaba con un peso en el corazón. Él era mi primer y último lector, siempre, me había asignado tareas, me había alentado, pero de ahora en adelante nunca más le enseñaría mis escritos.

Ted lo sabía, y por las noches me miraba mientras deambulaba y dibujaba corazones en cualquier cosa que encontrase, incluso en el papel de borrador que teníamos en la mesa del salón. Un hechizo mágico.

De repente había una gran paz en nuestra casa, la paz que precede a la inminente tormenta, la tormenta que era mi madre. De repente, el viento, silencioso y chirriante, sopló directamente a través de la casa y batió las cortinas, puesto que las dos puertas estaban abiertas: fuera lo viejo, fuera la primavera fría, fuera la suciedad, fuera el parto que tuvo lugar aquí.

Fuera la novela, fuera la jodida y maldita novela, aceptada por la editorial inglesa a la que se la había mandado y que yo había decidido que se publicara de forma anónima (cuanto más se acercaba la fecha de la llegada de mi madre, más y más claro lo tenía). Había que enmascarar los contenidos. Había ido demasiado lejos con ella, había sido demasiado atrevida.

¡Que se llevase la novela el aire frío, fuera!

Y que entrase con una nueva, que nos devolviese el amor.

Ted llegó al atardecer con un ramo de rosas que él mismo

había cortado con un cuchillo; el aroma era más que suficiente para volverte loca. Entró y se sentó encima de la colcha después de doblar una sección para que se viese la cama.

—Aquí, túmbate aquí —dijo. Llevábamos un tiempo sin tocarnos. Me quité un colgante delante del espejo, me detuve y me aferré a la cadena antes de dejarla caer en la mesita de noche con un tintineo.

—Ven aquí, Sylvia —dijo.

—He visto cómo me mirabas antes.

Ted, su sonrisa. Su sonrisa de un millón de dólares. Quería besarlo, pero solo si sus intenciones eran puras. ¿Tenía Ted intenciones puras? Me daba miedo todo aquello con lo que había llenado nuestra relación hasta aquel momento: angustia, exigencias y dudas, miseria. Lo había acusado durante días de ser un mujeriego amoral. En mi cabeza ya había ensayado las escenas... En mi cabeza ya había dormido con esa mujer. ¿Qué clase de instigadora era yo?

—¿Qué estás rumiando, amor mío?

—No estoy rumiando... Estoy pensando en Frieda.

—¿Y qué piensas de Frieda?

—Si se acordará de mi madre cuando venga. Si la abuela es abuela para ella. Intento imaginarme cómo será.

Me tendió la mano.

—Deja de pensar tanto. Mejor ven aquí.

Se dio golpecitos en el regazo.

El aroma de las rosas era embriagador.

Lo amaba. Lo amaba, era mi Ted. Te quiero, pensé. Solo quiero quererte y quiero saber que puedo amarte.

Me senté en su regazo en un momento de debilidad. Su regazo fuerte y firme. Y parecía que todos los animales del exterior se habían detenido junto a nuestra ventana como para escuchar una historia. Todas las ardillas, el zorro que se escabullía en busca de gallinas, todos los ruiseñores y mirlos y golondrinas que teníamos en abundancia, y el ciervo y el corzo. Los conejos, los conejos por supuesto. Se apiñaron en nuestra pared en el mismo instante en que me derretí en el regazo de Ted. Derretida y atrapada por él. Fui, por un momento, una niña pequeña en el regazo de su padre. Inhalé su aroma. Lana y trabajo. Deseé que me diera una segunda oportunidad. Lloriqueé un poco en el regazo de Ted, y él me rodeó con sus brazos con más fuerza.

—No llores, Sylvia. No pienses que puedes controlarlo todo de todas formas. Frieda y tu madre se querrán, así será. Lo sé. No tienes motivos para preocuparte... Ninguno.

Levanté la cabeza para mirarlo, estaba roja por haber llorado, él estaba cansado. Así era como quería estar con él toda la vida. Cuando él también estaba sensible y somnoliento. Cuando las rosas eran aromáticas.

Ted se puso en pie, me cogió en brazos, como a un niño pesado, y me tumbó en la cama.

Cerró la ventana, corrió la cortina. Se desabrochó la camisa. Sabía lo que me aguardaba. Cuando lloraba me quería intensamente.

«Una mujer asustada es una mujer preciosa —había leído una vez en alguna revista para mujeres—. Una mujer asustada puede hacer que un hombre la quiera con mucha más facilidad... La tristeza la hace deseable, según una investigación. Una mujer triste emite hormonas que la hacen más bella. Por eso a un marido le hace feliz poner el temor de Dios en su amada esposa...».

Era junio, el 12 de junio, la casa dormía salvo nosotros, el vecindario dormía, las vacas dormían, los mosquitos y los pájaros estaban despiertos.

Cuando se montó sobre mí, cuando se puso encima de mí y me quitó la ropa, estaba aterrorizada. Así que ahora te va bien, pensé, ahora te va bien besarme. Ahora la deseo, pensé, volvía a estar dentro de la cabeza de Ted, ahora la deseo, ahora estoy preparado.

Y cuando entró dentro de mí y cerró los ojos, cuando se metió hasta dentro y pronunció las palabras: «Estás muy caliente, Sylvia, jodidamente caliente», me pregunté si era realmente a mí a quien deseaba, porque algo había borrado su mirada y todo parecía muy lejano. Se había metido en algo tan frágil como hacer el amor y había empezado a utilizarlo para su propio beneficio personal... Cuando llegó el momento de que se corriera, aparté la cabeza.

—Voy a correrme dentro de poco, cariño, y quiero correrme contigo —dijo y yo también quise olvidarme del mundo y alegrarme. Yo también quería destronar a la otra. Pero había algo en los movimientos de Ted que era de lo más estúpido, era pura actuación, me besaba el cuello y lo succionaba con los labios.

—Vas a hacerme una marca —dije—, sé bueno y para.

—Soy un puto encanto, desde luego —dijo Ted de repente, y se presionó contra mí y aceleró rápidamente, no era así como lo esperaba, después de haber estado tanto tiempo sin hacer el amor me hubiese gustado hacerlo con más tranquilidad, sobre todo con Nicholas ahí, en la cuna, callado.

—Para, Ted. Para.

Paró, salió de mí pero no estaba escuchando. Quería que

me pusiera de lado, que me pusiera de nuevo a cuatro patas, como un perrito, de nuevo, como solíamos hacerlo.

Hace mucho tiempo.

Sus diez dedos me subyugaron.

Pero este era otro cuerpo, ahora tenía este cuerpo, ahora tenía este cuerpo protector como el de una *madonna*, tenía el triunfo en mi cuerpo, tenía un hijo del que cuidar con mi cuerpo, era una dama, ya no era una chica sumisa.

¿Es que no se daba cuenta?

—Ted, Ted, por favor, tómame con sinceridad —susurré, temerosa de que me malinterpretase.

De todas formas, había parado. Se sentó erguido y se quedó mirando un cuadro.

Suspiró.

—¿Qué mierda de comentario es ese? —dijo desagradablemente—. ¿Por qué no puedes nunca..., nunca..., dejar que fluya?

Me miró con la típica expresión acusatoria en los ojos.

—Suéltate, por favor, maldita sea.

Quise volver a cambiar de idea; si pudiera, siempre cambiaría lo que yo era, mis acciones, lo que hacía, cómo me presentaba ante el mundo.

—Lo siento.

El día que llegó mi madre, el aire estaba perfumado con fruta y todas las flores habían florecido. Exeter yacía bañada por el sol y hacía calor en la calle. Se bajó del hirviente tren de Londres como una muñequita de papel: había algo ajeno en nuestro amor, y el abrazo que nos dimos era rígido: sobresalió bruscamente de mi costado. No tuve cuidado a la hora de medirlo y me arrepentí más tarde.

—Madre —canté y derramé sentimentales lágrimas de cocodrilo en su cuello. Ted estaba dos metros por detrás de nosotras—. Madre.

Más tarde, cuando fue el turno de Ted para abrazar a Aurelia, el aire se secó y respirar se tornó complicado. Me recordó a aquel verano, nuestro primer verano juntos, lo que había sido Ted y mi primer verano de 1956, que habíamos pasado en parte con Aurelia en una estúpida luna de miel en España, un fiasco absoluto. Me sentí como una asesina: era todo un lujo asesinar a tu madre sin necesidad de asesinarla en la vida real; le negué, así de simple, un cometido en nuestro matrimonio, y representé el papel de la hija recién follada a la que todo le importa un bledo. Ted y Aurelia no encajaron en absoluto y esa fue la venganza: venganza por todo lo que me había hecho, su traición cuando enviudó, la había engañado la muerte y se había sacrificado por un hombre que acababa de morir, cómo me había utilizado entonces para sus propios fines, cuando me convirtió en la excepción, el ser humano excepcional que remediaría su propia insignificancia.

Aurelia entró directamente en lo que había escrito en la carta fechada el 7 de junio: «Esta es la vida más enriquecedora que he vivido jamás. Los niños son pequeños imanes de amor...».

Se agachó, cogió a Frieda en sus brazos y juntas miraron al pequeño Nick, que colgaba de mi pecho en el portabebés. Un mono humano, penetrado por su mirada. Lo miraba con cuidado, con indecisión, como si pensase que con solo mirarlo le insuflaba vida.

Mi hijo.

—Aquí está el pequeño Nick —dije con rapidez, emocionada, mientras le entregaba a mi hijo por primera vez. Mi madre fingió quitarse una lágrima del rabillo del ojo y todos los del grupo sonreímos. Ted había metido su maleta en el coche y nos observaba desde la distancia con las manos en los bolsillos de su sucio pantalón. James Dean. ¿Era de verdad tan mono? ¿Era un espécimen tan de primera?

Empecé a sospechar: mi pecado, pensé. Porque había pecado. Aquí estaba él, el chico de oro, que lo había puesto todo patas arriba. En cuanto vi a mi hijo en los brazos de mi madre, entendí que era él quien había puesto todo patas arriba.

Y miré a Ted, guapo, pero que ya no hacía que me temblase el corazón. Estaba allí, pasmado, como un poste de teléfono. Ni siquiera el aroma del verano y el néctar de las flores en el parque tuvieron efecto en mí.

En Londres habíamos sido una pareja con una hija: la alegre Frieda, rubia y cabezota, pero que aún me permitía mantener mi autonomía. Cuando mi madre besó a mi hijo en la mejilla, vi que era yo la que había nacido, la que el 17 de enero de ese año nació en Court Green con la ayuda de Winifred Davies.

Había nacido, me había convertido de nuevo en una vaca y había perdido el norte.

El norte que tanto me había costado encontrar.

La independencia luminosa, el triunfo después de años de libertad y educación.

Nací el 17 de enero y me convertí en la nueva Aurelia Plath.

Deja que le encante la casa, pensé durante el viaje de vuelta en coche. Deja que nuestro amor marital sea obvio y brille como el rocío. Deja que le encante el jardín. Los niños. Yo. Permíteme ser capaz de recibirla. Que no vuelvan a aparecer mis viejos temores. Permítele ser feliz por habitar nuestras vidas un tiempo. Permite que esto sea real. Permite que las palabras de las cartas sean ciertas. «Esta es la vida más enriquecedora que he vivido jamás. Los niños son pequeños imanes de amor...». Deja que quiera mudarse a unos bloques de distancia. Permite que todo vaya bien y que disfrute de Inglaterra. Permíteme ser nueva, ser luz.

Ted, el bebé y yo nos sentamos en silencio mientras mi madre escuchaba el balbuceo adorable de Frieda en el asiento de atrás. Llegamos a la entrada y, con la presencia de mi madre, nuestro formidable y blanco Court Green parecía una casa completamente nueva. La miré a través de sus ojos.

Mi madre inspeccionó el tejado de paja y los adoquines, y yo la miré. Había envejecido. Sabía cómo se ponía los rulos en el pelo por la noche para que por la mañana estuviese bien rizado. Conocía el aroma de su perfume, dónde estaba exactamente el tubo de la crema de manos en su mesilla de noche y cómo se frotaba las manos cuando las cubría de crema. Sabía que había elegido ser madre. Pero no sabía nada de sus sentimientos más íntimos, y menos aún de lo que en realidad pensaba de mí. Me había pasado toda la vida adivinando, deseando obtener una reacción de ella, la había obligado a conmocionarse con mi progreso en la vida; si no obtenía amor, al menos quería una reacción.

Mi madre dejó la maleta en la entrada y enderezó un cuadro en la pared. Yo ya estaba en la puerta del jardín para que las cortinas ondeasen por la brisa y el aroma de las flores del jardín encontrase el camino hasta dentro. No permitía que nada estuviese ni un poco mohoso.

Quería que todo fuese apabullante.

—Aquí, madre, aquí está, ¡esta es la habitación que hemos preparado para ti! —dije. Frieda me seguía a todas partes, como si estuviésemos bailando. Todo para que la boca de mi madre tuviese forma de O. Todo para que se sorprendiese, para que fuese considerada en su asombro, para que siguiese siendo una representación teatral y continuásemos estando en trance por su llegada. El momento en el que todo estaba frente a nosotros como una carta. Mi madre era pura mientras formaba la O. ¡Se sorprendió de que todo fuese tan bonito! Me recorrió la espalda con la mano por encima de mi ligero vestido azul. Mi boca era un corazón rojo. Yo era el motivo, era el arquetipo, era la actriz obediente. Era hija, madre y esposa. Representaba todos los papeles.

Siempre supe cómo había que interpretar esos papeles.

Por ejemplo, que una sonrisa devora tu cara y hace desaparecer las penas y los recuerdos incómodos. Que se eleva como dos tallos de flores de un tronco. Abierta, deseosa, contorsionada. Puse en esa sonrisa todo lo que tenía y algo más. Una sonrisa amplia. Amplia y auténtica. Amplia y maravillosa.

Golpeé la pequeña guirnalda que habíamos colgado en el marco de la puerta de la habitación de invitados para que aletease cuando entrara mi madre. ¡Bienvenida, madre, a Court Green!

—Me encanta —dijo Aurelia—. ¡Me encanta!

Podía ver a Ted escuchando semejantes hipérboles; podía ver lo americano que sonaba. Había adquirido sus oídos y también su mirada británica. Era como Navidad para mí. Para Frieda también. Era un juego. Y Santa Claus era mi madre, su abuela, que se sentaba encima de la colcha blanca y pasaba la mano por todo para alisarlo. Dijo:

—Entonces, ¿sois unos niños buenos? Hacéis caso a vuestra madre, tú y tu hermanito?

—¡Sííí, abuela! —gritó Frieda, y llevó a mi madre al jardín, al ruibarbo. Las seguí, porque sabía que había montones de cardos por toda la hierba. Las ortigas marchitas desprenden un olor penetrante, a heno y a sapo, y no quería que mi madre comentara nada al respecto.

Así era la casa cuando la veía a través de sus ojos: en el jardín, todo estaba expuesto mientras ella se movía por él; necesitaba desesperadamente una renovación. La molesta sensación que me atravesó la espina dorsal y el sabor a sangre en la boca me confirmaron que mamá, de hecho, era una intrusa. Ted nos siguió y hubo una colisión obvia en el aire; ¡me volvía loca el modo en que se movía y cómo arrastraba la mirada por todas partes! Recogió un guante tirado en la hierba y se lo metió en el bolsillo, pasó los dedos por el árbol indio y, debajo, descubrió montones de pies de cabra, que arrancó de la tierra sin preguntar siquiera.

Se quedó allí quieta con los pies de cabra en la mano, la planta rica en clorofila que invadía mi jardín del mismo modo que lo hacía ella. ¿Cómo describirlo? Pulso acelerado, garganta seca, sangre sin oxígeno en mis músculos congelados: necesitaba una botella de vino para enderezarme, necesitaba el equipamiento protector que utilizaban los apicultores.

—Tienes que vigilar esto, Sylvia —dijo Aurelia con su voz brusca, la que se volvía de ese modo cuando tenía que ver conmigo. Sostuvo en alto la plantita—. Es el tipo de maleza que se convierte en permanente. No puedes librarte de ella si no te esfuerzas.

Mi madre, ¡la que nunca se negó a sí misma! Suspiré, era una locura; giré la cabeza para encontrarme con la mirada de Ted, una mirada de comprensión compartida, pero él simplemente me dedicó una mirada rápida, SABÍA QUE MI MADRE ERA ASÍ.

—Tienes que asegurarte de que quitas todos los cotiledones por pequeños que sean —dijo Aurelia, arrodillada junto al árbol indio.

Y yo, ¿qué dije?

—¡Vale!

Me tumbé en el suelo bocabajo e hice exactamente lo que me dijo.

Miré todo lo demás, que sí crecía bien. El ruibarbo medía más de un metro de alto, ¿no lo veía? Y las pequeñas fresas silvestres, y las plantas de fresas con sus pétalos blancos en las jardineras. En mi carta más reciente había presumido de mis manzanos en flor. Ahora los pequeños pétalos rosas yacían en el suelo. ¡Pero las lilas! ¡Las dedaleras estaban a punto de florecer! ¡Había tanto erotismo, tanta belleza en nuestro jardín! Pero lo único que veía mi madre eran los pies de cabra.

Oculté mi tristeza, y empecé a hacerlo al ver a Ted atravesar el porche y entrar en nuestro reino, él, la flor más grande, la flor más bonita, que, de hecho, aún era mía; sí, aún era mía.

—¡Aquí, aquí está el piscolabis! —le dije a mi madre, que levantó la vista.

Empecé a dar el pecho a mi hijo mientras nos sentábamos a la mesa. Mi madre siguió hablando de matar las malas hierbas —en Estados Unidos había un producto especialmente efectivo—, mientras Ted tarareaba y de vez en cuando me miraba.

No puedo confiar en nadie, pensé mientras observaba los rostros de Ted y de Aurelia: extraños, extraños por todas partes.

Nadie puede darme mi amor.

Y después miré al niño, mi tierno chico de piel suave y labios gruesos. Estaba contento y me miraba con su sonrisa inconsciente, la sonrisa que hacía que se me ralentizara el corazón o que perdiese el rastro de sus latidos. Era tan suave, tan bueno... Todos los demás estaban inmersos en sus intereses y asuntos. Solo mi hijo y yo nos entendíamos. Estábamos eufóricos, en manos de Dios, en las amplias manos del universo.

—Somos los únicos que lo sabemos, tú y yo, Nicholas —le susurré suavemente y besé su mullida mejilla. Pero entonces empezó a gritar. Pateó. Aurelia me miró como si hubiese hecho algo malo. El corazón me latía a mil por hora. Ted siguió hablando de un cuervo que le había presentado a Frieda el otro día: era una historia que estaba recreando para mi madre, y siguió el desenfreno de sus ojos.

—El cuervo bebé se sentó y empezó a picotear los dedos de Frieda, a morderla prácticamente, ¿lo puedes creer? —dijo Ted.

—Oh, no, qué horrible, ¡ningún cuervo puede hacerle eso a Frieda! —exclamó mi madre y tiró de la mano de Frieda hasta que consiguió darle un beso en el dorso de la mano. Frieda lloriqueó y se liberó. Ted se levantó y algo se le cayó de los pantalones a la hierba: un sobre que debía de llevar en el bolsillo trasero.

Le llamé a través de los gritos de Nick, mientras el corazón me daba un vuelco en el pecho.

—¡Se te ha caído algo, Ted! ¡Se te ha caído una carta!

Lo recogió y se detuvo en la hierba, como para ofrecernos algún tipo de reacción. Se encogió de hombros.

—Oh, solo es un sobre vacío —dijo. Se arrastró hacia dentro, pasando junto al árbol indio, y tuve que callar a Nick por mi cuenta.

Mi madre me pasó una servilleta.

Cuando mi madre no podía verme, cuando había salido a dar un paseo con los niños en el cochecito, entonces era capaz de coger del brazo a Ted y preguntarle. Su codo era resistente.

—Esto no va a funcionar —exclamé—. Nuestros corazones laten en la misma casa, pero no nos vemos.

—Tranquilízate, Sylvia. No te pongas triste tan rápido. Lidiemos con esto como adultos...

Nuestros dos corazones en la casa, los gritos de los niños, nuestras conversaciones literarias, nuestras conversaciones sobre cualquier cosa, sobre lo que sea del mundo también, y el tintineo y la risa de las comidas que habíamos compartido, y los vecinos que habían llamado a la puerta y habían entrado sin preguntar —mis caprichos, las excentricidades de Ted, las fugas y los conciertos para piano de Beethoven en el gramófono, Ted sentado a la mesa de la cocina por la noche recitando obras dramáticas para la BBC, mis gritos atravesando la casa cuando me corría—, y ahora esto, desde que Aurelia había llegado: un silencio terrorífico.

Ted ni siquiera quería ir a pescar.

Ted ni siquiera quería hacerle cosquillas a Frieda hasta que ella chillase.

Ted incluso había abandonado sus libros de jardinería, estaban abiertos por aquí y por allá, hasta que Aurelia los vio y los cerró y los colocó en las estanterías (que Ted había construido).

Ted ni siquiera quería hacerme el amor, la última vez que lo hicimos le lancé una rosa, y no hubo más.

Dios, ¿quién era el responsable último del error que habíamos cometido? En la mesa de la cocina había un montón de amapolas, como llamaradas, lenguas rojas, vulgares, hojas marchitándose y cayendo mientras nos miraban.

—¿Qué pasa, Ted? No te reconozco. ¿Por qué estás tan callado? ¿Por qué te has recluido en un caparazón?

—No me interesa en absoluto tu madre, ni sus juegos, ni su forma de ser contigo.

—¿Su forma de ser conmigo?

—Lo que hace contigo es insoportable, Sylvia. Lo sabes. Cómo me odia, cómo su enorme ojo me observa constantemente, y tú no lo quieres, Sylvia, ¡no lo quieres!

—¿Qué no quiero?

Se oyó al cartero al fondo: dio un golpe en el buzón y el ruido me hizo dar un salto. ¿Qué quería decir?, ¿qué tenía en mente ahora? La conversación no estaba tomando la dirección que yo pretendía.

—¡No quieres ser una marioneta de sus fantasías! Solo escucha cómo reniegas de tu propia novela, de tu propia escritura, ¡ni siquiera eres honesta con eso, Sylvia!

Sus ojos eran dos cruces duras y sentenciosas.

Ardería en esa cruz. Y lo único que quería era su ternura, su comprensión, su seguro, cálido y peludo estómago sobre el que apoyarme tranquila.

—No tienes ningún jodido derecho a venir aquí y juzgarnos a mi madre y a mí —dije—. ¿Te crees acaso perfecto?

—¿Perfecto, Sylvia? Nunca me ha interesado ser perfecto.

—La respuesta fue rápida como la lengua de una serpiente. Ted se sirvió un vaso de zumo de moras y sacó del frigorífico un tarro de nata montada para untar un bollito seco. Después se inclinó indiferente sobre el periódico en la mesa. Leyó un poco.

Cuando volvió a mirarme le brillaban los ojos.

—Lo único que pido es no tener que ir por la vida de un modo deshonesto —dijo—. Eres deshonesta cuando niegas tu talento de ese modo. Deshonesta, Sylvia, deshonesta, cuando te avergüenzas y menosprecias tu propia escritura. Lo que deberías hacer es pedirle que lea *La campana de cristal*. Maldita sea, te admiraría si lo hicieras.

No pude hacer nada más que tragar y quedarme callada.

Así que ayer había escuchado nuestra conversación en el sofá. Cuando los niños se fueron a la cama, me explayé con mi madre, me acurruqué en el sofá y me quedé sentada con mis largas piernas bronceadas en pantalones cortos, me tapé los pies con una manta y removí el té. Le expliqué que había escrito una novela que gustaría a las chicas jóvenes, que describía una experiencia similar a la que había tenido en *Mademoiselle*: «Pero esta chica, Esther Greenwood, es mucho más aguda e inteligente que yo, así que se mete en problemas, y además tiene una vida amorosa muy rica y una confianza en sí misma que incluso supera la mía», le dije riéndome.

—¿Es autobiográfica de algún modo? —me preguntó mi madre. Sospechaba del nombre, claro: el apellido Greenwood estaba traducido directamente de su apellido austríaco, Grünwald.

—De ninguna de las maneras —contesté.

—Dios mío —dijo Ted en ese momento—. Dios mío, cómo mentiste.

—Que te jodan, Ted —dije entre dientes, pero en Ted no había ni rastro de perdón ni comprensión ni ternura; yo estaba inmersa en lo que él denominaba autocompasión. Estaba atrapada como un animal, Aurelia regresaría pronto con los niños. Y entonces tendría que volver a sacar mi sonrisa a pasear.

—Además, ¿sabes qué? —Ted se puso en pie—. He empezado a escribir de nuevo. Me he pasado toda la primavera deprimido, medio muerto, había demasiadas cosas con Nick y la casa, pero ahora ya no. Quizás en este momento tengas delante de ti a un hombre que va a ganar el premio Nobel.

Sonrió ligeramente.

—Eso es —dije. Y de repente se desvaneció la autocompasión. La duda desapareció. Pude ver lo pequeño que era—. Qué jodida broma —añadí—. El mejor chiste que he escuchado en todo el año.

Justo en ese momento se oyó un portazo en la puerta principal. Aurelia gritó: «¡Hola! ¡Hemos llegado!», y entonces me froté los ojos, me puse recta, aquí está mi público, mis fans, aquí está nuestro amor compartido, ese del que Ted acaba de desembarazarse.

Y entonces, cuando el teléfono sonó, todo se hizo realidad. Un día brillante de julio, corrosivo como azúcar caliente. Ted había horneado un roscón. Ted había cortado leña en un tronco. Ted se había arrastrado con su mono de trabajo y había arrancado cardos. Había cosechado calabazas y habíamos comido todas las noches espinacas salteadas, aunque me estremecía el sabor a heno que tenían. Ted había hablado con mi madre. Ted me había metido su polla dura, pero yo me había soltado al notar el calibre de sus esfuerzos: no era a mí a quien estaba haciendo el amor. Los ojos cerrados eran una señal demasiado clara. Ted había tocado la *Grosse Fuge* en el funeral de nuestro vecino Percy. Ted había leído todos los capítulos de apicultura con mi madre...

Ted se había encerrado en el estudio y había estado escribiendo cartas.

Y ahora, cuando cogiese el teléfono, frío en mi mano, esas cartas iban a revelarse. Como siempre, tenía a Nick sobre mi hombro, como un trozo de leña.

—Sylvia Plath al aparato, ¿con quién hablo? —pregunté a la persona que llamaba, de pie en lo que aún era mi reino.

Nick en mi brazo, mi madre en la cocina y Ted... Era un hombre que desaparecía, así que nunca sabía dónde estaba.

En el jardín, dando un paseo por las colinas de Devon, con Frieda junto a la colmena, en casa de Percy...

Pero sabía que estaba en el estudio.

—¿De parte de quién? —pregunté. Por la voz ya resultaba obvio que había algo raro.

Ninguna persona normal actuaría de ese modo.

Era alguien que estaba contorsionándose.

¡Alguien que estaba mintiendo!

Y se me cayó el techo encima. El destino. Era esa mujer... Lo notaba en su voz. Era esa mujer que se había colado en nuestras vidas justo antes de la llegada de Aurelia. Había entrado bajo la luz de la luna llena y en ese preciso instante dejé de estar a salvo. Alguien se encargaría de escribir esta historia.

Y ese alguien estaba llamando ahora.

¡Oh, fuego que consume!

Dijo, directa y francamente, que era un hombre, que era un tal SEÑOR POTTER que quería hablar con Ted.

—¿Señor Potter? —dije entre dientes.

La mujer del teléfono no era un buen hombre en absoluto. Era Assia Wevill. Estaba mintiendo. Quería conseguir a Ted.

—¡TED! —grité—. ¡HAY UN EXTRAÑO AL TELÉFONO QUE QUIERE HABLAR CONTIGO!

La vi frente a mí, con su mirada aguda, su lengua viperina, su fuego virulento que me quemaría.

La muerte, que invocó mi casa.

La muerte, que preguntó por mi destino.

La muerte, que se metió a la fuerza en mi cuerpo.

—¿Me repite su nombre? —pregunté a la voz en el teléfono.

—Soy el señor Potter.

Ted bajó del estudio. Me escudriñó rápidamente. Se inclinó y se sentó en la banqueta junto al teléfono. Yo me quedé, decidida. Deja que se revele. Deja que me muestre ahora mismo lo que pretendía con su mentira. ¿De verdad creían que podrían mentirme y reírse de mí?

¡Pobrecitos!

Quería reírme bien alto.

Ted habló en voz baja, contestó preguntas y organizó una reunión.

—Sí, señor Potter, yo también quiero verle, quizás podamos cerrar una fecha ahora mismo; por favor, mándeme un telegrama si finalmente le resulta imposible asistir. —Tan formal, más formal de lo normal, pensé felizmente, porque ahora había echado el guante a sus mentiras.

El silencio, cuando colgó, era inmenso. No se oían ni la voz ni los ruiditos de Nick. Un silencio como de iglesia. Los ojos culpables de Ted. Y yo, hecha una furia, me levanté como una ola del océano sobre él y arremetí con todo lo que tenía.

—¡Eres un mentiroso! —grité. Fue uno de nuestros encuentros más críticos—. Eres un mentiroso, un repugnante mentiroso, un pobre hombre —declaré como si estuviera muy por encima de él, como si él fuese un oyente en una plaza. Nuestras voces no tenían eco y mi madre estaba en la cocina con Frieda, a una distancia segura. Ted tragó saliva.

—¿En qué andas, Sylvia? —dijo—. ¿De qué estás hablando? No lo entiendo.

Cogí su muñeca, pese a que sabía que eso era ir demasiado lejos.

—¡Dime quién te ha llamado y ha distorsionado la voz! —dije—. Dímelo, ¡a menos que asumas que soy una idiota!

—Estás loca, Sylvia —contestó Ted—. Te has vuelto loca. —Se liberó de mí, dispuesto a salir de nuevo a la luz del jardín.

—¡No te atrevas a hablarme de ese modo! ¡No te atrevas a llamarme loca! ¡No te atrevas a proyectar tus mentiras sobre mí! ¡No te atrevas!

Y Ted me miró, este otro ser humano que había aparecido frente a mí. Se había puesto del lado de otra mujer y me estaba mirando con ella en los ojos.

UNA COSA Y SOLO UNA COSA ME ATRAVESÓ EL CUERPO CUANDO ARRANQUÉ EL CABLE Y APARECIÓ UN AGUJERO EN LA PARED DE LA CASA DE COURT GREEN, UN AGUJERO EN LA PARED QUE SERÍA PARA SIEMPRE, QUE ALGUIEN TENDRÍA QUE ARREGLAR Y TAPAR CON MASILLA DESPUÉS DE QUE YO ME FUERA DE LA CASA. UNA SOLA COSA ME GOLPEÓ POR DENTRO. O NO, DOS:

1. LO ODIO TANTO COMO LO AMÉ EN SU MOMENTO
2. ESCRIBIRÉ SOBRE ESTO

Me quedé mirando el agujero de la pared blanca de la entrada. Estaba sin aliento. En las cuevas, en las cuevas más profundas y malvadas de nuestra vida. No se debería permitir que Ted fuese una persona tan malvada, pensé, ¡no deberían permitirle mostrarse tan malvado! Él estaba destrozando todo lo que había escondido y guardado en las cuevas más profundas de mi vida y ahora estaba abierto el camino para que mis miserias mis secretos mis enfermedades mi cansancio abso-luto saliesen a la luz.

¡Ahora no! Eso es lo que pensé mientras miraba el agu-jero. Oí la voz de mi madre mientras hablaba con Ted en la cocina. «No, Sylvia necesita descansar, supongo que ahora estará descansando en su habitación», dijo él, pero eso eran sandeces, estaba aquí sentada observando el agujero que yo misma había hecho en la pared. En mi cabeza solo había un pensamiento: ¡ahora no! ¡Ahora no, Ted! ¡Ahora no, porque no tengo resistencia! Ahora no, estoy demasiado exhausta, profundamente cansada, hasta el tuétano, ¡estoy demasiado cansada!

Las noches.

Si los días eran suyos, las noches eran mías.

Por la noche estaba despierta, no dormía.

Cuando Nick se despertaba, le daba el pecho e intentaba conjurar la calma que sería suficiente para impulsar a mi cerebro a hacer su trabajo: tenía que estar tranquila para que la leche llegase hasta él. Desde mí, hasta él, en nuestra soledad.

Ahora estaba fuera, en el mundo, ni siquiera podía sentir la calidez del pie de Ted: nos habíamos convertido en extraños el uno para el otro, ahora estaba fuera, en el mundo.

Mi madre y mis hijos eran los únicos que no sabían nada.

Durante el día los trataba como a los tontos del pueblo: estaba callada, callada y simpática, y por la noche me tumbaba y sufría.

Observé la espalda de Ted. Lo amaba... Él también estaba muy solo, terriblemente solo. También estaba atrapado en su destino, ese hombrecillo, aunque él pensase que era muy libre. Estaba atrapado en su destino desesperado, lleno de gusanos que treparían por su cuerpo cuando muriese... ¿No ves, Ted, que estamos íntimamente conectados? ¿No ves que solo te has dado la vuelta? ¿No ves que si me abandonas también abandonarás todo aquello por lo que has luchado en la vida, toda la ilustración, una verdad superior, la liberación y la libertad de pensamiento de la más alta clase?

¿Soy demasiado poderosa para ti?

¿Soy una poeta demasiado feroz para ti?

¿Es mi alegría demasiado maravillosa cuando es alegre?

¿Soy demasiado ardiente y sincera, extingo en demasía la gravedad tentativa de tu vida, de manera que no puedes tenerla toda para ti, gobernarla en paz? ¿Es mi poder demasiado amplio, cuando por la noche me quedo aquí tumbada con mis poemas? ¿No soportas que sea una persona astuta y cariñosa? ¿Acaso no soportas que sea real?

Yo también amo, Ted. Yo también soy frágil y sincera. ¡Sabes que lo soy! ¿Por qué haces esto? ¿Es que no hay forma de volver?, ¿acaso no hay piedad cuando las verdades necesitan salir a la luz, cuando crees que estás desvelando la verdad desde los lugares más recónditos de tu corazón? Assia Wevill no es la verdad.

No cometas ese error, Ted; estás teniendo una especie de crisis o algo así, ¡pero esto no es verdad!

¿Por qué caminas directamente hacia la trampa?

Por la noche podía tumbarme y respirar, y relacionarme con el mundo sin tener que interactuar con él, sin que las amenazas estuviesen presentes. Podía tumbarme y respirar y reflexionar. No había niños que me llamasen mami, no había vecinos que me exigiesen sonreírles, no había un marido que estuviese frente a mí y me mintiese a la cara. Nadie que cogiese lo que decía y gritase: pero cállate, ¿por qué no te callas? La tristeza y la locura eran solo mías, y estaban iluminadas por una luna exigua. ¡Qué cruda y espinosa es la vida!, pensé. Tan... marchita. Como nadie escucha mi alegría, nadie escucha mis intenciones. Nadie va a seguir mis planes...

Llamé a la locura, pero no había nadie para escucharme.

Papi, pensé.

Papi, ¿por qué me has abandonado?

Por primera vez en toda la noche, mis ojos rebosaban de fluidos salados... Me estremecí con las lágrimas. Nick se movió en el sueño. Lo lloré absolutamente todo hasta que hubo un lago en la sábana: ahí estaba toda la tristeza de mi vida con Ted, todo se derramó ante nosotros. Si hubiese sido un hombre verdaderamente fuerte, se habría despertado y me habría abrazado, sin importar lo enamorado que estuviera de la otra zorra. Pero no era un hombre fuerte, no se despertó. No quería seguir tumbada en aquella habitación pequeña y triste, y ser fuego y tierra y lágrimas, todos los elementos a la vez, no quería estar tan sola con todo. Pero lo estaba. De ahora en adelante estaría sola en la vida y fue en esta noche de finales de julio cuando me di cuenta de que tendría que gestionar los días de crianza las noches la tristeza el amor perdido todo sola.

Me llamaron.

A las cinco de la mañana Nick quiso volver a mamar, pero no había leche.

Gimoteó y lloró un rato y rodó por el charco de lágrimas que yo había creado, pero entonces Ted se despertó, se despertó y gruñó y puso la palma de la mano en el estómago de Nick para que su hijo se calmase.

—¿Por qué no lo amamantas?

Lo miré directamente a los ojos.

—No tengo leche —dije—. No sale nada.

Me podría haber imaginado cierta empatía en la cara de Ted, pero el llanto de Nick lo enfureció.

Volví a llorar, en silencio, lentamente.

—Por el amor de Dios, Sylvia, dale de comer —dijo Ted y se dio la vuelta con violencia en la cama.

—Pero si no hay leche... ¿No lo entiendes? ¡No hay leche!

Nick, cuyo cuerpecito se retorcía, cómo lloraba, como cuando nació, gritando, con la cara azul, muy lejos de sentirse en paz. Tiró, masticó y amasó mi pezón con su boca dura, pero no salió nada —el impulso no salía—, no fui capaz de conjurar en mi cuerpo la paz necesaria para que saliese la leche.

¡ES CULPA TUYA, TED! No podía pensar en otra cosa.

—¿Qué demonios has hecho? —dijo mientras se removía y descubría que mi lado de la sábana estaba húmedo—. Esto es un jodido psiquiátrico.

Ted se tapó los oídos con los dedos y se dio la vuelta de nuevo.

Temblé y me agité. Si no me hubiese quedado despierta... Esa noche necesitaba dormir de verdad. ¡Esto no iba a funcionar! ¡Pero era el único momento que tenía para mí! ¡Era el único momento en que podía pensar como un ser humano! Jodido Ted, grité (en silencio y tranquilamente; no dije nada).

Después me volví hacia nuestro hijo.

—Ahora, mi chico.

Pensé que las palabras harían que bajase la leche. Si pudiese calmar mi cuerpo de alguna manera... Sabía que esto era responsabilidad de Ted, que era él quien debería tranquilizarnos, pero estaba tumbado dándonos la espalda, con los dedos en los oídos.

Apenas podía creer que fuese cierto, que tuviera que pasar por esto.

—Venga, mi chico. Chupa, sé paciente, es la leche de mamá, llegará...

Pero no lo hizo.

Nicholas chupó y chupó.

Estaba demasiado cansada y angustiada.

Pensé en la voz de Assia, en cómo había sonado al teléfono. Vi su cara delante de la mía mientras hacía todo lo posible por disfrazar su voz: poner las manos a ambos lados de la nariz, levantar la barbilla y convertirse en un monstruo horrible.

Había arruinado nuestra vida y mi maternidad. Ella, en connivencia con Ted, aquí tumbado, cuya sangre bombeaba en las venas de mi hijo.

Todo esto era repugnante, como si hubiese sido creado a partir del barro y nunca más pudiese volver a estar limpio.

Cuando me desperté por la mañana, Ted se había ido. A la hora del desayuno, agarré a mi madre por el hombro y le dije:

—Madre, estoy cansada, no he dormido nada esta noche, ¿puedes llevarte a los niños de excursión hoy?

Mi madre no se opuso, cogió la colada, la colgó en la cuerda que Ted había puesto desde el olmo hasta el roble y volvió con un plan para pasar el día. Por supuesto, podía llevar los niños a ver las cabras de la colina; «después podemos ir a visitar a tu matrona, Winifred Davies», dijo.

Bostecé y le pedí que le diese recuerdos de mi parte.

Se quitó los rulos, los puso en una cesta en la mesa del teléfono, y después su mirada encontró el agujero en la pared, donde ayer arranqué el cable del teléfono.

—¿Qué demonios ha pasado aquí? —preguntó y señaló.

Me encogí de hombros.

—Oh, no es nada. Un accidente. Ted debió de tirar demasiado fuerte del cable al recibir una llamada.

Había preparado la fórmula y levanté una botella que Aurelia cogió lentamente. Su cara mostró una expresión adusta. Dijo, y me sabía sus frases de memoria:

—Tienes que asegurarte de arreglarlo. ¡Arregla el agujero antes de que un niño meta un dedo en la toma de corriente y muera!

Suspiré.

—Cálmate, madre. No seas dramática. Llamaremos a alguien para que lo arregle.

Preveía el futuro en los ojos de mi madre: sentía la muerte y el desastre. ¡Ojalá no fuese tan austríaca, tan descarada, tan perfecta y tan dura!

Era dura como el acero, Aurelia.

En cuanto el grupito hubo salido por la puerta principal, me detuve a observar que habían recorrido varios metros sobre los adoquines.

Una vez que los perdí de vista, me fui dentro «a descansar».

Subí corriendo los diez metros de escalera hasta el estudio de Ted en la buhardilla.

De una forma u otra, purificaría la escritura de lo que nos llevaba directamente a la muerte.

Abrí la puerta de un tirón y, como un ladrón (los movimientos me resultaron familiares), rebusqué entre los papeles y las cartas que estaban diseminados por el escritorio; algunos cayeron al suelo, otros crujieron y se arrugaron bajo mi mano furiosa. No toqué sus poemas, ¡solo sus cartas! En cierta ocasión toqué sus poemas, en un ataque de envidia y desesperación, pero eso ya es historia, había otras cuestiones en juego que tenían que ver con algo que me había montado en la cabeza, pero ¡esto! ¡Esto había surgido de algo real! ¡Era culpa suya! ¡Ted solo podía culparse a sí mismo!

Bajé corriendo con los brazos llenos, me llevaba el demonio, estaba tan miserablemente furiosa, tan podrida, que hasta yo podía sentirlo, tanto que el barro cenagoso salía a borbotones de mi interior, como si realmente estuviese hecha de barro. Ahora tenía en mis brazos sus fantasmagóricos embriones, ahora estaba embarazada de sus dulces palabras de amor... La correspondencia entre él y esa mujer, esa otra bruja que ahora mismo le estaba dando la mano en Londres. Tiré las cartas, junto a la tabla de cortar, al fuego, entre la lechuga y el repollo rojo. Preparé y dejé cerca una jarra de agua por si se prendía algo que no fuesen las cartas. Corrí al interior de la casa (que olía a humedad, uf, cómo olía aquí, se notaba si venías de fuera, corrí de un lado a otro con la nariz tapada) y cogí unas cerillas. Las prendí con fuerza y rapidez contra la caja hasta que saltó una llama brillante y raquítica. Las cartas desaparecieron en un instante. No las había leído, pero en ese momento tenía ante mí la evidencia: el nombre de Assia se materializó en un trozo de papel consumido por el fuego. Y la responsable, esta vez, fui yo.

Fui corriendo al estanco y compré un paquete de cigarrillos, para sorpresa de la joven que estaba detrás del mostrador.

—No te cases nunca —le susurré y sonreí.

Podías fumar un cigarro.

Podías reírte de tu madre a la cara.

Podías gritar a tu marido por la noche.

Anoche estuvo a punto de pegarme.

¿Qué había en mí que agradecía ese fragmento de cruda realidad, como si los demonios internos de Ted finalmente burbujeasen y cogiesen ímpetu?

Amaba a Ted.

Como una boca podía amar un cigarro.

El humo me envenenó y me sentí pura y maravillosa, y al mismo tiempo una traidora, porque ¿qué tramaba cuando gritaba en la noche, quemaba cartas de mi marido... y fumaba cigarros fuertes?

Pero hice el amor con el cigarro, con mis propios pulmones, esta era la fuerza que toda mi vida había dado por hecho que aparecería: sí, Dios mío, cómo quema, pensé. Sí, Dios mío, qué bien quema.

Ted se acercó y pateó las cenizas con la bota, y por el aire volaron pequeñas motas.

Me senté en una silla de jardín, cerca de las begonias, y daba una calada y echaba el aire: aún no había aprendido a fumar.

—Te vas de casa inmediatamente —dije en voz muy alta para que pudiese oírme.

—Estás loca, Sylvia —replicó Ted y caminó hacia mí con grandes zancadas—. Total y absolutamente loca. Tendrían que internarte en algún sitio, así dejarías de ser un peligro para los niños y para mí.

Este jardín, que compramos el verano pasado. ¡Ja!

Y ahora había echado la ceniza en él.

—¿De verdad pretendes proyectar tu locura sobre mí? Estás enfermo.

—¡Deja de decir que estoy enfermo! Siempre terminas diciendo que estoy enfermo.

—Cállate, mi madre está dentro y nos va a oír.

—¿Por qué demonios estás fumando? ¡Tú no fumas!

—No tienes ni puta idea de lo que hago o dejo de hacer. Estoy yendo a clases de hípica en Dartmoor, ¿también sabías eso?

¿Qué era eso que estaba ascendiendo en mí, como si yo fuera la ganadora?

¿Qué era esa luz que había abierto la puerta por mí?

¿Qué era esa habitación de mármol? ¿De dónde venía mi deseo? ¿Era acaso la nicotina, el veneno que ponían en los cigarrillos?

Fumar delante de Ted, quemarme mientras me observaba, apestar a algo fuerte y extraño, era de lo más embriagador.

—Odio el tabaco, por favor. —Ted se sentó en una silla de jardín.

Tosí.

—No cuando la que fuma es Assia Wevill.

El corazón me latía con ferocidad. Como si fuera una pequeña liebre aterrorizada que mira los primeros faros de su vida y cree que tiene que correr directamente hacia ellos. Esa era yo.

Ted buscó mi mano a tientas, pero no tenía nada que ofrecerle. Suspiró ante mi forma de rechazarlo. Intentó representar el papel del razonable, porque era de día y mi madre estaba dentro de casa.

Por la noche había dicho:

—Mírate, Sylvia, tan poco sexy. Ya no me siento atraído por ti, eres como un trapo usado para mí, y he vivido en este nido de escorpiones durante años, pensé que me darías seguridad en el matrimonio, ahora lo veo, por eso quería tener una casa tan bonita contigo, por eso acepté casarme contigo.

Lloriqueó cuando lo dijo, su barbilla intentó hacer un movimiento como de suavidad, lastimero, de modo que su perfil tembló, pero pude ver que todo él era en realidad una lanza.

—¡Llevo toda la vida esforzándome por mantenerme a salvo!

Al decirlo, lloró.

Su barriga peluda y desnuda, que ya no me pertenecía. En el borde de la cama. Ya no tenía derecho a buscarla.

Por la noche había dicho:

—Sylvia, tienes razón, he conocido a otra persona, y por primera vez en siete años me siento vivo, créeme, todo este tiempo que he pasado contigo he estado dormido. ¡Lo siento! ¿No lo ves? ¡Lo siento! Lamento haber estado dormido, aunque sea algo totalmente absurdo por lo que disculparse. ¿Quizás debería pedir tu comprensión? ¿Un poquito más de comprensión? Quizás tú también hayas estado dormida, quizás no hemos estado en el elemento adecuado.

Ahí estaba su sinceridad y me estremecí por cómo las palabras me golpearon profundamente, muy profundamente, y por cómo despertó en mí todo aquello en lo que había mentido durante todos nuestros años juntos.

La perfección en mis lazos perfectamente atados mi éxtasis mi forma particular de ser feliz de la que Ted solo veía el lado bueno, pero ¿quién puede soportarlo?, ¿quién puede soportar ser tan dulcemente feliz?, ¿quién puede soportar mostrar el lado bueno de sí mismo en todos los estados?, ¿quién no se queda atrapado en la tarea y se deja consumir por su propia y excelente adorabilidad?, ¿quién no se deja llevar por la indigencia del alma, la apatía y después la muerte la muerte la muerte?

Ya no me quedaba alegría, pensé.

Él había chupado toda mi alegría, se había bebido toda mi sangre, como un vampiro.

Me había tendido en la cama como un tablón, como un gamo abatido y colgado del techo de algún garaje para que la sangre se derramara y la carne quedara más tierna.

Durante la noche, Ted había dicho:

—¡Eres una fascista de mierda, Sylvia! Ahora lo veo con claridad... Durante toda mi vida contigo has intentado dirigirme con tu mano de hierro. Bajo los auspicios de ser una víctima, porque así has hecho que parezca, ¡en realidad has estado ahí con tu imperialista petulancia estadounidense! Y has destripado todo en pequeños cubos, pequeños cubos medibles, has querido cortarme a mí y mi extrañeza, Sylvia, porque has sido incapaz de manejarlo. ¡Tu petulante inflado y jodido ego! ¿Sabes?, me creí un poco lo de ser una víctima, pensé que era verdad. Sentí lástima por tu historia de la enfermedad mental, pero ¿sabes qué, Sylvia?, has sido la perpetradora todo este tiempo, tú eres la jodida fascista.

Se levantó desnudo y caminó con su bonito culo por la habitación, donde Nick estaba tumbado y dormía su bello sueño, nuestro precioso hijo, nuestro.

Y mientras caminaba lloré, a él ya le daba igual que mi madre estuviese dormida en la habitación de invitados y que quizás apareciera de repente preguntándonos si la casa estaba en llamas.

Me senté y lo miré, a él y su cuerpo, alto y musculoso, que ya no me pertenecía; descolgó la ropa del gancho y se abotonó la camisa y los pantalones, como tantas otras veces.

Abrió la puerta del armario, sacó nuestra tienda de campaña y su caña de pescar, y al amanecer se fue a pescar al Taw. Se despertaría bajo el cielo en vez de a mi lado.

Me tumbé de espaldas y lloré y me sentí liberada y fue como si mis extremidades estuvieran sometidas a una terapia de descargas eléctricas, como si alguien quisiese hacerme un exorcismo y hubiese liberado finalmente al demonio.

Ted se ha ido, lloriqueé en silencio, y abracé la colcha y la sábana mojada con toda mi tristeza. Ted ya se ha ido, y ¿qué fue esa maravilla que llegó? ¿Por qué la tristeza ardía tan deliciosamente? ¿Por qué ser humillada estaba siendo tan delicioso? ¿Por qué lloraba con tanta felicidad? Me tumbé y miré la espalda de Nick elevándose y descendiendo bajo la luz de la noche, y parecía que estaba respirando a su lado. ¿Por qué era tan placentero sentir verdadera tristeza? ¿Por qué era tan maravilloso que te humillasen?

Ahora, en el jardín, Ted era el que intentaba negociar, el que quería cogerme la mano, el que no estaba fumando. No lo miré, miré directamente a las peonías, como si mi mirada estuviese bloqueada.

—¿No vas a decir nada, Sylvia? ¿No vamos a hablar?

Volví a mover el brazo y me llevé el cigarro a la boca. Había llegado al filtro y me quemé los dedos.

—Apaga ese cigarro —dijo Ted—. Deja de hacer el ridículo.

—Ten cuidado, no vayas a arder con él —dije entre dientes.

—¿Es una amenaza? ¿Debería preocuparme? ¿Debería tenerte miedo?

—Habla el que casi me pega anoche.

—¡Yo nunca te pegaría!

—Déjalo, mierda violenta. Espero que golpees a Assia con la misma violencia que has ejercido sobre mí.

—Otra vez... ¿Tiene que ser completamente imposible mantener una sola conversación con mi esposa? ¿No podemos hablar como adultos serenos?

Volví a encender una cerilla y le di una calada a otro cigarro.

—Ahora te va bien —dije—. Ahora. ¡Qué adulto! ¡Ja! Menos mal que Percy está muerto y no tienes que ser un niño pequeño y un poco inmaduro ante él. Mami, creo que me he enamorado de otra chica... ¡Miau!

Solté una carcajada cruda y sonora; ¿qué era esta carcajada en mí?, ¿qué clase de liberación era esta?

Siempre me dejaría, era como la absenta, era como el efecto de ver a tu examante quedarse sin oxígeno, perder todo su estatus y respeto en la sociedad.

—¿Sabes qué, Ted? —dije.

—No, ¿qué, mi pequeña fumadora?

—Ya no te admiro. Eres un hombrecillo para mí. No eres nadie... Y he llegado a comprender que te he puesto en un pedestal demasiado alto. Desde luego. Inventé una historia sobre ti. Eras divino para mí, un hombre grande y fantástico, lo eras Todo. ¡Si supieras cómo he hablado de ti en mis libros! En mi diario...

Di una calada y eché el humo.

—Admito un error en todo este asunto. Te convertí en alguien que no eras. Pero eso no te da derecho a traicionarme. No tienes derecho a decir que deberían internarme en algún sitio, como hiciste anoche. ¡No tienes ningún derecho a describir la realidad de ese modo! Siempre ha sido una de tus especialidades.

—¿Acabas de decir que era tu especialidad?

—¡TÚ utilizas palabras para diseñar tu propia realidad! —dije—. Escribes sobre ello hasta que te conviene. Es conocido por todos. Dios, debería haberte escuchado aquella vez que dijiste que los POETAS ESTÁN LOCOS. Nunca te cases con ellos.

Ted se rio.

—Estás hablando de ti, una vez más.

—Estoy hablándote a ti, hombrecillo.

—Deja de decir que soy un crío.

—Deja de serlo —dije.

—Céline escribe en *Viaje al fin de la noche*: «Quizás sea

eso lo que buscamos a lo largo de la vida, nada más que eso, la mayor congoja posible para llegar a ser uno mismo antes de morir...».

—¿Y eso qué significa?

—¡Siempre has tenido miedo a este acontecimiento! Es como si tú...

Ted se restregó las manos. Después miró a Frieda, que se tambaleó y se sentó en el umbral del porche con su vestido blanco y sus medias blancas, aturdida.

Ahí estaba nuestra pureza. Nuestro amor.

Ted se puso en pie y caminó hacia ella.

—Es como si siempre, de algún modo, hubieses querido que esto ocurriera.

Apagué el cigarro contra la silla de jardín, me sentí fangosa por dentro, enferma, por el humo del tabaco.

—¿Cómo demonios puedes decir eso?

—¿Por qué otro motivo lo habrías evocado?

Tenía las mejillas rojas, sentía cómo la sangre se precipitaba en mi cara, cómo me latía el corazón.

Me levanté, preparada para luchar o huir, para huir de nuestro amor; Frieda, ahí, en sus brazos. Jodidos brazos.

—¿Así que ahora ME estás culpando de ponerme cachondo con putas y adolescentes?

Ted miró hacia la pared de piedra, se llevó rápidamente el dedo índice a la boca y me chistó con fuerza.

—¡Maldita sea, Sylvia! ¡Maldita seas, joder!

Mi madre salió enseñando sus dientes blancos y con mis pantalones cortos. Llevaba una regadera verde en la mano y se agachó para regar todas las macetas con begonias.

—¿Todo bien? —preguntó.

—Sí, todo bien, salvo que Ted está a punto de dejarme —dije y lancé el paquete de cigarros al fondo del jardín.

Ted me miró enloquecido.

Me encantaba cuando me miraba así, cuando le había tomado la delantera.

—¿Qué? —le pregunté, intentando susurrar—. No soy sutil. Y además, hijo de puta —mi madre solo fingía que no oía nada, seguía regando las plantas—, eres tú el que está cometiendo el ataque. Eres tú el que va a abandonar a su esposa cuando más vulnerable se encuentra, cuando más te necesita, con dos niños pequeños.

Ahora era Ted el que estaba encendiendo un cigarrillo.

—La culpa la tenemos los dos, Sylvia. Nosotros mismos nos hemos conducido a esta situación. Por eso duele tanto.

—¡Tienes que mudarte! —grité y señalé con toda la mano hacia el cementerio, hacia la carretera, más allá del muro, que llevaba al otro lado, hacia Crediton, hacia Okehampton, lejos. Tenía que irse ya, necesitaba que desapareciese ahora mismo.

Ted dio unos pasos hacia la puerta, más allá del muro. PERO TED NUNCA PODRÍA SER EL PERDEDOR. Ted no podía perder. Conocía su camino por la vida, sabía que su ego era siempre mayor. En proporción al papel femenino que yo representaba, mi ego era enorme, pero Ted siempre ganaba; detrás de sus discursos perspicaces y espirituales, su ego era monstruoso.

En vez de salir directamente por la puerta del muro, caminó hacia mí y me agarró del brazo que tenía libre. Reconocí su aroma, su cálida respiración en mi oreja cuando suspiró:

—Sylvia Plath, ojalá estuvieras muerta.

Y así fue capaz de abandonarme, de abandonar mi cuerpo, que de repente estaba vacío y débil: era como una pieza de ropa agitándose al viento.

—Adiós, Aurelia, nos vemos luego, voy a dar un paseo —gritó a mi madre, que había aparecido en el porche.

Mi madre y yo. Fue la última vez que nos vimos. La última vez para siempre. La última vez en mi vida. Los tacones de mi madre contra el asfalto. Con cada paso me aplastaba como a una cucaracha. Y Ted caminaba a su lado como un soldado. El asfalto era su escenario, el tren de Aurelia llegaría pronto, y allá donde fuesen tendrían un escenario.

Mi madre llevaba una semana fingiendo que se había quedado en casa de Winifred Davies, la matrona, porque «de ese modo era más práctico». A mi madre no le gustaban las tazas sucias ni los relatos mal escritos. Debía haber un final feliz, amor verdadero, ropa de lana, medias resistentes y jabón del bueno. Prefería avergonzarse en silencio, sonreír y soportarlo antes que amar en la distracción y la locura.

Se marchó.

Caminé dando pasos cansados para ponerme a su altura en el asfalto, y casi parecía que era ella la que estaba casada con él. Ese fue el error que cometí. En eso ella tenía razón. Me había pedido que lo reconsiderase. Pero elegí a Ted, elegí el cerebro imparable, elegí el amor y el arte.

Mi madre nunca se había atrevido: eligió a alguien de la academia. Una apuesta aburrida pero segura. Otto. Un hombre serio con amplios conocimientos, pero con una vida interior aburrida.

OOOoooh, ¡quería vivir! Quería escapar de su conformista vida suburbana estadounidense y revolotear encima de unos tacones más altos que los suyos. ¡En París, Londres, España! Mi guapísima gacela con pintalabios y con un cerebro agudo como un rayo, ¡tan maravilloso como el de Ted!

Y este era el resultado.

Este otoño cumpliría treinta años, y el verano con el que había soñado había quedado en nada. Pero no estaba amargada, tendría éxito sin él.

—Adiós, madre —dije, pese a que quedaban varios minutos hasta que saliese el tren.

Me miró con seriedad y como una austríaca.

Con ella siempre había querido ser otra persona.

Mierda, Sylvia, pensé, ¡no quiero ser indigna! Nunca más lo seré.

Ted me miró con lástima, con esa mirada nueva que tenía desde hacía unas semanas y con la que me decía que era una perdedora.

Deseaba su cuerpo desnudo, quería acostarme con él por la noche, o no, no quería, lo odiaba, y me arrepentía de haberme entregado a él, de haberle dado mi cuerpo.

Estábamos en el andén. Estiré los brazos con la esperanza de darle un abrazo.

Era cálida y firme, tenía los hombros duros como una percha, ahora sostenía a su hija, su error, y yo quería derrumbarme en sus brazos y explicárselo todo, pero al mismo tiempo sabía que no era posible, porque mi madre no podía consolarme, solo preocuparse.

Recordé una canción que había cantado hacía dos navidades, «Edelweiss, bless my homeland forever», y sentí un tirón en mi interior porque me hubiese gustado meterme en su maleta e irme con ella a su casa, a Estados Unidos. La luz, la dignidad. Pero esas eran las piedras en mi corazón. Necesitaba solucionar este conflicto yo sola.

Mi madre se inclinó hacia nuestros hijos. Nicholas fue el único que sonrió un poco.

—Adiós, mi niña —dijo Aurelia y me abrazó por última vez. La miré, parecía que estaba llorando. ¿Mi madre llorando? Nunca había ocurrido, pero sus ojos estaban húmedos. Aun así, no removió nada en mí: estaba petrificada. Me acarició la mejilla con dulzura.

—Cuídate mucho ahora, mi buena chica.

El soldado permaneció de pie y miró y raspó el asfalto con su zapato. Miraba algo que le parecía despreciable. Nuestro amor. El mío y el de mi madre. Así que ese había sido el patrón en nuestro matrimonio; sabía que eso era lo que él estaba pensando. Un amor inmaduro, superficial, un amor perdido.

Y por dentro me dije, con la lengua fuertemente presionada contra los dientes: maldito seas, Ted. No estropees también este momento.

Después ese momento también pasó y ella asaltó a sus nietos con su amor menos complicado.

Estaba sola en casa, de pie en la cocina, inclinada sobre un asado frío.

Mi madre, Ted, los niños: todos se habían ido.

Ahora entendía por qué habíamos comprado una casa tan cerca de las lápidas al otro lado del jardín.

Nuestra casa también era una lápida, aunque mucho menos majestuosa.

Pensé en todo lo que había arrastrado mi cuerpo desde entonces, desde nuestra llegada hacía justamente un año.

Un huracán había pasado por nuestras vidas y me había dejado varada en la orilla.

De arriba, del cielo, colgaba inocentemente una pequeña luna que brillaba sobre nosotros.

¡Estúpida luna que había utilizado en mis poemas!

Mi novela idiota e irrisoria en la que había depositado tanta fe.

¡Todo eran escombros!

¡Nada era verdad!

Mi cuerpo, rasgado por la mitad solo porque la luna se dignó colocar un niño en mi interior que después necesitó salir.

Llegó el 17 de enero.

Y ahora estábamos a 7 de agosto, el cumpleaños de Ted.

Y su mujer estaba varada en la orilla intentando respirar.

En una ocasión le pedí al párroco las llaves de la iglesia que teníamos al otro lado del jardín, pero no quiso dármelas.

Se las pedí para poder ir de vez en cuando y obtener un poco de luz, un poco de sustento.

Para comprobar si finalmente la fe podía iluminarme.

En palabras de Ted:

«Eres como una fanática fundamentalista, pero sin religión».

Y en otro estado de ánimo, había traducido esas palabras y las había cambiado por:

«Sylvia, ¡eres una fascista de mierda!».

Lloré, lloré, lloré, lloré.

Pronto no fui más que unas mejillas tensas, saladas y rígidas.

Siempre me había sentido atraída por la muerte, lo que Ted había dicho era cierto, no solo en el modo en que lo presentó, no solo en el sentido en que lo dijo, como el pie podrido, amputado, de mi padre, los cadáveres, la anatomía, el escalpelo del médico, el signo de igualdad entre la luna y la carne. Animal y humano.

Me daba la sensación de que los motivos de Ted para dejarme no habían sido únicamente ególatras; sentía, al mismo tiempo, que era una especie de educación: «¡Debes ser educada! ¡Contrólate a ti misma, Sylvia! ¡Conviértete en la persona que siempre has querido ser! ¡Hacerte más pequeña de lo que eres no es digno de ti!».

Él había querido insuflarme vida, pero al mismo tiempo también era el que me había convertido en una muñeca...

Una muñeca, porque ya no me quedaban fuerzas en el cuerpo. ¿Tenía fiebre de nuevo? ¿Dónde estaba el termómetro?

OOOOOOOOOOOH, me levanté de mi solitaria cama y di vueltas por la habitación con el camisón puesto. Me di unos golpecitos en las mejillas, mi pelo ondeó en el aire como algas secas; por favor, Sylvia, mata la imagen de Ted de tu interior, ¡pégale un tiro! (Eso me lo dije a mí misma). Probé mi voz en la habitación, dejé que se elevara, más alto, más alto. Ahora estaba hablando, alto y claro, en el dormitorio con la ventana abierta. ¡SYLVIA!, dije. NO DEBES PERMITIR MÁS QUE TED DICTE TU VIDA. ¡SUCCIÓNALO CON LA ASPIRADORA, AHORA MISMO! Me reí por el símil. Ja, ja, qué pequeño era que cabía ahí, en una bolsa de aspiradora. DE TODAS FORMAS, NO HABÍA ESPACIO PARA LA ALEGRÍA EN LA VIDA QUE HE TENIDO CONTIGO, TED. SOLO HE SENTIDO VERGÜENZA Y DESESPERACIÓN DE LA CABEZA A LOS PIES. AHORA TE LIBERO, COMO CUANDO DEJAS QUE TUS DIENTES SE CAIGAN EN EL SUEÑO. MUERTO, MUERTO, ¡FUERA DE MI CASA! ¡AHORA SOY LA LIBERTAD PERSONIFICADA!

Me quedaban unos cuantos meses de estar sola en la casa, sola en la enorme tumba con mis hijos, y después todo sería evacuado, los inquilinos se mudarían y yo estaría lejos, en Irlanda, en Londres. Ojalá supiese qué hacer. ¿Qué se supone que hay que hacer?

Bueno, llamaste a todos los números de la lista (ya habían arreglado el teléfono, había venido el técnico y había instalado una toma nueva). Elizabeth Compton podría ayudarme (esa alma amigable estaba cuidando a mis hijos en este mismo instante), pero también necesitaba a alguien de forma regular. Una niñera. Enrollé el cable del teléfono alrededor de mis dedos e intenté convencerme de que tenía que olvidar cómo lo había sostenido entonces, en aquel momento, cuando Assia habló entre dientes con una voz que era como humo atravesando el auricular, gas venenoso que envolvía a Ted en sus fauces.

Me dieron una pista: la hija adolescente de la hermana de una amiga podría ayudarme cuidando de mis hijos unas cuantas tardes a la semana. ¡Bingo! Entonces escribiría, cabalgaría, estaría liberada y sola.

Había llegado el momento de recomponerme, de vivir como un ser humano.

¡Había llegado el momento de abandonar esta vieja y polvorienta casa! Esta cripta en la que me había dejado.

Recordé la ocasión en la que le pedí al párroco las llaves de la iglesia, pero él no quiso confiármelas. ¿En qué había estado pensando? ¿En que me quedaría allí tumbada en el suelo helado y moriría lentamente, para comprobar si alguien iba a buscarme? Menuda reina del drama. Había llegado el momento de renacer de las cenizas, había llegado el momento de recoger la cosecha del jardín.

Llamé a la mujer de los caballos. Iba a dar clases de hípica, sí, joder, iba a ser muy libre, necesitaba atravesar parajes y dejar que un animal grande, un animal más grande que Ted, un animal más grande que yo, se hiciese cargo de la realidad. Para ello, echaría mano de Devon, saldría de la cripta, me sentaría a lomos de un caballo y vería todos esos parajes extenderse frente a mí, y a todos aquellos que habían querido engañarme y encerrarme en su laberinto. Vería las colinas de Devon desde arriba, desde lo alto de un caballo.

La chica que me atendió en el establo era joven y distante, justo como debía ser. Ya había anunciado mis clases de hípica a Ted, y ahora eran una realidad.

—Puedes montar este caballo —dijo la chica.

Los caballos me daban miedo.

Los caballos me recordaban la niñez.

Tenía un corazón que latía, estaba cansada, era madre de dos niños, pero ¿aún..., aún podría convertirme en una niña? ¿Incluso yo?

El caballo se dio la vuelta, sus ojos marrones, una yegua, unos lomos para mí.

—¿Cómo se llama? —pregunté, mirando el ojo marrón aterciopelado.

—Ariel —dijo la chica.

Posé la mano en su cálido estómago. El pelaje era liso y silente.

La chica me enseñó cómo atar la montura, cómo subirme, cómo sentarme.

—No te dan miedo los caballos, ¿verdad? —preguntó.

—No me da miedo nada.

Se suponía que tenía que trotar, íbamos a dedicar esta primera hora al trote, y la chica nos guiaría a Ariel y a mí por la pista circular, redonda, redonda, mientras nos sujetaba con una cuerda.

—¿Puedo galopar? —pregunté—. Tengo la sensación de que Ariel no quiere trotar.

La chica me miró con frialdad, no sabía qué expresión adoptar cuando me miraba.

La entendía. La entendía. Dios mío, no era la persona más

fácil para la que elegir una expresión; ¡yo, con mis pensamientos divinos y mis soluciones hiperintelectuales a las preguntas difíciles de la vida!

Me sentía consumida por ese pensamiento, eufórica.

Así que ella no tenía respuestas.

Me deslicé por el cuello de Ariel, cogí la brida que sujetaba la chica con su cuerda, y después tiré lentamente de la cuerda hacia mí hasta que ella la soltó.

Nadie podía pararme: solo éramos Ariel y yo.

Así que la empujé. Lo había hecho antes: en algún lugar muy dentro de mi ser sabía cómo hacerlo, casi como cuando das a luz, ¡el conocimiento estaba en las profundidades de tu ser! La gente pensaba que solo las chicas especiales y aburridas podían montar a caballo. ¡Ja! No era mi caso.

Ariel y yo cabalgamos a través del ondulado paisaje de Devon, a través de los campos inclinados y junto a los animales que pastaban hasta donde alcanzaba la vista; y, más allá..., el horizonte. Las onduladas colinas me cubrían como mantas pesadas, en ningún lugar de Inglaterra había más de dieciocho kilómetros hasta el océano, pero ¿qué océano? No era el mío. Apoyé mi tripa en su columna, contra el calor divino de Ariel, que me era más que suficiente y que hizo que mis músculos se relajasen, el ritmo de los cascos de Ariel mientras se abría paso conmigo, como una reina sobre su espalda, a través del antiguo paisaje. Sin casco, solo un halo invisible. Si me tiraba me caería, Frieda y Nicholas se quedarían huérfanos de madre, pero en ese caso sería el deseo del demonio y la ironía del destino y yo no podía hacer nada al respecto.

Me reí internamente por el sencillo secreto que Ariel me reveló y que entendí que hacía posible que las amazonas inglesas fuesen siempre aburridas, porque no tenían que avanzar por la vida como yo: era maravilloso estar encima de un caballo, me evocó una familiar sensación de hormigueo entre las piernas que tarde o temprano desencadenaría un orgasmo. Esas chicas patéticas podían sentarse aquí y restregarse contra el animal, arriba y abajo, y eso era suficiente, cabalgaban y, por lo tanto, no necesitaban a ningún hombre, no necesitaban pollas. ¡Y ahora yo también lo sabía!

—Ariel, te quiero —dije cuando volví unas horas más tarde. Sus pezuñas rozaron la grava. El sol se había puesto en North Tawton; tenía la boca seca por el viento que había soplado a través de mí y estaba sedienta. A estas alturas los niños ya debían de haberse quedado dormidos en casa de Elizabeth. Dios mío, ¡qué desastre de madre!

El establo estaba vacío, las luces apagadas.

La chica estaba sentada con la espalda contra el establo. Pensé que debería recomponerse, no quedarse ahí sentada dormitando. Señor, si estaba pagando por mi vivencia, no quería trotar en círculos en una aburrida pista al aire libre. Quería moverme como la diosa que la vida me había negado la oportunidad de ser.

Metí la mano en el bolsillo en busca de dinero.

—Aquí tienes tu dinero —le dije a la fatigada chica en la oscuridad y le tiré el billete. Vi que tenía lágrimas en el labio inferior, que no me miraba a la cara: había algo a lo que le estaba dando vueltas.

—Pero ¿qué ES lo que ocurre? —le pregunté—. ¿No se me permite galopar? ¡Pago para eso!

La chica tembló.

—Es solo que me preocupaba que le hubiese pasado algo.

No estábamos de acuerdo en dejarla marchar con el caballo. Al menos el primer día.

—Caramba, lo siento entonces —dije, y me incliné para besar a Ariel en el cuello. Le di unas palmaditas y le agradecí la libertad que me había permitido sentir.

Siempre estaban esos mercachifles en el suelo que querían negarme la libertad y restringir la felicidad que sentía.

—Además, nos gustaría que en el futuro se pusiese un casco.

Solté una sonora carcajada ante la sencilla chica que quería reivindicarse contra mí, una madre de veintinueve años con dos hijos, un marido y una profesión: mi poema «Tres mujeres» iba a emitirse por radio en unos pocos días. Levanté la boca en el aire, como si fuera a relinchar.

—Maldita sea, ¡este sitio apesta, por cierto! —dije, y mantuve la nariz tapada todo el camino hasta mi coche negro.

Despierta por los sueños: todo mi pecho estaba lleno de copos de maíz que crujían cuando intentaba respirar. Me senté y tosí, doblada como un cisne, y el cuerpo expulsó la infección. El bulto de mocos era amarillo en mi mano, me lo quité con la sábana, no podía soportarlo. Eran los invitados estivales, a los que nunca iba a dejar de convidar, ahora había intrusos de nuevo y se habían quedado en mi casa.

Estaba aquí sentada con gripe como si fuese 1918.

Recordé aquella ocasión en la que hicimos el amor y le susurré a Ted: «Por favor, di "Oh, Sylvia", en un tono lastimero».

Y Ted empezó a decir:

«Oh, Sylvia. Oh, pobrecita Sylvia». Y eso me mantuvo en lo más alto.

Tenía el termómetro en la axila, bajo el camisón sudado, y de mí emanaba un hedor a aguas residuales.

Pensé: ¿por qué no escribo sobre todo esto, sin más? Escribiré una novela. Voy a escribir, Dios, ni siquiera es difícil, lo tengo todo en la cabeza, tengo en mí todo un mundo que solo necesito evocar, escribiré sobre los caprichos de Ted, su idiotez, que hace que yo parezca un ser humano inferior, alguien que ni siquiera merece a su marido.

Aquí estaba yo: todo el progreso de Estados Unidos, era el tiempo que no podía detenerse, las guerras habían terminado, nos dirigíamos hacia lo nuevo e inarticulado, y yo sería la que lo articularía, sería una mujer nueva para él, aunque ahora la enfermedad me prohibiese hacerlo. Si Ted viniese ahora mismo —y lo haría, porque tenía que ayudarme con los niños cuando yo yaciera aquí empapada de fiebre—, solo vería mis escombros.

Me tumbé de lado y respiré con dificultad, como cuando estaba embarazada.

Aquí estaba tumbada, muerta de un disparo. Un pato.

Esto era el matrimonio: una pregunta al mundo. ¿No pueden estos dos jovencitos amarse, incluso en una crisis? Incluso cuando ya no son jóvenes y hermosos, cuando el movimiento, el precipitarse hacia delante, se ha interrumpido de momento, cuando a alguien se le impide vivir su vida con libertad; cuando se detienen los planes para mudarse a Europa y después a Estados Unidos y después a Australia o a cualquier otro continente excitante, porque el cuerpo a veces exige un parón, o porque alguien no ha conseguido un trabajo y no hay suficiente dinero; sí, siempre había algo que dificultaba el impulso de avanzar.

Y Ted vino, y Ted era peor padre de lo que pensaba, Ted no me hizo caso cuando le dije que había que atar a Nick en el cochecito, y Nick se cayó como una bola en el suelo de cemento de la entrada, un incidente que reproduciría en mi cabeza una y otra vez, durante todo septiembre y todo octubre. ¿Quieres convertir a nuestro hijo en un imbécil, Ted? ¿Quieres que se muera?

Ted vino y con mi hilo de voz le expliqué desde la cama que tenía la gripe, y se me ocurrió decirle que tenía tularemia, y entonces él se rio con una carcajada cruda y pensó que era ridícula, y después, cuando lo oí hablar con otras personas por teléfono o en la puerta con los vecinos, repetía el término y se reía.

—Cree que tiene tularemia.

Venía recién follado y se quedaba en la puerta y miraba lo que veía.

Sí, a mí, a mí, con las sábanas sudadas y el horrible olor a bacterias que emanaba de mi boca.

—¿Necesitas algo? —preguntó.

Y vino con un vaso lleno de agua, mezclada con unos polvos blancos que sabían a metal, y una botella de agua caliente que aparté de una patada.

—¿Eres idiota? Estoy ya lo suficientemente caliente como para hacer una expedición completa al polo norte —dije entre dientes.

—Claro, perdón.

—Tengo casi treinta y nueve de fiebre, ¿sabes?

—¿Te parece bien que lleve a los niños al jardín y cojamos unos repollos?

Asentí, gemí, quería que estuviera siempre aquí, de pie frente a mí, en mi trampa, en mi trampa de mujer, en mis brazos, pero también quería que fuese feliz, que no se sintiese atrapado.

Además, dudaba de mi capacidad para escribir cualquier cosa, puesto que había sido incapaz de comprender a esta persona, a este misterio humano, a Ted.

Estaba cansada del matrimonio cansada del cautiverio cansada del monstruo que aparentemente era. Lo había calculado todo mal, incluso a mí misma.

—Pobrecita Sylvia —dijo Ted.

Su cuerpo desapareció del umbral de la puerta, oí sus ruidos abajo, los lloros de Frieda y sus felices exclamaciones unos segundos después, los zapatos repiqueteando en el suelo de la entrada, la voz tranquilizadora de Ted en respuesta al lloriqueo de Nick y una puerta que se abrió creando corriente.

Por fin me dormí, me dormí con mis pulmones de copos de maíz y soñé que escribía una novela.

«Estoy jodidamente sana», le escribí a mi psiquiatra en una carta, subrayando las tres palabras después de haber chupado la punta del bolígrafo. Acababa de recuperarme de la tularemia, y supuestamente Ted iba a ayudarme; tuve que tirar de todos sus hilos, pero de todas formas no me ayudó. «¡Deja de chantajearme con tu salud!», había dicho.

«Estoy jodidamente sana», escribí. Y era verdad: yo era la que se quedaba con los niños. Enferma y angustiada: yo era la que los protegía con un muro de paz y dignidad. Solo necesitaba un poco de ayuda, y probablemente la conseguiría, de la psiquiatra y de la nueva niñera, Susan, que estaba a punto de empezar a venir de forma regular por las mañanas para que yo pudiera escribir.

Era maravilloso estar sana, bien y sola. Y me encontraba de lo más sensible: yo era la que se encargaba de la maternidad, de la casa y del jardín. Los árboles se alzaban más allá del hueco de la ventana y se doblaban con el viento: había setenta y dos y eran míos. Pronto llegaría el otoño y recolectaría la miel del panal de abejas. Yo sería la que recogiese las acelgas y la col lombarda, yo cuidaría de nuestras manzanas. Esa era mi vida: morir y renacer.

Metí la carta de la doctora Beuscher en un sobre y lo cerré con saliva. Después me vibraron las puntas de los dedos porque querían escribir más y cogí un folio nuevo y empecé a escribir una introducción a mi madre.

Nada me calmaba tanto como escribirle una carta a mi madre.

Ahí, en las cartas, la vida era manejable y se podía maniobrar de nuevo.

Ella no podía permanecer aquí: no podía estar y respirar por encima de mi hombro, tener ojos y opiniones, y su propia relación con los niños.

Era imposible.

Salvo cuando se acercó como una oportunidad para el amor. Una elección que podías hacer. Alguien para quien aún podía actuar y a quien aún podía hacer creer que era verdad. No había nada más valioso. Era muy gratificante.

Y para batir el sentimiento más maravilloso del mundo, metí las pruebas de *La campana de cristal* en una carpeta, subí a la buhardilla, cogí uno de los sobres grandes de Ted para meterlas en él, chupé el sobre para cerrarlo y saboreé el futuro mientras me bajaba por la garganta. Iba a darles una oportunidad a los editores estadounidenses, les iría bien: un nuevo cerebro al otro lado del mundo, alguien preocupado por cosas con las que ellos solo podían soñar. Una visión jodidamente autobiográfica, cuando todo lo que tenían para exponer era superficie y grabado. Verdad poética. Mi madre sería testigo.

El sobre pesaba y lo dirigí a Knopf, Broadway, Manhattan; estaba enviando mis sueños del mundo de vuelta al lugar donde comenzaron, mi dolor a su origen, la calle oscura como la medianoche de Nueva York y el brillo del asfalto.

Esta era la estrategia: Ted era el loco, el que estaba enfermo, el que había perdido la cabeza por completo. Él era el que vivía como si solo hubiera camas de hotel. Él era el que se había convertido (deletreé la palabra para mí y bloqueé las letras en mi cabeza) en un M-A-N-Í-A-C-O.

—Pero mi amorcito —le dije a Nick, acurrucado junto a mi pecho en la cama—, el dolor del que estamos tomando conciencia no es nuestro, Nicholas. No somos los locos. Y sabremos cuidarnos bien. Encontraremos el camino, mi dulce niño.

Sus labios succionaban mi pecho, y yo había recuperado la leche que se me secó en agosto, antes de la gripe. Tranquila, tranquila. Aún tenía el potencial para realizarme, yo misma y mi vida. La vida empezaba a los treinta... En solo un mes sería mi cumpleaños. ¿Cómo lo celebraría? El pensamiento voló en un suspiro y al ritmo de la succión. Mi querido niñito... El que había empezado a gatear, el que no tenía padre.

Más tarde, cuando se durmiese, tendría que levantarme, pasar por las habitaciones y echar un vistazo a Frieda, que estaba sentada en el cuarto de juegos, inclinada sobre un tren de juguete y sobre bloques que derruía y construía de nuevo una y otra vez. Tendría que fregar, porque los platos se acumulaban en pequeñas montañas en la cocina, cubiertos de comida seca. Tendría que abrir las ventanas y airear la casa, recoger la ropa sucia y sumergirla en la palangana. Y después todo volvería a empezar: Nick se despertaría y tendríamos que ir a dar un paseo...

Lavé con agua tibia y jabón, froté y froté los restos de los platos. Frieda me había seguido: quería estar al lado de su madre limpiando los platos.

Bueno, es un trabajo tan adecuado como cualquier otro, mientras no lloriquee, pensé.

Le puse su delantal.

El dolor que sentimos no es nuestro, pensé. Ted era el que se había ido y el que había tirado de las raíces de su propio dolor y nos lo había impuesto. Este dolor era suyo, y era jodidamente injusto que nos embadurnase con él, igual que un idiota esparce su semen en inocentes víctimas adolescentes. Era así de m-a-l-v-a-d-o, pensé para mí. Era d-e-s-t-r-u-c-t-i-v-o, maldita sea.

El agua salió disparada y empapó a Frieda, que lloriqueó por tener que cambiarse de ropa. Se quedó de pie en la silla con los dos brazos estirados directamente hacia Dios, como si yo fuese Dios. Le quité la ropa mojada y la sensación de humedad en las yemas de mis dedos... La miré directamente a esos ojos azules, y después le dije: «Vámonos un tiempo al océano».

Frieda asintió. Se quedó allí de pie, feliz, con el estómago al aire; asintió y sonrió.

Amada criatura.

—¡Sí, vayamos al océano un tiempo! —dije—. ¡Vayámonos a Irlanda! —Había un brillo en mí que irradiaba dentro de una especie de luz verde fosforescente. Sí. El océano. Irlanda. No este simple océano inglés que se parecía más bien a un fiordo o a un río o a un gran lago, al que Ted intentó atraerme mientras estaba sentada y enfurruñada en el coche. Nunca se convirtió en el océano real, salvaje y abierto con el que había crecido. Este océano no iba conmigo. Eso era lo que odiaba Ted. Nunca nada era lo suficientemente bueno. Pero eso era porque ¡TODO LO QUE HACÍAMOS ESTABA IMPREGNADO CON SU DOLOR! ¡SU MODO DE ESCONDER Y OCULTAR SU DOLOR! Me ardieron los ojos cuando de repente lo entendí.

—Sí, estoy condenada. —Me convencí a mí misma, sequé los platos con un paño limpio y coloqué los platos secos uno encima del otro—. Nos vamos a Irlanda.

Besé a Frieda en su suave mejilla.

Podría ser bueno para mi escritura, podría ser bueno para ilusionarme con el hecho de que algo dentro de mí estaba vivo, que había un futuro que nada tenía que ver con este dolor. El océano de Irlanda era jodidamente superior a todas las desmoronadas playas de focas de Inglaterra. Allí el viento soplaba en ráfagas; allí todo era verde y precioso y glorioso, y Richard también estaba allí: un hombre decente al que había otorgado un premio, su poesía era merecedora de un premio del comité del que yo formaba parte; de ese modo estaba encima de él. Debía escribirle enseguida.

Escribí a Richard Murphy y hablé sin parar de mis planes, casi imponiéndoselos.

Sabía que le había dicho a Frieda que podía venir, pero, de todas formas, ella no entendía nada de esa mocosa, esa amante, lo que sea. Iba a ir a Irlanda. Iba a ir a Irlanda —Ted y yo—, un último viaje, un viaje en el que yo tomase las decisiones e hiciese los planes, un último viaje donde de verdad tuviese el control, y donde él pudiese ser consciente de lo que estaba dejando. ¡Sí!

Antes del viaje a Irlanda compraría un traje nuevo en Exeter, reuniría el dinero y sería extravagante, y nunca nadie formaría parte, totalmente inmune a la vulnerabilidad. Sería tan sana y atrevida como el océano.

Era tan simple como sonaba.

Esa misma tarde eché la carta al correo en el pueblo.

Mi astucia consiguió, de milagro, ¡que Ted se viniera conmigo a Irlanda!

Estaba loca de felicidad. La vida comenzaba de nuevo. Le estaba esperando en la cocina con un traje azul claro y tacones. Las llaves del coche, los pasaportes, los billetes, los niños confiados a la nueva niñera en colaboración con mi vieja matrona, una combinación maravillosa. Perfecta. ¡Iba a dar comienzo!

Debería haberme cortado el pelo, claro.

Este era el viaje en el que Ted conocería la madurez y la decencia. Recobraría los sentidos y ENTENDERÍA ese sentimiento nostálgico de la juventud perdida combinado con la confusión que emerge después de tener dos hijos y lidiar con una esposa durante un par de años... Naturalmente, podría tener como resultado unas excentricidades locas, ¡como que se te metió en la cabeza que querías a otra persona!

Mi paquete de Lucky Strike estaba en la mesa de la cocina con el mechero encima.

Esto fue antes de los Beatles, antes de que le pegasen un tiro a JFK, antes de la grandeza de Simone de Beauvoir, y Bob Dylan aún no había cantado sus canciones: estaba muy adelantada a mi tiempo, y ahí de pie, con los tacones y las mariposas en el estómago por estar esperando (una última vez) a Ted, estaba de lo más preciosa. Había acontecimientos que aún no habían ocurrido: aún no había cogido las maletas, ni las había hecho con ira y esperanza (ambas coexistían al mismo tiempo) para viajar a un lugar más cercano a Estados Unidos, lejos de la rareza del sur de Inglaterra, de vuelta a Londres, donde había nacido Frieda.

Llevaba puesto un traje azul claro como el océano. Estábamos a mediados de septiembre y había unas cuantas manzanas rojas y protuberantes en una cesta. Un regalo de amor. Era una muesca en el tiempo, un último viaje, un viaje de reconciliación, olvido y fuego. Un viaje al océano de verdad.

Esperé. Había dado los últimos pasos por la casa con aquellos taconazos, golpeando realmente el suelo para que la casa resonase con la ausencia de mis hijos y la expectación. Que mi marido viniera ahora, sería audible. Sería audible también que estaba sola, en posesión de una vida propia. Sería audible como un corazón, uno que late para siempre. Mi corazón. El gran corazón pintado en mis labios.

Así que el bolso de mano, las maletas, los billetes, las llaves del coche, los cuadernos y el paraguas, todo había cobrado vida. Era mi vida la que empujaba hacia las sombras, hacia atrás, la que sería desplazada por las cosas que ahora mismo me envolvían, y que llevaría a Irlanda para negociar con ellas.

Pero eso no lo sabía todavía.

Eso era el destino.

La isla verde y nosotros.

Una urraca había estado posada en el árbol dándose un festín con un pajarito, e iba a preguntarle a Ted por aquello cuando llegase: ¿las urracas no eran vegetarianas?

¡Creía que sí!

Nos reiríamos, hablaríamos, todo serían cosas normales y corrientes.

Entró en la habitación como unas tijeras. Cortó algo en mi cara, en mi piel, como una barrera, un poco de mi humor.

—Ah, hola, cariño —dije, y miró a través de mí, lo único que quería era emprender ya el viaje.

—Tenemos un largo camino por recorrer —dijo, precipitadamente—. De camino hacia aquí he atropellado a una liebre. Vamos, Sylvia.

Él ya estaba en la puerta, fuera. Me preguntó si lo tenía todo, sacudió la cabeza de forma juvenil, era otro Ted y yo me había convertido en la hermana pequeña, me había convertido en una niña.

Yo y mis estúpidos tacones altos en los que tanto había invertido. Me los quité y me quedé en el suelo del vestíbulo con las medias de nailon. Tacones marrones, del color de la piel. Aquí: habíamos estado muchas veces aquí.

Tragué. Me senté en el asiento delantero del coche. El coche que había sido de los dos y que me había dejado. Yo no era nadie. Tenía el bolso de mano en las rodillas como cualquier señora mayor. En el sur de Inglaterra aún era verano en septiembre. Quería estar sexy para él. Entonces, ¿qué faltaba en su mirada? ¿Era el tiempo, que aún no había sido creado para nuestro amor? ¿Era que las probabilidades estaban en contra nuestra, el oro que estaba en algún lugar del campo pero que ninguno de los dos encontró jamás?

El océano, pensé, ¡el océano!

Mientras tanto, Ted prosiguió con las cuestiones prácticas. Me soltó un sermón mientras conducía con salvajismo y apatía: condujo con brusquedad, con lentitud, con rapidez por las colinas; un sermón sobre la importancia de elegir tu vida, de seguir la brújula interna de cada uno: «La vida ha elegido una misión para cada uno de nosotros, Sylvia, ahora lo sé, porque yo he explorado mi misión, y mi misión es la libertad, Sylvia, ¿cuál es la tuya?».

Mientras subíamos al barco me agarré fuertemente a él y al pasamanos húmedo. Me tambaleaba con aquellos tacones tan altos, el viento soplaba a rachas y se me enredaba en el pelo. Adiós, niños. Adiós, confinamiento, que pensé que era una de las leyes de la naturaleza. Hola, aventura. Hola, vientos crudos y racheados que nacían directamente del océano. Hola, padre mío. Hola, Poseidón, rey del océano, mi padre, tú.

Ted estaba comprando una cerveza.

Había rechazado su invitación a una bebida.

—No estás embarazada, ¿verdad? —Sonrió y se sentó a mi lado, justo encima de la caja de chalecos salvavidas. Me reí, lo cual parece que animó su espíritu. Fue como solía ser y, al mismo tiempo, fue de lo más puro, todo colgaba de un fino hilo, estaba roto y nunca podría estar completo, pero fingimos. Nos pasamos todo el viaje actuando.

Y fue la expresión en el rostro de Ted lo que nos hizo actuar: dura y observadora, me juzga, pensé, me está juzgando con cada mirada. Con dureza y para siempre.

De no haber sido por la traición de Ted, me habría tumbado en su regazo, con la cabeza en su calidez, mirando hacia el cielo donde volaban las gaviotas, gritando, ondeando sobre nosotros.

Ted tomó un sorbo de la botella y empezó a tragar. Cuanto más lo miraba, más quería una cerveza. Y el océano era el océano y el océano me agotaba: no era más que sal, algas y olas. Nada. Nada era como en mi cabeza, ese era el problema: en mi cabeza el océano era magia y paraíso porque representaba una imagen fija y a mí, Sylvia, me encantaba dirigir la vida de ese modo; ¿acaso no era maravilloso? Era maravilloso porque en mi cabeza albergaba toda la verdad.

Y en la realidad, las gaviotas cagaban y los rugientes océanos restallaban hasta que me zumbaban los oídos y una señora mayor como yo decía que no a una cerveza y se arrepentía un minuto después, cuando veía a su marido poner los labios en el borde de la botella. Y yo me puse las gafas de sol y dejé que este hecho floreciese como una herida dentro de mí, y entonces toda la energía de la realidad se había echado a perder. ¡Era tan patético! ¡La potencia de la realidad era tan patética!

Mi enfermedad emergía cuando no podía ordenar la realidad y darle forma con las palabras: y ahora, mientras observaba el mar por encima de la barandilla, de repente sentí nostalgia, quise volver a mi hogar de Estados Unidos, a mi hogar de Court Green, a mi hogar de nuestra vieja relación rutinaria; ay, ¡si pudiera volver atrás! Quería irme a casa y escribir.

Y si Ted era el bebedor de cerveza a bordo con su propia fuerza interna, y yo la mujer abatida, que espera (aunque no era Penélope), era ahora, mientras cruzábamos el umbral de la casa de verano de Richard en Connemara, cuando tenía que hacerme con el control.

Me lancé con los brazos extendidos. Suelo limpio, aroma limpio, flores preciosas, sol. Ahora era yo, ahora era yo. ¡Mujer casada a punto de cumplir los treinta! Tenía una sonrisa de oreja a oreja y, como siempre, Ted se derrumbó. Yo era la culpable de que Richard se viese invadido por dos poetas y debía recompensarle con todo mi ser. NINGÚN FORASTERO DEBÍA SOSPECHAR QUE ALGO IBA MAL.

Ted lo había comprobado, no podía soportar mi sonrisa exagerada. Una vez dijo: «Eso hará que te salgan patas de gallo. Te congelará la cara». Y ahora, después de abrazar a Richard, solté un monólogo en el que dije cosas como: «¡Qué ensoñación que podamos pasar unos días en tu maravillosa casita de Connemara!, ¡qué maravilloso poder ganarte la vida con los turistas y dedicarte solo a escribir!».

Y Richard no lo sabía, aún creía en nosotros como si fuésemos reales.

Después Ted me cogió del brazo porque estaba a punto de vomitar, ya tenía la mitad dentro, en alguna parte, los sueños se le arremolinaban en la cara, su lujuria emergía en forma de erección firme. Mientras Richard sacaba las macetas de flores al patio, me agarró y susurró: «Sylvia, ¡para!».

Brillaba el sol. Liberé mi brazo. No debería agarrarme así.

Mis tacones y yo llevábamos todo el día viajando y ahora caminaba por la pobre casita de Richard como si no hubiese hecho nada más; Richard, que se había visto obligado a sostener nuestro destino en sus manos.

—¡AQUÍ VOY A PODER ESCRIBIR! —dije a tanta velocidad y con tanta convicción que incluso Richard soltó una risita un poco forzada.

—Dios mío, Sylvia —dijo Ted en la noche fría, mientras

268

nos fumábamos un cigarrillo en el patio de Richard, desde donde se podían ver todas las montañas irlandesas—. ¡Hablas como si estuvieras a bordo del Titanic y hubieses cerrado los ojos a tu propio destino!

Miré sus ojos desesperados.

Desesperación: ahora lo veía.

¡Sorpresa! Ted había hecho las camas; tenía que demostrar, de nuevo, lo jodidamente buen hombre que era. Y se me permitía dormir en la misma habitación que él.

En nuestra puerta se leía: matrimonio.

Ahora era como si el tiempo hubiera consentido nuestro gran amor, el vínculo eterno que una vez juramos mantener para siempre. Quizás pasaría algo en esta habitación, tal y como había ocurrido cuando el futuro no había sido destruido aún.

Cogí mi toalla y caminé hacia el baño, ya no llevaba puestos los tacones, eran mis pies descalzos contra el suelo. Me lavé la cara bajo el grifo de Richard mientras los dos caballeros hablaban en la cocina. Ted había hecho una llamada privada, ¡y que así sea! ¡Era un hombre libre! Y yo también lo era, aunque fuese mujer y madre. Cuando volviese le diría lo mucho que le quería.

Porque no se lo había dicho lo suficiente.

Recordé aquella vez en primavera (oh, esa maldita primavera, cuando estaba tan metida en la lucha con Nicholas, mientras nuestro amor tomaba forma), en la que respiraba junto a mi marido en la oscuridad y permanecí en silencio durante un tiempo; después dije:

—Ted, eres mi corazón.

Y cada una de las palabras era verdad.

Como si el sonido se elevase de la oscuridad, echara raíces y comenzara a florecer.

A Ted le tembló la voz en aquel momento. Dijo:

—Sylvia, me llena de amor. Me llena de amor que me digas eso.

Y me quedé allí tumbada, feliz.

Y después pensé: ¿acaso no lo he hecho lo suficiente? Mostrarme, exponer mi amor. ¿Es ese el error que he cometido? ¿He excavado un agujero para nuestro amor, una trinchera para cada uno? ¿Acaso fue Nick quien, con su llegada, la excavó para nosotros?

Porque había notado la distancia.

Y fue como si alguien empezara a tocar una preciosa canción parisina en nuestra habitación. Ted se acercó a mí a rastras. Y yo intenté evitar perderme en las preguntas. Déjalo vacío, permítete ser un folio en blanco.

Respiré con él en la oscuridad, sostuve su cálida mano vacía.

¿Cómo podía demostrarle a Ted que lo quería? Esa era la pregunta con la que me armé en ese momento. Cogí la toalla del gancho y me la pasé por la cara. Me miré. Ojos hundidos, y esta vez también vacíos. Y, aun así, llenísimos. ¿Dónde estaba todo, dónde estaba lo que tenía en mí y que plasmé por escrito a las tres y media de la mañana?

Salí del baño de Richard limpia y fresca. Las manos me olían a jabón. Ted no estaba allí; retiré la colcha, me tumbé y palpé alrededor. Las camas tenían una mesita de noche entre ellas. Podíamos moverlas, por supuesto. Me puse en pie y estaba tirando de la mesa con el culo hacia la puerta cuando entró de repente y me preguntó qué estaba haciendo: «Qué estás haciendo, Sylvia? No vamos a dormir el uno al lado del otro». (Susurró cuando lo dijo).

—¿No?

Ted parecía sorprendido.

—¿Quieres decir que deseas hacerlo?

—Perdón. Ha sido una estupidez.

Volví a mover la mesita y me tumbé en la cama. Tiene que ser exquisito, lo entendía ahora. Ted en ese sentido era como una mujer, quería que lo sorprendieran, que lo cogiesen con la guardia baja y que le entregasen unas flores, tenía que sorprenderlo con mi amor.

—Ha sido una estupidez por mi parte.

Se sentó en la cama y empezó a desvestirse. La camisa, la camiseta debajo, fue la última vez que lo vi desnudo delante de mí, sin camiseta, el estómago cubierto de pelo. La piel que me había pertenecido y que ahora no era más que un recuerdo en las profundidades de la memoria.

—Pero ¿cómo vamos a reconciliarnos si no podemos acercarnos?

Sabía lo que le había escrito a la doctora Beuscher: no caería en sus gestos de amor y no volvería a dormir con él. Eso había dicho. Pero estaba cachonda, veintinueve años un mes más y totalmente cachonda, como un animal que no veía más allá. No había moralidad, solo personas frente a las que actuar. Richard me había visto, Ted me había visto; llevaban viéndome todo el día, con los labios pintados de rojo, y eso, de algún modo, me había puesto cachonda. Cachonda.

—Quiero hacer el amor contigo una última vez —conseguí decir.

Ted... Ted se rio. No de un modo que me rechazase. Se rio porque estaba desesperada. Porque esta reina del drama, esta ama de casa, en estas vacaciones se había convertido de repente en una madre de dos niños moderna (como si estuviese negando mi maternidad), vestida con un traje azul claro y hambrienta. Tacones, sombrero. Una nueva moralidad. Ted nunca decía que no a follar, ¿verdad?

¿Le decía que sí a todo el mundo menos a mí?

—¿Ya no te gusto? —pregunté, bajándome el camisón por los hombros.

Ted me pidió que parase:

—Deja de humillarte, Sylvia, no tiene sentido, no quieres hacerte la tonta delante de Richard y después humillarte de esta forma...

El propósito no estaba claro, nuestra relación no estaba clara, y en alguna parte dentro de mí esperaba con todo mi condenado corazón que él volviese.

Mi retornado, Ted, maldita sea.

—Esta es tu forma de mostrar vulnerabilidad, Sylvia —dijo Ted y se levantó para acariciar mis delgados brazos de algodón mientras estaba sentada en la cama. Temblaron, temblé como una niña pequeña. Abrió el telón que con tanta fuerza había cerrado. Ted podía hacerlo. Ted lo hizo, y era el único que podía.

Ted, eras mi corazón.

Quería decírselo.

Quería salir y beber cerveza y que me diese todo igual; tirarme de los pelos; de todas formas, estábamos en Irlanda, en terreno neutral. Ni mi país, ni el suyo. Saquemos algo de todo esto, ya.

—Abrázame, tócame —grité.

Ted se mantuvo cerca; mi cabeza estaba sobre su entrepierna y sus piernas. Me abrí paso hasta ellas.

—Ya está, ya está, Sylvia —dijo; su brazo estaba en mi hombro y bajó por la columna vertebral—. Ya está, Sylvia. Puedes llorar. Lo necesitas. Lo necesitas. Deja que salga, vamos.

Se agachó frente a mí y me besó. Eran mis lágrimas saladas lo que sabía tan agrio en nuestro beso. Tenía los labios hinchados, humillados, calientes. Se los comió. Una última vez. Mi cuerpo se relajó. Él se liberó del abrazo, me subió a la cama. Terminó encima de mí. Había tanto en nuestra conexión... Nunca la habíamos perdido. Teníamos un patrón. Y ahora su polla estaba entrando en mí igual que había entrado en otras mujeres. Había vuelto. Él estaba en casa, moviéndose dentro de mí. Suave y tierno, mucho más cercano porque estaba triste. Podía sentirlo más. No hubo resistencia por mi parte. Se corrió de corazón, en mi estómago, para que no me quedase embarazada. Los profundos gemidos de Ted. Se volvió pesado junto a mí. Yo respiraba como una pequeña liebre. Tenía una mancha húmeda en la parte superior. Estaba golpeada, rota, era una sensación deliciosa. Había ardido en deseos de que se metiese dentro de mí. Y después terminó. Esa fue la última vez. Mi cuerpo estaba vivo, cálido. Lo besé en la frente.

—Eres mi corazón, Ted —dije. Las palabras se me escaparon y arrasaron con todo lo que estaba tranquilo.

Me desperté a las cuatro y media de la mañana. Me levanté, busqué en mi bolso el cuaderno. Papel y bolígrafo. Era una mañana fría y ayer había follado. Me lavé en el baño tan rápido como pude sin despertar a nadie. Aquí llegaba un poema. En mi cabeza, mientras el agua fluía. Eran las energías de la verdad y del amor, las que hicieron que el alma se abriese de par en par y se convirtiese en poesía. Lo que estaba emergiendo era toda una sintaxis. Y yo estaba dentro. ¿Qué fue entonces lo que floreció? Tenía que salir a toda prisa, antes de despertar a nadie, antes de que el hambre me taladrase un agujero en el estómago, antes de que las emociones me diesen caza, antes de que los quehaceres y las tareas necesitasen de mí, de mí, la elegida. La hora azul del amanecer era de lo más reconfortante. Ningún ser humano sobre la faz de la tierra me exigía lo más mínimo. Me sentía como la primera humana, o como Dios. Mis mejillas eran rosadas. En mí había una semilla de autoconfianza y esperanza. Fracasar estaba incluso bien. Atreverse a que te hicieran daño, atreverse a dejar que el mundo se rompiese en mil pedazos y se volviese feo. Siempre exigía lo hermoso y duradero, la dignidad para todo. Yo, con las expectativas inquietantemente altas. Y ahora se derrumbaban, mi marido estaba ahora tumbado en la habitación de al lado y todo se estaba derrumbando. Quizás se convirtiese de verdad en mi exmarido. Quizás todo se caería. Y en esa oscuridad yo emergía a una nueva realidad. Era una oportunidad. Una nueva añada. Ted fue tan amable conmigo anoche... Salí fuera, a la brisa fresca en las losas de piedra del patio de Richard, y me ruboricé cuando puse la punta del boli en el papel. Puse las marcas en el papel. Tenía que ver con algo, ni siquiera pensé con qué. Solo era un tono. No necesitaba controlar las cosas demasiado. Solamente estaba dando comienzo a una serie de acontecimientos. Confía en la vida, me dijo Ted en una ocasión. Ahora lo intenté yo: confía en la vida. Quería ser alguien que confiase en la vida. Y ahora que estaba en Irlanda, que era una mujer recién follada, ahora que había recuperado mis referentes femeninos y mis ambiciones, era el momento. Ahora que estaba despierta y sentada en el patio con un poema en la mano y todo era sencillo. Y Ted dormía dentro. Era prácticamente como en 1956 o 1957, nuestros años de luna de miel antes de que comenzara la maternidad. ¿Qué había hecho conmigo? ¿Qué habían hecho exactamente? ¿En qué tormenta había estado? Mira, mis manos. Siente, mi boca. Lentamente, mi cuerpo volvió a mí y entonces tuve que escapar. Richard estaba levantado, desayunando; el sol había salido con él.

—Pero ¡qué pronto te has despertado, Sylvia! —canturreó. Alegre, despreocupado.

—Gracias de nuevo por dejar que nos quedemos aquí contigo —le dije, y nos dimos un beso en la mejilla.

—Faltaría más, sois mis amados poetas invitados —contestó Richard—. ¿Quieres café? ¿Zumo?

—Las dos cosas —dije, yendo a mi habitación, donde dormía Ted.

Pero Ted no estaba allí. Su cama estaba vacía, abandonada. Fui al baño y empujé la manilla.

Tampoco estaba allí.

—¿Ted está despierto?

Tartamudeé un poco cuando levanté la voz para que Richard me oyese desde la cocina.

—¡No le he visto todavía!

Oí un leve sonido en mi interior, como de algo que se caía.

Aceleré el ritmo. Miré por todas las habitaciones. Al parecer, Ted se había desembarazado de mí por completo. De eso tenía celos, de corazón. ¡No eres el único que quiere alejarse de mí, Ted! ¡Yo también quiero! ¡La diferencia entre tú y yo es que tú tienes la opción de hacerlo!

Corrí por toda la casa como un hurón. Richard se preguntaba qué demonios me pasaba.

—¿Por qué corres, Sylvia?

—Porque no encuentro a mi marido por ninguna parte.

—¿Qué quieres decir?

Lo cogí del brazo y lo giré para que viese la cama de Ted: vacía como una tumba, aunque había estado ahí. Las sábanas eran prueba de su presencia; el fuerte entumecimiento en mi entrepierna, llena de él, su marca.

Lo único que no podía controlar: ¡Ted!

Lloré en el hombro de Richard hasta que me apartó con una mirada de consternación, y de repente me di cuenta de lo profundamente inapropiado que era ser una mujer casada que exige algo —un abrazo, una caricia— del marido de otra persona.

Las cosas aquí, en Irlanda, eran católicas.

¡Y yo que pensaba que Irlanda significaba libertad! Dondequiera que fuera tenía una nueva moralidad con la que pelearme, ¡una traición nueva! Mi traición me perseguía, mis sentimientos, mi pena, mi padre, Poseidón, mi antiguo hombre que se negaba a dejarme ser desde la complejidad y las viejas heridas. ¡Horrible!

Así que Richard tampoco podía salvarme.

—Tengo que llamar a mi madre —dije.

Lo buscamos entre todos, hasta que entendimos que la fuga había sido orquestada por Ted, que llevaba tiempo planeándola. Un recibo del barco y una confirmación del operador telefónico de que el número que Ted había marcado en la cocina anoche era el de Assia Devil en España. (Había empezado a llamarla de ese modo).

Por la tarde, Richard me pidió que considerara la posibilidad de coger mis cosas y regresar a casa al día siguiente.

Estaba superada por la pena ¿y esto era lo que me pedía?

—¡Déjame procesar lo que está pasando! Deja que me recomponga en algún sitio, tengo en el corazón una bomba a punto de explotar, Richard, ¿no lo entiendes?

Pero no entendía en absoluto lo incomprensible que habitaba en mí; solo Ted me entendía.

Ted, de entre todos.

Y ahora, nadie.

Este era el final de la persona que había sido hasta este momento. Había llegado el momento de arder. Necesitaba renegociar la totalidad del contrato conmigo misma, renegociar la constitución al completo.

Así que dije:

—Me marcharé cuando me dé la gana. Igual. Que. Ted. Todos vosotros me dais igual. Me importáis un bledo. Dormiré aquí hasta que tenga ganas de irme a casa. No tengo ninguna intención de encogerme hasta convertirme en el hueso de una manzana y permanecer aquí y pudrirme, solo porque tú lo digas. Así que vas a tener que aguantarme, Richard, lo siento. Cuando lo dije, tenía una jauría de lágrimas en la garganta. Llorando, hice las maletas y regresé a Inglaterra al día siguiente. No era digno de mí quedarme con un hombre que despreciaba mi compañía, abandonada por un marido que había huido de mí. ¿Quiénes eran estas personas? ¿No les preocupaba en absoluto la grandeza que sabía que poseía?

Me ocurrió algo en el barco nocturno de vuelta a casa desde Irlanda. Me tomé lentamente una bebida mientras veía cómo una jovencita era seducida por un hombre en la pista de baile. Sonaba música de *jazz*. Chupé el palito para remover y observé su pelo corto, cómo le caía en pequeños rizos sobre el cuello. Parecía finlandesa: en cuanto abrió la boca emitió un gorjeo, una larga perorata. No podía quitarle los ojos de encima. Algún día yo también sería vulgar y me posaría en lo alto como ella, suave y dura al mismo tiempo, como una cuerda tensa de un violonchelo, mientras ella se dirigía con todo su torso hacia él, el hombre mayor, alto y guapo, una pareja genial que se abrazaba en un baile tonto.

Y yo era joven.

Aún era joven, aún era adorable, y si me bajaba en el puerto y le enseñaba al revisor mis billetes de tren y después abandonaba esta vida ordinaria y me marchaba a algún sitio y rechazaba esos dos sucios traseros de bebé que me esperaban en casa...

Pero cuando me tumbé en el camarote mi corazón latía con entusiasmo. Me hice una coleta en lo alto de la cabeza y me miré en el espejo para ver si ese estilo me quedaba bien.

Sí, me cortaría el pelo. Este otoño sería la mujer vulgar que nunca me había atrevido a ser cuando era joven, puesto que tenía el aliento de mi madre pegado a la nuca todo el tiempo. Llevaba tiempo siendo libre. Nunca más la vería. Y ahora también era libre, me había liberado de Ted, mi marido, y de sus ojos negros de dictador; ay, los años difíciles, ay, ¡los años difíciles y amargos con mi poeta!

Se habían terminado; el océano me meció en mi camarote. Dormí profundamente, no soñé nada, parecía que no había barco; éramos el océano y yo, era mi cuerpo el que estaba tumbado y quieto encima de las olas.

Aún tenía la melodía de *jazz* metida en la cabeza cuando me desperté con el primer rayo de sol que atravesó la ventana del camarote.

Ropa interior, jersey, un poco de perfume y una falda puritana; iría a casa y sería madre (porque nunca sería capaz de olvidarme de mis hijos e irme al infierno. NO. Me daba igual el hormigueo que sentía solo de pensar en esa posibilidad. NO).

Me tomaría un café y después me sentaría con un cuaderno, y cuando estuve sentada con una gran taza de café en la mesa redonda junto al bar, sentí de repente el soplo del viento que me atravesaba directamente el corazón.

Mis brazos eran tan finos como el papel, ni siquiera había emergido del todo del histérico acontecimiento de dar a luz y amamantar a los niños y sufrir colapsos nerviosos y la gripe y la mastitis y discutir con un hombre que era un lunático: había perdido nueve kilos entre agosto y septiembre, y aquí estaba, vacía.

Si diese forma a mi boca para emitir un sonido, quizás lo único que obtuviese sería silencio.

Nadie se paró junto a mí y me preguntó, nadie me confirmó que estaba aquí de verdad.

Solo el cuaderno.

Cuando me bajé del barco al amanecer, cuando el barco hubo atracado en el viejo país de Inglaterra y el neblinoso viento de otoño soplaba desde el lado del charco del furioso Atlántico británico, ya había escrito, casi sin darme cuenta, varias páginas llenas de palabras.

En el tren de vuelta a Exeter, pensé en los animales del circo. Y pensé en el matrimonio sobre el que leí en *Ladies' Home Journal*, los que tenían una relación abusiva. La mujer había resurgido del dolor y le había dicho al público: «Cuando me pegaba, sentía que me despertaba. Sentía que lo necesitaba». Y el hombre dijo: «Si no la azotaba, se quedaba ahí tumbada como un vegetal y parecía una víctima. En cuanto le pegaba, se ponía en movimiento».

Animales de circo encadenados.

También pensé en Anne Sexton. Animales de circo. Su última colección de poesía era un buen modelo, maldita sea: esa mujer estaba llena de fuego.

Adversaria o no, era importante mantener una buena relación con todas las personas del mundo literario, y le escribiría otra carta en cuanto llegase a casa.

De camino a casa, suspiré al ver mi reflejo en la ventana. Sabía que la libertad tenía un precio, pero ya no había forma de detenerla. Lo único que podía hacer era empezar a bailar.

Una bandada de grajillas se había posado en el tejado de paja. Cuando abrí la puerta de Court Green, gritaron y se elevaron hacia el cielo. Ahora estaba sola. Estaba oscuro. Mis miles de esfuerzos por conjurar en esta majestuosa casa sentimientos de decencia y modernidad en el último año se habían arremolinado como el polvo en las esquinas.

Me solté el pelo, pero ni por esas llegó la sensación de liberación. Me desmoroné en un lloro fresco y forzado porque me di cuenta de que ya no podía gritar su nombre.

Su nombre en mi boca había sido una auténtica bendición. Y ahora la tristeza por lo que había perdido me arrasó con toda su fuerza.

¿Qué había hecho? Lloré. ¿Qué había hecho para merecer esto?

Ted, ¿por qué ya no me amas?

Recogí postales del buzón, abrí los sobres, nada era importante ahora. Papel que cayó al suelo sin mi consentimiento.

Pensé que escribiría una novela sobre esta vida. La vida en North Tawton, Devon.

¡Bah!

Me quité los calcetines y caminé descalza por el suelo frío.

Tantas cosas por traer a casa; reencontrarme con los niños, un amor que intentar olvidar.

Tengo que repararme, pensé.

Ese era un verso que tenía que guardar para un poema.

¡Oh, desesperación!

Desesperación cuando entré en el salón y abrí la puerta del jardín, donde la hierba estaba alta, casi un metro, y era yo la que tendría que utilizar el cortacésped para cortarla. Revisar el césped.

Ted, raspa el lavabo; Ted, coge a los niños; Ted, sírveme un poco de café; Ted, hay que tender la colada; Ted, no puedo abrir este tarro; Ted, tenemos que planear el fin de semana; Ted, es mi turno para escribir; Ted, ¿decimos que sí a la cena del fin de semana?; Ted, ¿tienes algo planificado para el jueves?, di que no, por favor, porque viene la matrona; Ted, ¿has visto esa maldita factura que he dejado sobre la mesa?

Y Ted venía, con su cara inveterada, me besaba leve y fugazmente en los labios y desaparecía igual de rápido.

Este era Ted en el vacío de mi memoria.

El resto había desaparecido; era como una tumba, un barril en el que había entrado, lleno de agua, y mi cabello tomaría la forma de una serpiente, esta casa en el campo de Devon sería una película de terror, sería octubre, horror puro.

¿Cómo iba a arreglármelas?

La niñera llegaría en breve con los pequeños.

Solo había una respuesta, solo una respuesta respondía a todo y eran las palabras, palabras con las que escribir, palabras con las que obstruir el silencio, palabras con las que forjar el silencio, palabras con las que prenderle fuego a todo con llamas contritas. Podía, tenía la habilidad, tenía la oportunidad de resucitar la vida que en una ocasión se me reveló en este mismo lugar.

Tendí los brazos hacia los niños cuando la niñera los dejó en la entrada con hipo y lágrimas secas. Se quedaron allí de pie como dos extraterrestres: ¿Dónde estamos? ¿Quién eres, mami? Frieda, cálida, un bulto maravilloso al que dejar que aplastase mi ego y con el que podía convertir una sonrisa rígida en una carcajada jugosa. Hija, ¡cuánto te he echado de menos!

Y Nicholas, ¡no deberían haberte dejado crecer tanto y ser tan sensato mientras mamá estaba fuera!

Lo besé en la nariz, en la frente, en la mejilla; su mirada, que siempre había sido oscura y de sorpresa, se clavó en mí de tal manera que me dolió por dentro. Tan palpablemente triste ahora que papá se había ido. Un enfoque completo. Tan acusatorio con tan solo ocho meses. Fuimos extraños el uno para el otro durante unos instantes. La niñera lo notó y se metió en la cocina, dejándonos solos para que nos conociéramos de nuevo.

Lo zarandeé un poco. Noté lo delgada que estaba; no era una madre para él.

Frieda empezó a jugar con la caja de música que había comprado en el barco de regreso de Irlanda, una melodía que le dio vida y no tuvo que preguntar por papi, papi.

Por la noche era incapaz de dormirme.

—Mi amado Nicholas —susurré, tratando de meterle la teta a la fuerza, que aceptó tras frotarla un poco con la nariz y se dejó consumir por ella.

—Descubrirás una ausencia escalofriante, cierto desasosiego. Cuando seas mayor, te darás cuenta de que en realidad tu papi nos abandonó.

Lo cierto es que en mi pecho no había leche. Necesitaba dormir, simplemente, y me tomé uno, dos, tres somníferos para caer redonda junto a mis pequeños.

Acababa de estar junto al océano, ¿y ahora? Ahora volvía a estar atrapada en las fauces de esta casa. En un momento totalmente desguarnecido; me podía pasar cualquier cosa. Lo sabía demasiado bien: como persona con un historial de paciente con problemas mentales, de psique frágil, ahora todos los demonios eran libres de hundir sus dientes en mí, habían sido desatadas todas las tempestades y todos los relámpagos y podían aparecérseme en la lúgubre y oscura habitación de esta casa...

Imagina estar aquí tumbada, en el suelo, caída, una creación perfecta sin músculos ni fuerza. Una imagen que mirar. Una imagen mía...

Pero pensar que nunca más pediría permiso para escribir. Eso fue lo que hice. Me había medido con su grandeza, y si él era la referencia, el más grande, el ideal, ¿en quién podría convertirme entonces?

¿En quién?

Esta era una pregunta para Dios.

¡Y no había ningún Dios!

Esto también era un alivio para mí. Tenía el pulso acelerado. La niñera traería enseguida a mis hijos... Pronto entrarían aquí como un trueno, me agotarían en el segundo asalto y harían que de nuevo echase de menos a mi exmarido. Mi exmarido Ted Hughes, su papi, Ted Hughes. Ted Hughes Ted Hughes Ted Hughes.

Oh, ese nombre exquisitamente bello que ahora era una maldición. ¡Deja de crecer en mi muro, en mi cuerpo, en mi mente, en mi piel fina como un folio!

Si fuera Ted el que pudiera ayudarme a surcar los alunizajes, los eclipses solares, la terrosidad y los campos celestiales... Ahora ya no tenía a nadie para ello.

Ni niño, ni niñera, ni limpiadora, ni jardinera. Estaba yo.

Ahora que Ted no existía, solo quedaba una cosa por hacer, una última cosa que venerar:

La escritura.

La escritura.

La novela.

A MÍ.

Me tumbé sin aliento al pensarlo.

Con el pulso ya sosegado, me quedé dormida.

¡Asado de domingo! Tomar la decisión me despertó, mi pecho salió disparado directamente de la cama y agudicé la respiración. ¡Le cocinaría un asado el domingo! Lo que me hormigueaba como un refresco en las piernas se aceleró de repente, consiguió suficiente aire para elevarse. ¡Le cocinaría a la niñera un asado el domingo! Un impulso perfecto. Era domingo. Y después hablaríamos sobre mis maravillosos hijos y le confiaría mis planes. ¡Aleluya! (Ojalá fuese creyente, pero, aun así, a veces es una palabra estupenda). Susan O'Neill, eso es. La mujer que tan bien se llevaba con mis hijos. Oh, el impulso perfecto. Oh, carne. Bajaría a la carnicería y traería a casa una pieza de bienvenida para ella, para los niños y para mí. Disfrutaría de la soledad, de la libertad de estar sin marido y pronto divorciada de verdad. Hablaría con ella sobre la persona tan genial en la que iba a convertirme, una madre divorciada con dos criaturas, y le demostraría lo bien que entendía su posición: una joven de veintidós años que cuidaba de los hijos de otra. (Yo había sido así en su momento). La manera en que observaba en aquel entonces al marido y a la mujer en la casa, cómo la trataba delante de mí, la apariencia que tenía su intimidad cuando la veía a través de mis ojos. Su contrato, sí. Porque entras en ese tipo de cosas. No es una relación en absoluto. Y él había sido el que había reducido nuestro contrato a cenizas.

Mientras nos afanábamos con nuestros trozos de cordero a primera hora de la tarde del domingo, Frieda le pidió a Susan que le cortara la carne. Debería habérmelo pedido a mí, pero era una señal: no has estado en casa durante un tiempo, mami, ahora es Susan la que hace esto; cuando ahogué mi plato con salsa de carne y me serví los guisantes, las zanahorias y unas patatas pequeñas, pálidas y redondas, y más sal porque sabía muy bien, justo después le dije con franqueza que era una niñera jodidamente buena.

Susan, desde su asiento, me miró de un modo un tanto extraño. Un segundo en silencio mientras cortaba y tragaba un bocado.

—¡Aleluya! ¡Eso es lo que digo! —exclamé—. ¡Qué suerte tenerte!

Y Susan respondió rodeando con el brazo a mi hija, que sonrió.

—Qué suerte tenerte, Susan —enfaticé como pista para Frieda, porque quería que sintiera de verdad que formaba parte de nuestro círculo.

Ahora que el círculo había sido dibujado de nuevo.

Quería que supiera que era una persona más querida que la serpiente de Ted Hughes.

Comimos y los guisantes brincaron en mi boca mientras le contaba a Susan mis propósitos para mi nueva vida; tenía que reconstruirme, dije, tenía que recomponerme.

Susan no entendía esa poesía, pero asintió de todas formas y se sirvió más comida.

¡Qué éxito! ¡La había invitado a un asado de domingo! Como se debe hacer.

—He malgastado demasiado tiempo con Ted —dije—. Desbrozó mi vida a machetazos y no entendía lo que estaba pasando, pero ahora me toca recoger a mí sola los restos del naufragio, seguro que lo entiendes, Susan; ¿lo entiendes?

Susan se puso un mechón de pelo rizado detrás de la oreja y dijo que probablemente no lo comprendía, pero que de algún modo lo entendía, si tú me entiendes...

Nos reímos.

—Y a veces desearía ser profundamente religiosa —dije continuando con mi monólogo—. Ted en realidad me dijo eso: me dijo que era una fanática fundamentalista sin religión...

El tono entre nosotras siguió flaqueando; era como si Susan intentase de verdad entenderme, y como si yo disfrutase del hecho de que no pudiese hacerlo.

—No es así en absoluto, claro —continué—. Era el modo en que Ted intentaba tener poder sobre mí. Siempre contaba historias de cómo era, y los análisis me caían como un jarro de agua fría.

Me reí, mi cabello colgaba hasta el plato; lo tenía muy largo, realmente necesitaba cortármelo.

Enrollé un mechón en torno a mis dedos y me eché el pelo por encima del hombro. Seguí comiendo.

—Por cierto, tengo planeado cortarme el pelo, prepararme para la nueva mujer que soy; ¿qué opinas al respecto? ¿Qué crees que querría expresar eso?

Le pedí a Frieda que se levantara, se pusiera detrás de mí y me sujetara el pelo.

—¿Lo ves ahora? ¿Ves cómo me quedaría si me lo cortase?

Susan entrecerró los ojos, me miró el cabello e hizo pequeños movimientos educados para intentar parecer interesada.

¿Qué le está pasando?, pensé. ¿Es que no le estoy haciendo suficientes preguntas? En ese momento me di cuenta de que yo también tenía que interesarme por ella.

—Estoy segura de que te quedará genial —dijo Susan—. Por supuesto, estarás muy hermosa incluso con el pelo corto.

En la estancia había un ambiente extraño, triste, a pesar de que se suponía que todo iba BIEN.

Así que le pregunté:

—¿Cuáles son tus planes para el futuro, hermana Susan?

Se rio del apodo.

Miró a Frieda con ansiedad. Después puso las manos en la cintura de Nicholas, porque estaba intentando bajarse de la trona.

Lo puso en su regazo.

—No..., la verdad, Sylvia, es que no puedo seguir siendo tu niñera —dijo.

Tragué saliva.

Frieda notó que algo estaba cambiando en el ambiente y miró en mi dirección. Estiré los brazos rápidamente y con dureza para coger a Nicholas y ponerlo sobre mi regazo.

—¿Qué estás diciendo?

Le besé la cabeza, el pelo suave, y percibí el aroma, el bulto de calidez sobre mí, él siempre estaría aquí, a él no podían arrebatármelo. Era mío.

—Dios mío, ¿qué estás diciendo, Susan?

Todos los que me dejaban arruinaban mi vida y no hacían mucho más que encogerse de hombros.

Mi niñera se quedó sentada, totalmente quieta, sin mostrar piedad.

Como una muñeca de cera.

Susan se limpió la boca con la servilleta, Frieda le palmeó la mejilla.

—¡Para! —rugí, impactada de repente por mi reacción a lo que había ocurrido, pero aun así... Todavía tenía que mostrarle que estaba enfadada.

Susan se levantó, retiró la silla.

—Por favor, Sylvia —dijo con voz angelical—. Por favor, Sylvia, no te enfades. Es solo que tengo una vida en Londres esperándome.

Ya, ¿quién no la había tenido?

Quién no la había tenido.

Apoyé la frente en la frágil espalda de Nicholas, toda mi resiliencia, todo mi espectáculo, el asado y la limpieza de la mitad de la casa un poco antes. Confiarle a alguien los detalles importantes de tu vida requería de mucha energía.

Todo el esfuerzo que había puesto... ¡Lo había hecho para que durara! Para que la paz llegase de una vez por todas. Cuando todo el esfuerzo había terminado. Cuando podía empezar a repararme. Y entonces todas las personas que me rodeaban venían y lo estropeaban.

Siempre ocurría cuando más vulnerable era.

Cuando menos preparada estaba.

Cuando había mostrado mi ser.

Cuando se había comido mi comida. Mi carne. Mi cordero.

El corderito con un hueso nudoso que sobresalía, deseé ser yo la que yacía carbonizada en el plato...

Lo único que podía hacer era salir corriendo como una niña pequeña hacia la habitación, y lo hice, porque el corazón me palpitaba salvajemente en el pecho.

Susan llamó a la puerta, quería reconfortarme.

—Pero Sylvia —dijo—, quizás pueda quedarme un poco más. Un mes más. ¿Vale?

Soñé que montaba a caballo, que galopaba a través del océano en un precioso caballo blanco mientras luchaba con las olas. Maremoto en el océano Atlántico.

Abrí la boca; lágrimas.

Como un puño contraído que sale de dentro, que rotaba hacia arriba desde el estómago y quería salir por la garganta.

Así me golpeaba por dentro.

Los niños que dormían haciendo tanto ruido: su respiración me volvía tan loca que las horas que me daban descanso y tranquilidad pasaban a ser historia rápidamente.

Maldita sea, estaba sin aliento, estaba empapada en sudor, esta sábana no era suficiente para mí, era un océano con el que lidiar.

Era octubre, estaba sola en esta casa. El verano había dispuesto todo a mi alrededor como un sol que se ha extinguido. Nunca volvería a ver el verano. En cierto modo, lo sabía. Octubre y sus avariciosos pajaritos que sacaban de la tierra los gusanos más gordos, el faisán que construía un nido en otro sitio para pasar el invierno y que acumulaba nueces. Las golondrinas migraron. ¡Aquí solo quedamos las ratas los niños y yo!

Con mis sueños...

Fui al baño y estuve a punto de vomitar sobre el frío y blanco esmalte, mi cuerpo acuclillado en un arco y el vacío sollozante, el vacío.

Maldito, maldito, papi, dije.

Soñé...

Con él.

Él nos hizo esto a Ted y a mí. ¡Todo es culpa tuya, papi! Apoyé el codo en el borde del retrete y lloré. Olía a pis y a lágrimas. Lloré... ¡Maldito seas, papá! Pensaste que podría luchar toda la vida... Y ahora, cuando más necesito mi fuerza, no la tengo en absoluto. ¡Se ha esfumado!

Me limpié la cara con un trozo de papel higiénico y lo tiré al agua limpia del retrete. Me puse en pie, abrí la puerta a octubre y salí, sola, a la oscuridad del amanecer. Pasó un rato hasta que amaneció. ¿Cómo es posible que me engañasen para traer mi vida y mi historia a este lugar?, pensé, mientras apoyaba el culo contra el muro de ladrillos helado y húmedo. Estoy tan cansada... Devon me ha chupado la vida. Que se quede con los niños, puede venir y llevárselos, me dan igual ya...

Crucé los brazos a la altura del pecho y agudicé la mente. Si por alguien tenía que seguir luchando era por ellos. Pero me habían dejado en un momento de vulnerabilidad. Había escrito a mi madre, hablando de mi añoranza de Irlanda: «No creo que quiera estar en Inglaterra un invierno más».

Ya lo sabía, lo sabía. Lo sabía.

También había escrito:

«Estoy jodidamente sana».

Porque si Ted se estaba tirando a secretarias, a seguidoras, a chicas con úteros de mármol que ya habían abortado varias veces, yo estaba aquí de pie, rodeada de mi alta hierba de octubre que nadie cortaba, con una cosecha que recolectar por las tardes antes de que cayesen las heladas, y setenta y dos manzanos para hacer mermelada y sidra. Frieda y yo llenamos una canasta grande de manzanas, pero los gusanos ya habían empezado a comérselas.

Ahora se trataba sencillamente de sobrevivir, tan limpia vulnerable desnuda honesta y expuesta como fuese posible. Oh, amazonas, ¿cuál era vuestra arma? ¿La astucia? Volví a entrar, deseando ser una persona capaz de cuidar de sí misma, que se tuviera en alta estima en su vida, se preparara el té, se pusiera zapatillas de piel de oveja y se envolviera en una bata, se sentara sobre la piel de oveja del sofá y hojeara el periódico de la mañana antes del desayuno...

En cambio, era una poeta repugnante cuya cabeza martilleaba con poesía; tengo que escribir sobre mi padre; si acaso eso ocurriese en algún momento, debería suceder ahora mismo, ante la llama de esta jodida vela. Eso era todo.

Saqué una silla de la cocina; eran las cuatro de la mañana, me senté desnuda, temblando, pero así eran las cosas, pensé: el trabajo del poeta; en realidad te congelas el culo, te congelas como cuerpo y como ser humano, pero al poema le da igual, como les da igual a los lectores eternos y al futuro. ¡Para ellos no es más que un poema exitoso en un trozo de papel!

Ahora tenía papel y bolígrafo: escribí unas palabras.

PAPI me golpeteaba como una maldición o, más bien, una maldición que se haría realidad si no escribía; el martilleo resonaba en mi cabeza.

Si no conseguía escribir, si perdía la oportunidad de dar en el clavo con respecto a cómo me sentía por dentro, entonces estaba acabada para siempre, entonces no merecía que me denominasen humana.

Entonces, probablemente, Ted tendría razón.

Si no sacaba esto de las jodidas profundidades de mi corazón y mi alma, toda la mierda que guardaba aquí dentro, si en vez de lidiar con ello dejaba que se convirtiera en símiles planos, espantosas palabras y feos pensamientos, interrumpidos antes de ser incluso considerados, bueno, entonces... Bueno, maldita sea, entonces no era digna de mi nombre: Sylvia Plath.

Escribí hasta vaciarme las entrañas, hasta sentir que todo mi cuerpo era un arco curvado que lanzaba mi alma igual que se tambalearían las entrañas en el inodoro. Y aquí estaba el inodoro, aquí estaba la salvación, aquí estaba el papel. Brillaba, estaba encorvada porque me faltaba el aliento. No mires las palabras. No, no las mires hasta que estén escritas. Permanece en la escritura. No escuches los sonidos. Un cuervo emitió un graznido en el jardín, no lo escuches. Los cuervos siempre querían interrumpir el acontecimiento sobre el que estaba escribiendo, uno de los poemas más bonitos de la vida, para pensar a cambio en algo más terrenal. ¡Me negué! Sostuve el bolígrafo con firmeza ¡y disparó las palabras como munición contra la realidad! ¡Pum! ¡Pum! ¡Pum! ¡Pum! ¡Ni siquiera chupé la punta del bolígrafo porque no hubo descansos! Todo formaba parte de un mismo pensamiento ¡y ahora estaba naciendo! Ahora estaba dando a luz a todas las palabras que pertenecían las unas a las otras y creando algo más grande y más verdadero de lo que la realidad podría conjurar jamás. ¡Estaba conquistando la realidad! ¡Aquí estaba lo que era aún más grande! Lo que sacudía, lo que detonaba puentes, lo que curaba heridas internas y abría de par en par las cámaras más firmemente cerradas del corazón. ¡Iba a colarme en ellas! ¡En los corazones! ¡En la gente!

Escribí hasta que lloré.
Lloré y recibí una sonrisa.

El poema se titulaba «Papi».
Me apetecía abrir la nevera y lamer un bol de helado.

Me tambaleé hasta el piso de arriba y me tumbé al lado de Frieda, que se había trasladado a la cama grande, y abracé su cálido cuerpecito. No se despertó, solo se revolvió un poco al tocarla. Me acerqué más a ella, ranita. ¡La ranita y yo! Yo, la depredadora, confundida con estas fuerzas tan poderosas y terribles. ¿Quién era yo, en realidad? ¿Quién era yo para dominarlas?

La que tenía la tarea de reconfortarme y calentarme era en sí misma una niña pequeña.

Me invadió un pensamiento que me mantuvo despierta toda aquella mañana: ¿de verdad me sentía responsable de la muerte de mi padre?

Nunca había tenido aquel pensamiento.

Tenía ocho años, ¿pensaba que era culpa mía? ¿Había empezado a compensarlo siendo buena y excesiva en la belleza estética? Ganando todos los premios, escribiendo lo más bonito de entre lo bonito, dibujando, tocando el piano (algo en lo que era terrible y que dejé).

Vi delante de mí la imagen de mi madre. ¿Estábamos todos, de alguna manera, intentando ocultar que el gran hombre se debilitó y murió, que incluso su cuerpo comenzó a pudrirse?

¿Acaso todos me utilizaban a mí, una promesa joven y bonita, para ocultar al podrido, al muerto?

Detendría la muerte, sería aún más vida, brillaría y reluciría, sería la chica diez estadounidense, la promesa de un futuro mejor. Todo dependía de mí.

¿Fue realmente así?

¿Fui enviada para mantener la muerte a raya?

Cualquiera lo puede ver: es un peso que nadie puede arrastrar.

¡Nadie debería acarrear con él!

Octubre suave y amarillo, cuando llegué al mundo, ¡y ahora iba a nacer de nuevo! ¡Esa era la sensación que tenía! ¡Esa era la sensación con la que escribía! Y tenía un plan preparado en mi cabeza: aún se llamaba Irlanda, aún se llamaba Londres en diciembre, y tenía la intención de visitar la capital para ver cómo estaba mi destino.

Di una vuelta por el jardín para recoger todo lo que estaba esparcido por ahí antes de que un taxi dejara a Ted aquí. Este hijo negro vestido de negro con tristeza en los ojos que llegaría esta tarde para coger manzanas que llevar de vuelta a Londres.

Para ver cómo estaban los niños.

Para preguntar cómo me iba.

¡Jodido fuego del infierno, gangrena del alma!

Sí, estaba de camino. Llegaría en unas pocas horas. Y yo estaba en pleno nacimiento, en proceso de conversión, y no lo quería aquí. (Pero al mismo tiempo no podría rechazarlo).

Y esta maldita transitoriedad que dominaba Court Green. Si pudiese nacer sola... Como cuando me dejaban escribir poemas a las cuatro de la mañana. Si pudiese permanecer imperturbable en el mundo y nacer y eclosionar mis grandes planes en paz... Si él no existiera, si él no viniera y me pinchara y me incitara... Si él no fuese su padre... Si él no viniera a ponerme un espejo delante de la cara para que pudiera ver lo enferma y malnutrida que REALMENTE estaba... ¡Esto es de verdad! ¡Estaban atrapados en su realidad! ¿No había realidad? Poseía mi propia verdad, ¡no vengas a hurgar en ella!

Me dolía la espalda, me arrastré por el suelo para recoger un trozo de papel y un bolígrafo para escribir un mensaje a Susan. Le escribí esta nota a la niñera:

Querida Susan: los niños y yo hemos salido a dar un paseo, Ted vendrá a las 16, por favor, prepárale un té y charla con él y, por el amor de Dios, tira esta nota para que él no pueda verla jamás. Volveré a las 18, momento en el que podrá estar con los niños mientras le preparo una cesta de manzanas, y esa es la visita. Te estaré eternamente agradecida si lo atiendes. ¡¡¡Gracias!!! Sylvia.

Vestí a los niños con ropa de abrigo porque octubre en Inglaterra podía ser especialmente duro. Cogí un par de prismáticos, un libro sobre hongos y un paraguas, y les dije que mami les iba a llevar ahora mismo de excursión, ¿no era maravilloso? Nos alejamos bastante del pueblo, a pie; subimos la colina desde donde se podía contemplar Dartmoor y por donde yo había montado a Ariel a pelo. Frieda quiso dar de comer a las cabras hierba seca, pero la rechazaron, y Nick se quedó dormido en el cochecito. Lloviznaba un poco, pero yo estaba segura aquí, bajo el cielo gris, estaba a salvo aquí de aquel que quería beneficiarse de mi nacimiento, aquel que se arriesgaba a robarme toda mi verdad. El que iba a decir: madre mía, Sylvia, lo que has adelgazado, cuídate para no volver a coger cistitis o la gripe, estoy preocupado por ti, pareces un pajarito, por favor, querida Sylvia, no escribas tanto, asegúrate de descansar cuando la niñera esté aquí, no te agotes con la escritura, al final esa carrera tuya funcionará... ¡Confía en la vida, Sylvia, confía en la vida!

Y en la cumbre de la colina encontramos un mirlo muerto que yacía abandonado con su pico naranja a los pies de un roble. Frieda estaba horrorizada, se quedó sin aliento: «Pájaro muerto, mami, ¿pájaro muerto?», y si hubiese estado de humor lo habría enterrado por ella, pero solo me senté en una roca.

Me senté helada de frío en la roca húmeda, hasta que Nick se despertó y Frieda tiró de mí para que volviera a la realidad, era como todos los demás, tiraban de mí, y sin importar el precio querían que me alejase de mi euforia, lejos de la felicidad de mi propio corazón, no se me permitía ser feliz, no se me permitía creer en mi propia vida.

Estaba cansada y con náuseas cuando cerré de golpe la puerta de la casa y allí estaba él, enfrascado en una conversación con Susan. Por un momento, cuando nuestros ojos se encontraron, todo fue casi como antaño. Entre nosotros pasó un débil rayo de luz. Y, tanto ahora como entonces, sentí la misma fatiga en los músculos.

—¿Dónde has estado?

—Recogiendo setas.

Me miró con recelo, pero Frieda le mostró una cesta con colmenillas carcomidas por los gusanos.

—¿Y esto es todo lo que habéis encontrado?

Un silencio denso, que rompí diciendo:

—Y ahora vas a decir que todo habría sido mejor si hubieses venido con nosotros porque eres un experto micólogo, ¿verdad?

Tiré las llaves encima de la mesa.

—Bueno, aquí estás.

Frieda y su padre tenían cercanía el uno con el otro de ese modo tan habitual; había algo, a la vez, triste y glorioso en la forma en que se movían, los besos que él le daba revelaban que no había habido besos paternos durante un tiempo.

Ella quería que le hiciera cosquillas; él se tiró al suelo. Tenía un regalo para darle. Una muñeca.

Las lágrimas me palpitaban detrás de los párpados, pero nadie lo oyó, nadie lo vio.

Una muñeca. Me rompí en mil pedazos al recordar la cama para muñecas que había decorado con estrellas y corazones las navidades pasadas, cuando Frieda tenía un año. Así que mi marido iba a negarnos la alegría de tener una vida doméstica en la que juntos fuésemos testigos del crecimiento de nuestra hija y de cómo empezaba a jugar con muñecas.

Así que mi marido no iba a dar a nuestros hijos el mismo amor que yo recibí hasta que cumplí ocho años.

Pero Ted no pensaba en estas cosas, Ted solo pensaba en el presente, ese reluciente segundo en el que puso la muñeca en las manos de Frieda y se preguntó qué pasaría después. En ese sentido, era muy despreocupado, no se obsesionaba. En cambio, dejaba que otros, los pensantes, se encargasen de ese detalle. Podría jurar que Assia Devil era del mismo tipo de mente pensante.

Y entonces mi corazón se abrió de par en par.

Cuando él se acercó a Nicholas.

Nicholas empezó a lloriquear; estaba justo en esa edad en

la que se encontraba muy unido a Susan O'Neill y a su madre; el padre, que lo había convertido en huérfano de padre, no podía simplemente aparecer y exigir amor cuando le conviniese.

No iba a ocurrir.

Nicholas forcejeó y estiró sus bracitos regordetes hacia mí.

—Ya está, ya está, pequeño —dije mientras Ted nos miraba con pena: se había derrumbado y había perdido la postura; se quedó allí de pie, encorvado, junto a la silla.

Besé a Nicholas: todavía estaba frío porque había dormido mucho tiempo en el cochecito en aquel clima frío.

Le calenté las mejillas con besos.

El dolor que siento no es mío, intenté pensar. El dolor que está tratando de infligirnos no es nuestro. Esa era su mierda, todo era su mierda (entrecerré un ojo y vi a Ted dirigirse de nuevo a la niñera con facilidad, ya se había olvidado de la herida que había provocado en Nicholas), su maldad que no nos afectaba porque nos teníamos los unos a los otros, ¿no es cierto, Nicholas?

Mi hijo de nueve meses estaba gordo, y era pesado y maravilloso en mis brazos. Un querubín.

Se lo enseñé a Ted, porque en ese momento sonreía en mi regazo.

—¡Mira! —dije—. De todas formas, parece que tenemos un gordinflón en la familia. Mami ha perdido muchos kilos, pero, a cambio, ¡parece que han recaído sobre ti!

Ted ya había apartado la mirada, estaba hojeando el correo en busca de cartas.

El viento hueco soplaba y soplaba a través de mi corazón. Era el viento de octubre. Cumpliría treinta años con ese viento. Iba a suceder en un par de días. En primavera, Assia Devil me preguntó qué tipo de fiesta iba a celebrar. Ahora sabía que estaría sola el día que cumpliese los treinta. Solos, mis hijos y yo, y la casa que tenía un jardín con vistas al cementerio. En el mejor de los casos, quizás podría freírles unas salchichas.

—Estamos cansados —dije meciendo a Nick en la cadera, aunque me desgarró cuando lo dije—. Tienes que irte ya.

—Y, por cierto, feliz cumpleaños —dijo Ted con tono culpable y me lanzó un beso desde el otro lado de la estancia. Cogió las manzanas y se fue.

¡Y ahora todo se reducía a Londres! Escribir. ¡Mi propia vida, que tan profundamente me había comprometido a descuidar! Estaba de pie en la cocina con Susan, con las provisiones que pronto se cortarían y se convertirían en la Cena Sagrada antes de irme, y le dije que durante mucho tiempo no había vivido, pero que ahora estaba viva de nuevo.

Susan, de veintidós años, sonrió.

Rubia y preciosa.

El sol de octubre se coló por la ventana y me encantaba mi nuevo suelo de cuadros blancos y negros; ahora quería agarrar a Susan para dar vueltas y bailar con ella en aquel suelo.

Bailamos hasta que Frieda se rio tanto, con esa risa suya tan adorable de una personita de dos años, que se quedó sin aire. Chupó un trozo de zanahoria y se rio, y ahora yo era una madre que estaba EN LA RISA DE MI HIJA y podía estarlo porque iba a emprender un camino que me alejaba de ella. Me iba a Londres. ¡Londres Londres Londres! Sería como Ted; me liberaría de Ted y, por lo tanto, ME CONVERTIRÍA EN TED o, simplemente, me tomaría las libertades que Ted se tomaba a diario solo con despertarse, solo por ser hombre y un hombre liberado, y no por ser en primer lugar y por encima de todo PADRE.

—Todo este tiempo no he sido más que una jodida madre —dije—. He sido una madre monstruo, una madre ahí donde

Ted ha flaqueado como padre, he llevado a los niños dentro de mí, los he llevado de un lado para otro hasta que los brazos se me endurecieron, he abandonado la escritura. ¡Sí, todo! ¡He hecho todo por ellos!

Dejamos de bailar, cogí un palito de apio y me lo metí en la boca.

Con el dinero que había recibido de la tía Dotty había comprado ropa en Exeter, y ahora salí corriendo de la cocina y dejé a Susan cortando verduras mientras yo me ponía entusiasmada la ropa nueva.

Hice un desfile en la cocina para ella y para Frieda, mientras Nick, sentado en el suelo, golpeaba las tapas de las ollas.

—*Et voilà!* —casi grité, dando vueltas.

Un suéter negro y una falda de tweed azul que se ajustaban perfectamente a mi trasero, ¡que me hacían sexy, deliciosa, atractiva y follable!

—Deberías ver también la falda roja: con ella prácticamente me convierto en una señal de tráfico. —De nuevo estaba hablando de un modo que hizo reír a Susan; no me entendía, pero me dejó hablar.

—¡Estás estupenda, Sylvia!

Cogí el cuchillo de cocina para picar cebolla y también corté unos palitos de apio para que Susan no tuviera que hacerlo todo sola; pero, en un movimiento demasiado rápido, el cuchillo cayó encima del pulgar y la roja sangre fluyó por el dedo y la tabla de cortar.

—¡Susan! —grité.

Rápidamente estuvo a mi lado.

Pronto llegó noviembre, el aniversario de la muerte de mi padre; me había hecho trenzas y tenía el pulgar infectado debajo de la vendas, y de algún modo armonizaba increíblemente bien con quien quería ser en este preciso instante.

Libre.

Infectada.

Verdadera.

Me quedé al lado de las copas en una noche de escritores en Londres, bajo la custodia segura de un camarero que servía burbujas a los invitados y podía entretener fácilmente a la señora perdida y pulcramente vestida que era yo y que no tenía a nadie con quien hablar.

Le enseñé mi dedo infectado.

—¿Por qué no vivo aquí, en un mundo de edificios altos? —me quejé—. Oh, ¿por qué estoy atrapada en el pueblo de Devon?

Se rio de mí, me dijo que parecía escritora.

—Usted, más que nadie, debería vivir en Londres —dijo—. Parece que está hecha para el mundo.

Cuando estás en la gran ciudad tienes que darte bombo, alardear. Así que empecé a cotillear sobre Ted.

—La vida en el campo iba a sentarnos bien, eso me dijo cuando nos mudamos... Londres ha construido un alambre de espino en mi cabeza. Eso también lo dijo. Oh, podría soltar todas las tonterías de mi exmarido como pequeñas bolas de mocos en el lavabo.

De repente, perdí a mi acompañante.

Y Al Alvarez, el crítico de moda de *The Observer*, pensaría, cuando me viera acercarme a él en mi gran escenario, Londres, el epicentro de las veladas de escritores, que mi libertad era una libertad reactiva.

Todas las expresiones de libertad que hace con relación a Ted, pensaría cuando me acercase a él como una especie de viuda y me aferrase temblando a mi vaso. A él también le mostré el pulgar, le dije que me palpitaba una barbaridad.

Y Al Alvarez me besó en la mejilla como siempre, notó el aroma demasiado fuerte del perfume detrás de mi oreja, y pensó:

Está demasiado arreglada.

Es prácticamente una especie de viuda.

Actúa como si su marido estuviese muerto.

Está aquí para alabar su propia excelencia, puedo ver a través de ella, quiere decirme lo buenos que son sus poemas y por qué entonces hay algo dentro de mí que solloza y se retuerce. Es como si sintiera lástima por ella.

Y Al Alvarez se quedó allí conmigo todo el rato, con la elegante manga de su americana junto a mí, por lo que casi nos tocábamos, y conversamos, nos susurramos en el oído y levanté la voz un poco demasiado, imponiendo mi discurso irresponsablemente.

Había pasado mucho tiempo desde la última vez que había estado en Londres. Ahora las impresiones me invadieron y tenía que ponerme al día conmigo misma. Necesitaba tiempo para aclimatarme. Como si se me hubiera olvidado. Qué hacer, aquí había muchas personas que no reconocía, el mundo de la escritura rotaba y era reemplazado, y empezaba a abundar gente nueva que quería algo y todos ellos creían que tenían voz, eso era todo.

Le dije a Al Alvarez que al día siguiente iba a grabar poemas para la BBC.

Y pensó de nuevo: Lo está copiando. Hace todo del mismo modo en que lo hace él. Entiendo que Ted quisiera alejarse de ella. Vaya, si él escribe para la radio, bueno, entonces ella de repente escribe para la radio. Tan jodidamente genérico.

Se aclaró la garganta.

—Entonces, Sylvia, ¿qué clase de poemas estás escribiendo para la BBC? ¿Puedo escuchar algo?

Me reí y me mantuve cerca de él porque era un hombre grande y protector; había que tenerlo cerca. En esta situación de hacer contactos, no quería perder su interés para que no se fuera a hablar con otro talento; no, ahora tenía que vivir frente a él, necesitaba percibir cómo vibraba.

Así que reí y reí de nuevo.

—Son poemas del amanecer —dije—. Bastante buenos, si es que puedo decir algo así sobre mis poemas. Por primera vez he...

Al estaba interesado: quería escuchar el resto.

—¡He utilizado la autoficción por primera vez, sí, maldita sea! Es verdad.

Al se rio, se estaba divirtiendo conmigo.

Así que seguí.

—Creo que Ted tenía razón cuando me decía que siempre solía imitar, que lo intentaba, que forzaba las cosas y que en realidad no tenía capacidad mental para hacerlo. ¿Entiendes lo que quiero decir?

Al Alvarez asintió: y Ted otra vez, siempre él; está obsesionada con Ted, pensó. ¿Por qué? Tuve que cambiar el rumbo.

—Así que ahora intento sacar los poemas a toda prisa, a otro ritmo, como si estuviera borracha.

—¿A qué te refieres?

—He dejado de luchar.

—Eso es interesante.

—De verdad, he dejado de luchar.

Y Al Alvarez, que era un hombre al que yo también idealizaba, vio que hablaba en serio, que me había ocurrido algo y se templó por dentro; al entenderme, fue como si construyera una especie de muro a nuestro alrededor. Parecía alegrarse por mí.

Mi apariencia no ayudaba: las arrugas en la cara; la pérdida de peso de mi delgado, fino y huesudo cuerpo; el pelo en una trenza, un peinado remilgado con un estilo un poco de señora mayor; la sonrisa con los dientes amarillentos; los ojos histéricos, faltos de todo tipo de protección.

Estaba preocupado, pese a todo.

Es viuda. Es como si Ted hubiese muerto para ella.

¿Y quién quiere follarse a una viuda?

—La grabación será en el British Council —dije para no quedar mal.

Acababa de leerle «Papi».

Era un momento totalmente crucial.

Respiró hondo.

Después dijo:

—Es intenso, Sylvia. Es violento. Te has vuelto muy muy buena.

Algo estalló en mí.

Había ganado. Lo sabía. Y me enamoré de Alvarez cuando lo dijo. Cuando dijo algo sobre mi poema que no podía decir yo misma.

Esa noche dormí muy bien, sin somníferos, porque había desnudado mi alma ante alguien, ante Al; y él había sentenciado que el poema era bueno, que se sostenía, que era maravilloso.

Después de la grabación en el British Council descansé, pues estaba llena de ese silencio que llega después de haber hablado, como si estuvieras saciada, y me quedé mirando el techo. Lo que sentía era amor. Lo sabía.

Me había perdido, monté las olas de la vida con demasiada fuerza, lejos de Estados Unidos y en la vida de Cambridge, donde era la Otra, la de la bici, la norteamericana, la que Ted había visto que también escribía.

Pero ya no. Más tarde empecé a ver el amor con más claridad.

La luz de noviembre, que a veces se parecía a la de primavera, como la luz que se filtraba por el cristal. Todos los reflejos del rascacielos alumbraban mi habitación de hotel en el quinto piso.

Su tierno perdón.

Ahora yo también era tierna.

Me desvestí por completo, me permití estar desnuda en la habitación, recordé otras habitaciones en las que había querido estar desnuda pero no pude: la estúpida habitación de Richard en Connemara, el hospital londinense de la primavera pasada cuando me ingresaron. Y en casa, en Court Green, donde siempre tenía que ser una persona decente que atendiera a los demás, preparada para la siguiente visita inesperada de un vecino.

Había perdido peso, apenas se me veía, apenas recordaba quién era, dónde estaba. Así era como me sentía: afligida, muerta de inanición, me negaba la comida la alegría la estabilidad. Tu propio cuerpo, sí.

Ahora era feliz en Londres, ahora mismo, sí, pero estaba amargamente familiarizada con el proceso, estaba familiarizada con el mecanismo que enviaba a alguien feliz de regreso a las alturas.

Incluso yo tenía miedo.

Incluso yo, a pesar de que lo odiaba cuando mi madre lo expresaba de ese modo en las cartas, que, entre todos, fuese yo la que tuviera problemas, que lo que estaba ocurriendo era horrible para mi salud, que debía tener muchísimo cuidado.

Incluso yo lo entendía.

No creo que quiera estar en Inglaterra un invierno más, tal y como le escribí en secreto a mi madre en agosto.

Mi incompetente madre: ojalá fuese posible ser sincera, ser iguales. No ser siempre su hija, de ese modo tan horrible. Desearía que mi alegría o mi pena no desencadenaran todo el cielo y el infierno en ella. Ojalá pudiese escuchar, simplemente, tranquila y confiada.

Algún día.

Pero era incapaz.

Así que el resto del mundo tenía que escucharme a mí.

Cogí el libro que tenía conmigo; ya está, ahora tenía que ponerme al día. *El arte de amar*, de Erich Fromm, el librito que la doctora Beuscher me había pedido que leyera. Léelo e intenta entender tu nostalgia y tus sentimientos, sobre todo cuando experimentes la aguda sacudida entre la esperanza y la desesperación, cuando tu seguridad parezca estar en peligro, e intenta ver a través de las imágenes idealizadas que has construido de tu madre y de Ted. Encuéntrate en todo ello, Sylvia, y libérate.

Sabía que tenía una lección que aprender, que había descuidado durante mucho tiempo mi propio trabajo interno, y mira cómo me había salido, mira el resultado de esa negación: madre soltera (¡como mi madre!) abandonada por el padre de los niños, desamparada, abandonada a mis propios esfuerzos literarios, la soledad no era fuerza y aaaaaaaaaaaahhhhhh cómo lo sabía y cómo me dolía y quemaba. Tenía tanto miedo a la enfermedad tanto miedo a la muerte tanto miedo a las heridas tanto miedo a la vulnerabilidad tanto miedo a la debilidad igual que mi padre nunca había revelado ni a sí mismo ni a las personas de su entorno que estaba enfermo cuando en realidad se estaba muriendo, mi gran hombre fuerte de la vida, PAPI, que era débil, que me lo arrebatarían, que PODÍAN amputarle, que su pie se resecaría. Que muriese.

—Intenta no sentir que todo tiene que ser perfecto —me escribió la doctora Beuscher en una carta—. Practica la aceptación. Así han salido las cosas, no tienen una única explicación, a veces la vida es simplemente lo que es, sin patrones ni destino, no siempre es cuestión de responsabilidad. Las cosas se convierten, ocurren, escapan a tu control, intenta decirte eso.

Y si se hubiese sentado frente a mí en una sesión, le habría contestado:

—Pero tengo miedo a la imperfección, por lo tanto no me atrevo a vivir, me asusta.

Y ella me habría preguntado:

—¿Qué es lo que te asusta?

Y me habría quedado callada un rato. Después me habría

frotado los largos y finos dedos en una especie de danza de manos que representas ante tu psiquiatra para que parezca que estás pensando y para ganar tiempo; para parecer pequeña, parecer vulnerable sin ser vulnerable.

Y entonces habría dicho:

—Tengo la sensación de que no puedo vivir si no cojo las riendas, es peor que la muerte para mí, y entonces pierdo el control...

—¿Y por qué es eso tan peligroso?

Y yo respondería:

—¡Es lo que estoy intentando averiguar! No tengo una respuesta para eso... Supongo que mi escritura es una especie de respuesta... Hay algo en mí que no entiendo.

Silencio.

—Supongo...

—¿Qué es lo que supones?

—Supongo que la muerte me golpeó de niña en un momento en que no estaba protegida, estaba totalmente en manos de otra persona. Y, aun así, murió. Debería haber estado preparada. Debería haberlo sabido.

Y ella negaría con la cabeza y diría:

—¿Eres consciente de lo que está a punto de ocurrir? ¿Te has imaginado que tienes el control de todo, de una manera que te ciega cuando las cosas se te escapan de las manos?

Me quedaría sentada, petrificada, y esta vez ni siquiera sería capaz de frotarme las manos.

Sería capaz de sentir el dolor de lo que acababa de decir.

Y con grandes ojos llenos de culpa preguntaría:

—Entonces, ¿es culpa mía? ¿Es a mí a quien estás culpando?

Y la doctora Beuscher negaría la acusación con la dura expresión de «ya está bien».

—Para, Sylvia. Es tu ego el que está hablando. ¡No lo alimentes! No tienes ninguna responsabilidad en todo este asunto, al ego le encanta la culpa, se alimenta de ella; lo que estoy diciendo es que estás expuesta al mismo mecanismo del que crees que puedes mantenerte alejada. Pero no, lo incontrolable volverá, sin excepción.

Me estaba helando. Ojalá no tuviese que pensar en estas cosas, sino solo obsesionarme con el amor propio que sentía durante los tres minutos posteriores a que alguien amara tu poema.

Ese tipo de ojos oscuros del British Council, oh, ¡qué grandiosa estaba frente a él! Paseé tranquilamente por la oficina con mi voz, recitándome a mí misma antes de que me pusieran delante el micrófono. El micrófono, mi lugar legítimo, las ondas, mi verdadero refugio en el mundo. Ahí prosperaría para siempre, amén. Y al terminar me sentía tan maravillosa..., cerrar ruidosamente el cuaderno y meterte en el metro de Londres e irte a casa, al hotel, donde te espera una cama con dos mantas, y una ducha en la bañera y un libro llamado *El arte de amar* que alumbraría tu amor propio.

No abrí el libro. De hecho, no lo hice. La verdad me aterraba, me aterraba enfrentarme a mí misma, sí, pero déjame descansar, pensé, deja que permanezca llena del amor que nace después de haber leído dos de mis mejores poemas en el British Council. Leer y ser amado por ello, que alabasen mi voz. Mi oscura y fuerte voz. Déjalo ir esta vez, Sylvia. ¡Tienes toda la vida para conocerte! Me quedé mirando el techo, tumbada, en silencio, respirando hasta que sentí que el frío ocupaba todo mi cuerpo. Estaba tan fría como un cadáver. Mi piel brillaba como el nácar. Y era yo y nadie más.

Entonces, cuando la vida me había abandonado temporalmente y sentí lo sola que estaba en cada poro de mi cuerpo, levanté la mano hacia el techo y la posé encima de mi secreto.

Mi secreto, mi sexo.

El lenguaje para todo lo que habíamos acarreado juntos y ya no teníamos.

Él me había tenido a mí, había hecho a sus hijos, nuestro amor había fluido entre mis piernas.

Y yo aún acarreaba este secreto, esta oscura cueva de la vida, el sexo femenino, el agujero, el daño, caminar constantemente con la vulnerabilidad.

Acarrear con el daño viviente en el centro de mi cuerpo. Siempre.

Posé la mano en mi secreto que era mi sexo y moví el dedo arriba y abajo hasta que pareciese terciopelo, con su tejido y sus secreciones. Escupí en el dedo. Lo mandé al interior de la cueva que era yo. Ese era todo mi espacio exterior, mi pregunta. Esa extraña fruta del universo. La pregunta que era imposible contestar: pero ¿qué ERA el sexo femenino? ¿Qué SIGNIFICA caminar por ahí con él?

¿Y por qué ahora se follaba a Assia Wevill?

No pensé que ella resistiría; pensé que se trataba de «ella y otras mujeres», que ella era una más entre la multitud. Pero NO. Era ella. Él era leal.

Me senté en el metro de Londres con las manos entrelazadas en el regazo. Parecía una oración absurda. Así que las liberé, dejé que mis dedos vagasen solitarios por la fría tela de mi falda y observé los túneles oscuros. Pronto, el sol que salía por Primrose Hill, una mujer que emergía del submundo, los trenes que no dejaban de funcionar ahí abajo, por su bien, si ella lo elegía, y la luz por encima de las coloridas fachadas del Primrose Hill de Londres, donde nací una vez como madre de Frieda.

En el vagón nadie me miró, pero bueno, pensé, estábamos en noviembre, ya me mirarían después; esto era un entrenamiento, algo que hice para volverme inmortal, para dejar que mi fuerte sentido de la razón tomase el centro del escenario, para ser recordada más tarde como la poeta más correcta y al mismo tiempo genial de todos los tiempos. En comparación, Ted se desvaneció como una camisa sucia y arrugada.

Salí de los túneles y, una vez fuera, fue como si el viento me agarrase el abrigo y me empujase hacia delante. Aquí había una peluquería, aquí una pequeña tienda para cuando necesitase alimentar a mis hijos, a tiro de piedra de la biblioteca, y también había un parque y unas galerías...

Este iba a ser el fin de semana en el que me cortaría el pelo.

Primrose Hill, y aquí fue donde en su momento estuve muy viva, ¿qué había de malo en dormirse en los viejos laureles o en solo resucitar lo que se había perdido?

¿Quién demonios podría culparme por ello?

Abundancia, pensé, apagando el cigarrillo bajo el zapato. Lo había visto en el libro que estaba leyendo ahora, el que me había recomendado la doctora Beuscher sobre el cerebro. No recordaba el título: la gente cree que vive en una escasez absoluta y, por lo tanto, solo se centran en la negatividad, en evitar los desastres. Otras personas (y no tenía ningún deseo de dividirnos a Ted y a mí en ninguna de estas categorías, pero tampoco era estúpida, incluso yo entendía las cosas), otras personas, es decir, el resto del mundo, esos que no eran yo, el resto de las personas veían la abundancia, vivían en un constante estado de creencia de que había suficiente amor y permanencia para todos, la vida era como una tarta que sería suficiente incluso para ellos.

El paseo desde Primrose Hill me llevó menos de cinco minutos y aquí había casas aún más tristes, con colores más feos en las fachadas, los coches parecían aburridos pero no podía verlos. Inspiré el aire helado y negro de Londres y tragué saliva. Había llegado al 23 de Fitzroy Road.

Abundancia, pensé, y subí las escaleras hasta la puerta marrón, debajo de la placa azul, que me informaba de que el poeta W. B. Yeats había vivido allí de niño. Mi Yeats, mi poeta amado, mi modelo a seguir irlandés; quería disfrutar del esplendor de su nombre, el frío océano verde, su abundancia, el océano que nos enfriaba y que era suficiente para todos y que quería abarcarlo todo.

Mi elemento, el océano, el universal, el peligroso, el que apagaba fuegos, el que rugía, las enormes olas en las que un día, hace mucho tiempo, quise nadar con Mel, mi amigo, cuando tenía diecinueve años, y él gritó y se preocupó por que me fuese a matar allí, en las olas verdes, que empezase a nadar y que no volviese nunca. Quizás en aquel momento él tenía razón; pero, aun así, qué tarea más complicada: morir, qué tarea más jodidamente complicada era.

Me di la vuelta, escupí el agua de mi boca, me reí de su ansiedad.

La vida te inundaba con su habitabilidad.

Te obligaba a quedarte.

Llamé a la puerta, una, dos, tres veces. Una mujer en la flor de la vida estaba esperando que la admitiesen.

Londres. La casa de Yeats. La había encontrado. Nunca más volvería a vivir sola, amargada, abandonada en una repugnante casa de campo que me recordase todo lo que había perdido y las cualidades que nadie entendía.

No me iban a olvidar.

No tenía la intención de convertirme en un desecho, una fase de la vida para ser tachada.

No tenía intención de ser frígida, de que me utilizasen como a un par de calcetines.

Creía que estaba en la flor de la vida.

Ahora estoy en la flor de la vida, pensé. Tengo mis poemas, tengo mis grabaciones para la BBC, tengo un nombre como autora, Sylvia Plath, he dado a luz a mis hijos y aquí estoy, esperando a que me admitan en el apartamento que me devolverá mi vida.

Ted era historia, había sido barrido como un trozo de alga en una zona de la playa. Arrastrado hacia el océano. Yo era el océano. Yo era las olas. A él se le había olvidado. Yo era el futuro. Lo llevaba en el pecho. Yo era el tiempo, era la vida misma, era la madre primordial, era la que cuidaba a los niños.

Oh, tuve un escalofrío y me congelé porque nadie me abrió, no iba a ocurrir tal y como había esperado, ¿acaso la luna no brillaba esta noche para guiarme a casa, de vuelta al hotel donde dormí anoche?, ¿acaso estas personas también se habían olvidado de mí?

Después de lo que parecieron diez minutos, alguien abrió la puerta de par en par. Me hizo pasar un hombre mayor. Había dos apartamentos disponibles. Uno de ellos pertenecía a un anciano —«no se preocupe por él, pero es amable, probablemente necesite una persona de confianza en la casa»—, y me reí, así era como lo hacías en tu mejor momento; te reías, eras rápida para jugar, fácil de tratar.

El hombre me mostró el camino al apartamento de mis sueños. Estaba deteriorado, por supuesto, era algo oscuro, pero ahora no vi la oscuridad, no vi lo desgastado que estaba, solo vi el potencial, o quizás sí vi el desgaste, pero fue precisamente eso lo que me sedujo: cómo resonaba en mí, la decadencia, lo que necesitaba ser reparado y cosido, el empapelado que se marchitaba por la humedad y la miseria, el baño que se veía en mal estado y en el que ahora no se podía tirar de la cadena.

—Tenemos que echarle un vistazo, pero no se preocupe, en cuanto corra el agua funcionará bien. Llamaré al fontanero el lunes para que usted no tenga que hacerlo —dijo el hombre.

Me brillaron los ojos. Me agarré al marco de la puerta, sentí un ligero olor a humedad y suciedad, pero también vi —ahora los ojos me servían de algo— una especie de luz, había algo en el aire con lo que podía vivir: el modo como las ventanas aceptaban esta luz con la que en una ocasión viví: la luz de Primrose Hill.

La primerísima luz primaveral de los sesenta, llena de piel de bebé.

Eso es lo que quería.

—Me lo quedo —dije, alargando la mano hacia él, que ni siquiera había terminado de enseñármelo; estábamos de pie en la cocina, y la cocina se encendió en mí, una sensación de estar completamente enraizada y en casa en mi propia casa, mi propio tiempo, e incluso en el futuro.

Esto me pertenecía.

A mí y a mis hijos.

Ted vendría y se los llevaría al museo y al zoológico y a pasear. Quería volver al lugar del nacimiento, a la llegada de Frieda al mundo, a lo felices que éramos entonces, a lo henchida que había estado en la cima igual que lo estaría esta primavera, cuando se publicase la novela, la fantástica *La campana de cristal*, y cuando los nuevos poemas tuviesen editor.

El extraño me cogió la mano. Vio que lo había decidido en ese momento, que no había ninguna duda.

Finales de noviembre en Court Green, una de las últimas veces.

Estaba sola en mi habitación, la que había compartido con Ted.

Estaba allí buscando ropa en el armario. Ahora todo tenía que desaparecer. Y debía decidir, enfrentarme a demasiadas tareas. Mientras los niños estaban por última vez con Susan, yo tenía que ponerme al día con todo. Muchas decisiones, mucho por purgar, mucho futuro que moldear, mucho amor que decidir.

Así que esta era yo, entonces. Así que esta era mi última ropa. ¡Fea, repugnante! Y durante todo este tiempo había estado caminando por ahí pensando que la ropa estaba bien en el armario, después de poner una bolsa de lavanda para que la ropa estuviese cómoda y oliese bien, pero en realidad los pequeños monstruos habían estado mordisqueando nuestra seda, nuestra lana.

¡Pedazo de mentira repugnante en la que había estado viviendo!

Lo rompí todo, rompí las perchas.

Ya no era una consecuencia, una cuestión de fondo, ya no era el incentivo para alguien capaz de vivir su vida. No era el principio de otra persona. Yo era mi principio.

Así que ¿cómo se inició este comienzo? ¿Cómo tomó forma? ¿Qué pinta tenía?

Tuve que poner un montón de ropa vieja del armario sobre la cama; así es como se inició, un comienzo tan bueno como cualquier otro. Ahí estaba, polvorienta, plagada de escarabajos de alfombra que se la habían comido. Grandes agujeros donde había estado mi amor. La pregunta más profunda era esta: ¿cómo iba a afrontar el amor que tenía?

¿Quién iba a dármelo ahora?

Amor.

¿Quién construiría el gran refugio que necesitaba en el mundo?

LONDRES, querida. Londres, ella solita. Había visto el futuro, la casa de Yeats, con su placa azul, había visto el destino inscrito allí, en las piedras antiguas de las paredes de la casa: mi destino. El final. Mi casa.

Ahí estaba, esperándome todo este tiempo. La casa que me desenredaría de estas garras que habían clavado sus uñas en mí; las garras de cuervo de Ted, sus modales de cuervo, bien lejos en la campiña inglesa.

Me elevaría hacia el cielo como un globo de helio si no me anclaba a mí misma, si no me agarraba a la manilla de una puerta cerrada detrás de nosotros, camas en las que dormir a los niños.

La antigua casa de Yeats.

Llevaba mucho tiempo esperándome.

Cada día de este otoño parecía mi cumpleaños.

Quité el polvo a la ropa, la doblé pieza a pieza y la metí en una bolsa. Una bolsa grande y profunda para mi ropa vieja que en su momento me mantuvo calentita. Los recuerdos de esta ropa cuando Ted y yo estábamos juntos en el ventoso York, cuando sus padres vieron nuestro futuro en mí, igual que yo lo veía ahora en la casa de Yeats. Se habían percatado de que era oportunista y ambigua. No estaba claro que fuese a ser suficiente para Ted.

Cuando dejase Court Green todo estaría limpio y alquilaría nuestras habitaciones a extraños, nadie podría seguirnos hasta aquí. Estaríamos purgados, la casa se habría librado de nosotros.

La pregunta más profunda fue la siguiente (y me la llevé a la ciudad): ¿cómo iban a amarme profundamente?

¿Quién me amaría profundamente?

¿Quién sino Ted?

Si no era Ted, ¿quién más podría amarme de verdad?

La traición de Ted me lo había recordado y había hundido la punta de un tornillo bien adentro en el trozo de carne roja que era mi corazón: en estos siete años, él nunca me había querido, nunca profundamente, nunca de un modo genuino.

Era justo como él me había dicho: falso. Falsedad y poesía, nunca realidad. Me quería como tema. Le encantaba la idea que tenía de mí. Le encantaba el modelo. La norteamericana, la emocional, la poeta. Le encantaban mis grandes exigencias (y las odiaba). Le encantaba tener una esposa pensante. Le encantaba tener una esposa. Le encantaba que estuviese pensando y mascullando mis propios pensamientos, y que después no quedase nada de ellos en la escritura. Le encantaba que lo intentase pero que fracasase. Que me levantase y me apuñalasen, como a una cabra. Que no fuese quien quería ser. Le encantaba mi imperfección, y yo estaba en el centro, intentando ser perfecta.

En ese hueco ninguno de los dos podía amar.

Así que ¿qué debería hacer ahora, cuando me fuese a Londres?

¿Quién iba a quererme ahora?

Tenía a los niños, pero también me estaba embarcando en una era completamente nueva, un tiempo completamente nuevo, un nuevo período. Era totalmente desconocida. Lo sabía. Y aun así, estaba bien. Por eso, estaba bien. Estaba bien porque no estaría en posición fetal y ya no volvería a ser una víctima. Me haría real, me convertiría en texto, me convertiría en una autora aclamada, hornearía gofres para mis niños durante el día y por la noche iría a fiestas de editoriales en Londres. Pertenecería a mi propia élite. No a la suya. Sería MÍA.

Ahora economizaría el amor propio que previamente me había negado a mí misma. Me lo daría a mí misma. ¡Daría, daría, daría!

Así que ¿quién iba a quererme a mí?

Yo.

Fui a buscar la carta del cajón, la carta que tanta vergüenza me dio recibir la semana pasada. Era la doctora Beuscher, quien me había escrito para decirme que no debía poner mi vida en manos del amor de Ted, quien, de todas formas, no pretendía dármelo. No debía construir un modelo de amor con Ted. Él no debía ser el sustituto de mi padre, ni tampoco mi mentor. Ni mi editor, ni mi primer y mi último lector como habíamos dicho antes, ni el hermano mayor que siempre había querido tener, ni... mi sustituto materno.

Ahora no debería ser nada para ti, había escrito Beuscher. No pongas ningún peso sobre él. Ningún significado. Él es un papel. Haz una bola con él. ¡Construye tu pequeño y propio ritual! Inténtalo. Juega, por una vez. Intenta reducirlo a polvo en tu mano.

Estaba tan avergonzada por lo que había dicho porque entendí que también lo había hecho conmigo misma. Incluso sentada al otro lado del Atlántico, Beuscher me conocía, sabía cómo funcionaba. ¿Cómo podía leerme de ese modo? Ese era el tipo de hombre que podría haber utilizado: un hombre que me dejase tomarme mi tiempo y mi espacio, un hombre que supiera que una mujer no podía progresar y convertirse en madre al mismo tiempo; porque en ese momento se entregaba al universo, pasaba a formar parte de todo y nunca más sería ella misma.

Debería haber tenido un hombre que me entendiese de ese modo.

Y que me quisiera al mismo tiempo.

Desmenúzalo en un ritual, dijiste. Cogí uno de los suéteres más feos de Ted que ya estaba totalmente desgastado, con grandes agujeros y con el que creía que estaba repugnante. Era un suéter que Ted se ponía encima de una camisa cuando tenía suficientes manchas; ese era, ese era el que iba a desmenuzar.

Tiré del agujero y empecé a rasgarlo. Hilo por hilo, iba a pulverizar todo lo de Ted, igual que él me había convertido en aire. Me había convertido en micelio inútil, hilo por hilo pero nada completo, nada valioso.

Ahora estaba hecho hilos en el suelo.

Me sentía jodidamente vacía e inmensa.

Me subí a la cama entre toda la ropa que aún no había metido en bolsas, gateé a su alrededor, me arrepentía de lo que acababa de hacer, puse el jersey de 1959 sobre mis ojos y dejé que el olor me transportase a Yaddo, al verano en la cabaña de Saratoga Springs, donde escribimos, el mundo aún se ex-

328

tendía fresco y húmedo ante nosotros, tenía una vida en la barriga. Estaba embarazada de Frieda, nuestra primera hija. Ahora lloraba bajo el suéter.

Permanecer tumbada debajo de la ropa vieja y llorar era algo oscuro; no debería estar aquí, debería ser decidida y correcta, saber lo que estaba haciendo porque Susan volvería pronto con los niños, era el último día antes de que lo dejase, y yo había alquilado un apartamento en Londres y había establecido una fecha para marcharme y había empaquetado mis cosas, y ahí fuera había un noviembre denso, gris y frío. Quería recibirlos con la sonrisa de la vida cuando volviesen, el glorioso amor asado al que los niños tenían derecho en el mundo y que solo yo tenía que darles.

No quería recibirlos como un monstruo lloroso y nostálgico, tumbado entre montones de ropa, y que ese monstruo lloroso fuese yo.

Quería darme el amor que les daría luego a ellos.

Pero, Dios mío, ¿cómo te das amor a ti misma? ¿Cómo amarte?

La doctora Beuscher me había pedido que leyese a Erich Fromm precisamente por eso, por el amor propio, para que encontrase el camino para dar con mi amor propio, para que ese fuese el punto de partida de mi principio. Mi nueva vida.

Lloré, una llorera desagradable enorme sobrecogedora.

¿De qué valía llorar si no había nadie con quien lamentarse?

De alguna forma, sería feliz si Susan entrase de repente y pudiese romperme delante de ella, si pudiese ser mi cuidadora del mismo modo que ahora era la protectora de mis hijos; también quería ceder y liberarme de mis propias garras, que me cuidasen, simplemente.

Me gustaría que me quisieran de ese modo.

Y después, después, tendría que mostrarme.

Esa era la esencia del amor.

Me levanté, me quedé frente al espejo de la pared, me golpeé con fuerza la mejilla hasta que picó. Después la otra mejilla, y de vuelta a la primera. Me abofeteé hasta que me quemó y las mejillas eran de un rosa vivo. No había paz que descubrir. Ni silencio por encontrar. No estaba en mí, simplemente. No había un puerto seguro. No había paz. No había redención. No había placer.

Me di cuenta en ese momento, cuando me miré directamente.

Era una causa perdida.

Tienes que hacerme una reanimación pulmonar. Tenía que haber alguna jodida máquina de oxígeno que me diese aire para conseguir algún tipo de estabilidad, un destino. No lo tenía. Ni siquiera cuando decidí, cuando estaba preparada para algo, cuando encontré una dirección a la que marchar: 23 de Fitzroy Road, Londres. Ni siquiera entonces.

Saqué la ropa de Ted de la bolsa.

Esto es lo que haría en cambio: empaquetaría una bolsa para Ted con toda su ropa vieja. Y que él, si venía, decidiese si había algo que merecía la pena salvar.

No sería yo quien decidiese su destino.

¡Ya no controlaba a Ted!

Era un alivio.

Saqué la maleta marrón de la despensa, la abrí y doblé con cuidado toda la ropa de Ted (menos el suéter).

Fue agradable ver que nuestra ropa no tenía que compartir el mismo espacio.

Profundamente querida.

Así es como empiezan a quererte profundamente, dejas que los demás se encarguen de su mierda, no te responsabilizas mucho por ellos. La ropa de Ted para Ted. Mi ropa para el olvido. Me compraría ropa nueva con todo el dinero que ganase en enero cuando saliese la novela.

Qué liberador fue cerrar la maleta con las camisas y los viejos y desgastados suéteres de Ted que tanto amé.

Así es como empiezan a quererte profundamente: pensando en la abundancia, sin obsesionarse con injusticias pasadas, tomando vitaminas y manteniéndote sana, durmiendo mientras los niños duermen. Así es como te aman profundamente: esperando tu momento, escribiendo tus poemas, siguiendo tus rutinas, intentando dar con la forma de quererte.

Exhalé. El agarre cesó, la ansiedad abandonó la habitación. Yo permanecí, respiré, estaba allí. Me arrastré hacia arriba. Podía oírlos. Estaban volviendo, la puerta se cerró. ¡Aún eran mis hijos! ¡Aún era su madre!

Bajé corriendo las escaleras, mis pasos retumbaron, allí estaban, ¡mami!, ¡mami!, y abracé sus cuerpecitos, delgados y gloriosos, mi carne por su carne, mi sangre por su sangre.

Nos dimos calor, no quería soltarlos, aunque Frieda quería empezar a hablar. ¡Ahora hablaba mucho! Y Nicholas, cómo balbuceaba sus palabras, pronto tendría un año, oh, Dios mío, qué rápido pasa un año, ¿cuánta fealdad y amor puede albergar un año?

—Entra —le dije a Nicholas. Vamos, mi chico. Ven y siéntate aquí.

Ahora les daría de comer. Porque era su madre. Y el niño cabía en mí, en mi cadera.

Y ahora Londres, un fin de semana. La última semana de noviembre también había pasado, y no era eso lo grandioso de Londres: la gran ciudad oscurecía todas las estaciones del año; el invierno no era tan palpable aquí. Llenaría la casa de la infancia de Yeats con globos y papel pintado azul claro.

Y mi madre supo, al otro lado del Atlántico, o lo sintió en sus entrañas, que cuando pronuncié las palabras «Cuando aterrice en este apartamento seré la persona más feliz del mundo» y, una vez que aterricé en el apartamento, «Y puedo asegurar que nunca he sido tan feliz» fue el momento en el que su hija estaba realmente en peligro.

La ciudad estaba envuelta en niebla, no podía verme la mano cuando la estiré delante de mí camino de la cabina telefónica, y fue agradable estar amortajada, desaparecer en la multitud y convertirme en humo.

Los niños y yo nos habíamos instalado de forma temporal en la casa del novio de Susan, en Camden. Había muchas probabilidades en mi contra y trabajé tan duro como un marine. Ahora querían referencias mías. Una señora dura como una roca (siempre eran señoras) me habló desde una cabina telefónica en la niebla; su voz de jirafa me dijo que no era una apuesta segura para ellos, no tenía ingresos fijos y era joven y norteamericana, sí, me encapsuló en todos esos estereotipos. Después escupí en el suelo de hierro, donde estaba plana como una tortita y con el pelo corto y los labios rojos hinchados.

La vida no terminaba nunca.

Me quedé allí eternamente, eternamente joven, luchando sin tregua por mi futuro. Invisible, en mi pequeña jaula, escondida en la niebla, luché. Sin la ayuda de nadie más, la guerra se libraba en mi pequeña vida. Yo era la que remediaba los desastres, la que se abría paso entre la niebla, la que alquilaba casas y contrataba y despedía niñeras, la que limpiaba los mocos secos y los vómitos de mis hijos.

Le dije a la señora jirafa que tenía una madre en Estados Unidos que podía garantizar el alquiler.

—¿En qué trabaja tu madre? —me preguntó entonces.

—Es profesora universitaria —solté.

Profesora universitaria, ¿de dónde saqué eso? El corazón me empezó a latir con fuerza, con rabia, y se convirtió en el más sonoro de Londres; pero no podía escucharse ahora mismo, en esa voz que le ofrecí a la señora jirafa en la cabina.

Ella no tenía ni idea de que mi madre prácticamente cayó enferma en verano, después de visitarnos. Enfermó y la despidieron del trabajo. Destruida, con una pensión mezquina. Con problemas en el estómago. Ese era el aspecto que tenía en realidad esa «profesora universitaria».

¡Oh, ese jodido «en realidad» que evitaba como la peste! No había un «en realidad».

En realidad, yo también era una madre de dos niños pequeños, cansada y abandonada, que pronto se quedaría sin dinero, consumida por los partos y las gripes que aún estaban latentes en mi garganta.

Gorgoteé y le pedí que me aceptara, ahora solo tiene que aceptarme, dije, necesito esa casa; es el apartamento de mis sueños, mi seguro para el futuro y VOY A QUEDÁRMELA, ¿me oye?

Voy a vivir en el 23 de Fitzroy Road.

Salí a la niebla y apenas podía ver, mi abrigo marrón se fundió con la calle, si me bajaba de la acera, que ya estaba plagada de gente (por todas partes había gente con sombreros y abrigos), entonces todo terminaría en un instante.

Un coche podía atropellarme y ya estaría. Ya estaría para mí.

Oh, qué pensamiento tan horrible.

Me fui a casa de Susan, que se había instalado con los niños en el apartamento de su novio a unos bloques de distancia. Bebía té y escuchaba *jazz* en los brazos de su amado. No quería interrumpir su «en realidad», no quería molestarlos, pero tenía que contarle algo de mi mierda cuando los niños estuvieran dormidos. Dije:

—Creo que lo he solucionado diciéndole que mi madre es profesora universitaria.

El novio de Susan levantó la mirada hacia mí, y vi en sus ojos que estaba contemplando una cara monstruosa, demacrada; intenté taparme, porque ese cuerpo era mío, y era yo la que vivía exactamente tan cansada y exhausta como parecía, en realidad.

Esta era yo.

Y lo único que me impedía dejar que me vieran exactamente tan despojada y desnuda como estaba, eran las palabras, el sueño del futuro, que yo era un éxito, que ahora llevaba las riendas de este caballo desbocado, acababa de aferrarme a mi futuro y lo había besado, lo había bendecido.

Pronto recogería todos los frutos.

Los frutos: novela 1 (llegaría pronto a la escena inglesa y menuda entrada, clubes de lectura de todas partes querrían debatir sobre ella, y todo el mundo se preocuparía de la salud mental, ¡yo establecería la pauta!). Novela 2 (como la primera novela sería un éxito, se publicaría al año siguiente y después se venderían los derechos cinematográficos y teatrales, porque en realidad era escritora de prosa, tenía mucho talento y estaría por todas partes, ¡era una grande!). En realidad era esto, en realidad era aquello. En realidad, ¡no estaba viva! En realidad, ¡no estaba muerta! En realidad, ¡era la fuerza primordial que te llevas a la eternidad! En realidad, ¡era como el océano!

Verás: todos mis poemas estaban plagados de estos «en realidad»: estaban por todas partes. En realidad, esta palabra significaba esto; en realidad, esta palabra significaba aquello. Demasiados significados para mi elección de palabras, demasiadas ambigüedades, ¡demasiados EN REALIDAD!

Tan llenas de simbolismo.

En realidad, era una escritora preciosa, una reina, que estaba sentada en el sofá del novio de Susan, y ellos no tenían ni idea de la magnífica mujer que yo era, preparada para grandes obras y maravillas, que había traído al mundo a dos criaturas preciosas. No podrían haber nacido de otra mujer.

Y en realidad todo estaba bien.

¿Qué era un poco de fatiga comparado con poseerlo todo?

Sí, toda la vida y todo el grandioso destino que se revelaba aquí y ahora. Que estaba tomando forma. Hice que la bruja con voz de jirafa de la cabina telefónica de Londres se percatase de sus carencias en el mundo (¿quién era ella?, no era más que una propietaria) y me diera el derecho de alquilar el apartamento que anhelaba tener desde hacía varias semanas. Ahora pondría en su lugar a los charlatanes. Ahora podría mostrarles por fin con quién estaban tratando.

El mundo estaba preparado.

Me importaba más bien poco lo que le preocupase a mi madre, acurrucada al otro lado del Atlántico. Odiaba cuando se sentía superior y tenía el valor de preocuparse por mí. ¿De qué tenía que preocuparse? ¿Por qué se identificaba conmigo? Tenía que dejarlo, y le demostraría que su preocupación no tenía fundamento, ese era mi principal objetivo ahora mismo; le demostraría quién era la más exitosa del mundo. Le demostraría lo jodidamente bien que cuidaba de mí misma. Punto.

—Mañana va a hacer sol —dijo Susan—. Quizás podríamos llevar a los niños al zoo, ¿no?

¡LA AMABA!

Después me levanté del sofá, feliz con mi pelo corto castaño que, frente al fulgor del fuego, di por hecho que tenía una especie de lustre rojizo, y me colé en el hechizo que tenía montado con su novio en el sofá para darle un beso en la frente.

—Te adoro, Susan —le dije—. Soy feliz de tenerte aquí. Me ayudas a que me convierta en la reina que siempre he sido.

Susan se rio y me mandó callar, ¡nada de grandilocuencia ahora!

—Solo es una idea. —Se rio.

—¡Será perfecto! —le dije y extendí las manos—. Este lugar es maravilloso, este es mi lugar, ¡y la mujer de la tienda me dispensó un recibimiento de lo más caluroso, y también el carnicero! Me reconocieron, ¡y la mujer recordaba mi nombre! Dios mío, estaba tan cansada de los bobos de Devon que prácticamente se me había olvidado lo que eran las personas cultas y educadas. Había empezado a pensar que todos los que viven y respiran son como animales, perezosos, incapaces de albergar delicadeza y lenguaje. El novio dio un sorbo a su té. Tenía público. Esperaron a que siguiera, a ver qué era lo próximo que salía de mi boca carmesí. Estaba cansada, tenía arrugas, la sonrisa petrificada y difuminada, pero no lo sabía, seguía pensando que lo que había dicho era cierto, que representaba mi realidad.

Que lo que les estaba mostrando era lo que veían.

Pero no era así.

Yo ya estaba muerta.

Había seguido adelante y no sabía que era la mejor postora de mi propio ataúd.

Que había firmado el alquiler de mi propia parcela del cementerio.

Donde había invertido el dinero que me quedaba.

El lugar que le había pedido a mi madre que avalara.

Aquello le preocupó, lo sintió en la boca del estómago, allá en Boston, y la odié por ello.

Ahora nadie tenía derecho a detenerme. Ay, ¡estaba tan cansada! ¿Nadie pudo ver las señales? No, era imparable. Susan y su novio eran demasiado jóvenes para entender las señales; pensaron que era divertido. Jodidamente divertido. Los entretenía. ¿Qué. Está. Haciendo. Esa. Loca?

Sylvia Plath: seguía siendo yo, prácticamente.

En una semana llevaría mis cosas a la casa de Yeats, un folio en blanco, y en un principio viviríamos allí sin muebles. ¡Eso llegaría después! De momento solo habría una cuna y una única cama para Frieda y para mí. (Sí, ahora dormía conmigo. Su cuerpecito cálido, esperanzador. Como si celebrásemos que las dos hubiésemos nacido allí, ella y yo; estábamos solo a un bloque de donde había dado a luz a Frieda, y donde ella me había convertido en madre, en la madre más feliz).

Joder, parece una mujer mayor, pensó Susan. Y su novio bostezó: «¿Qué más se le puede ocurrir para seguir molestándonos?».

Noté que el ambiente de la habitación había cambiado y le di unos billetes a Susan.

Su novio podía ver lo bien que pagaba.

—Oh, muchas gracias —dijo.

—Soy yo la que te da las gracias —le contesté bruscamente, y fui a desvestirme y a tumbarme con los niños.

Un último vistazo en el espejo, antes de desabrocharme el sujetador. Me quería. De verdad que me quería. La vida era imparable. Mi madre no podría culparme de ninguna otra cosa.

Si alguien se colaba y me hacía una foto, me revelaría tal y como era.

A pesar de los poemas. A pesar de la voz.

Ese era el objetivo: mostrarme exactamente tal y como era. Poseer un motivo. Primero me haría merecedora de ese tipo de tratamiento. Pronto, pronto. Pronto todos ellos me descubrirían a mí y mi piel blanca. Harían fila para sacar fotos. ¿Cómo sería besarme en la boca? ¿Mi relato? Todos lo leerían.

Página tras página tras página. El texto estaba listo en la editorial y había hecho las grabaciones. Cuando volviese a Devon, me entretendría escribiendo una lista de por qué en realidad no quería morir. Me vendría bien, la miraría cuando más la necesitase. Llegarían días así. Lo sabía. Pero ¿qué podía hacer que quisiera morir? ¿Ahora? ¿Durante mi vuelta de la victoria? Me desabroché el sujetador, lo dejé delante de mí. Aquí estaba yo y el colgante de perlas y ni nuevo corte de pelo. La piel blanca, de mármol. Un conejito dulce y pequeño, y dos conejitos dormidos.

Me quité las horquillas. Me quedé pensando largo rato, hasta que sentí una cómoda y profunda calidez, como si me anegase una ola cálida llegada de Winthrop.

Bueno, Ted ha embarazado a Assia, pensé, y enterré el pensamiento poniéndome el camisón inmediatamente. Un pensamiento horrible, estúpido. Podía esparcir su semen en su útero infértil y plantar un hermano para mis hijos.

Eso lo decidiría todo.

Qué eterna suerte entonces, pensé, y me metí en la cama calentita que Susan y su amante me habían prestado, que no quepa esa posibilidad. El útero de Assia Devil estaba sellado como una tumba.

Ted se daba de bruces con un útero muerto cada vez que se tumbaban.

¡Ja!

El pensamiento me suavizó y me flexibilizó. Estaba cansada, jodidamente cansada. Durante esta mudanza no había escrito ni un mísero poema, tampoco había necesitado somníferos, pero si de algo estaba segura era de que ya había escrito mis poemas más sorprendentes, y la novela estaba ahí, y las reseñas, las lecturas, mi voz en la BBC para toda la eternidad.

Y los niños. Los niños. Si los tenía a mi lado podía dormirme como un conejito exhausto. Había corrido todo el día, ahora sentía paz.

Elin Cullhed, 28 de febrero de 2020

Este libro se terminó de imprimir
en los talleres de Romanyà-Valls,
en Capellades (Barcelona), en octubre de 2022,
**el mes del 90 aniversario
del nacimiento de Sylvia Plath.**